CASSIA BIEBER

WHAT I Wish For

IMPRESS

© privat

Cassia Bieber, 1984 in Rio de Janeiro geboren, verlor aber ihr Herz an Hamburg. Jahrelang verschlang sie Liebesromane, aber erst seit 2019 erschien ihr erstes Buch. Seitdem hat sie nicht mehr aufgehört, Geschichten zu erfinden und gewann sogar Schreibwettbewerbe.

Kapitel 1

Die Sonne legte goldene Strahlen auf die schneebedeckten Straßen von Rolig Elv, vertrieb aber nicht im Geringsten die Kälte unter meiner Wintermontur. Wärme drang jedoch durch meine Fäustlinge und ich umschloss die zwei Tontassen fester, atmete den Duft von Zimt, Mandel und Bitterorange ein und steuerte auf den Weihnachtsmarkt zu. Erst unter dem Bogen aus Tannenzweigen und glitzernden Kugeln blieb ich stehen. Wie durch Zauberei schaltete sich der Tunnel aus Lichterketten an, malte ein Lächeln auf meine Lippen und erhellte das dunkle Gefühl in meiner Brust. Seit gestern war ich wieder zu Hause. Seit gestern erinnerte mich alles in meinem Heimatdorf daran, dass Erik nicht mehr hier sein würde. Mich erwarteten keine Rentnerwitze oder Geschichten über seine geliebte Freydis. Es gab niemand mehr, der genau wie ich von der nordischen Mythologie besessen war und mir Ratschläge zu meinem missglückten Liebesleben gab. Jetzt war Erik bei seiner Frau, wachte vom Walhalla aus über mich und ich wollte nicht einmal in Träumen daran denken, sein Vermächtnis zu entwürdigen.

»Das kriege ich hin, Erik«, murmelte ich in meinen Wollschal.

Schlitten sausten an mir vorbei, wirbelten den Schnee so auf, dass weiße Flocken vor meiner Nase tanzten und ich einen Schritt nach hinten taumelte. Gløgg schwappte aus den Tassen, tropfte auf den Boden und verwandelte den Schnee in einen roten psychologisch-projektiven Test. Wie würde mein Professor mich bewerten, wenn ich ihm erzählte, dass ich einen Elch beim Teetrinken in dem Farbklecks erkannte?

Ich eilte zwischen lachenden Kindern und plaudernden Erwachsenen an der Woll-Bude vorbei. Erst vor Eriks Stand blieb ich erneut stehen. Oder war er jetzt mein Stand? Ein heimisches Gefühl nistete sich in meiner Brust ein und ich ließ die warme Luft aus den Lungen weichen, sodass eine weiße Wolke vor meinem Mund entstand. An dem Vordach aus Ebenholz hingen künstliche Tannenzweige wie Geburtstagsgirlanden, die mit roten und silbernen Kugeln geschmückt waren.

Obwohl das Verkaufsfenster noch geschlossen war, sah ich vor meinem inneren Auge, wie Erik letztes Jahr hinter dem Tresen gestanden und die Passanten angelächelt hatte.

»Sieht die Deko gut aus?« Angelys Stimme riss mich aus den Erinnerungen.

Ihre schwarzen Locken lugten unter ihrer Wollmütze hervor und auf ihre goldbraune Haut hatte sich ein Rosaton gelegt. Meine beste Freundin und Mitbewohnerin hatte sich seit dem ersten Semester unseres Psychologiestudiums in Hamburg vorgenommen, im Winter mit mir nach Norwegen zu kommen. Sie stammte aus Ecuador, lebte erst seit drei Jahren in Deutschland und war von der Schneemenge des Hamburger Winters ziemlich enttäuscht. Trotzdem hatte sie bisher jedes Jahr eine Ausrede parat gehabt, um nicht mitzukommen.

»Nicht übel«, erwiderte ich und reichte ihr eine Tasse.

Da sie vor ihrem Studium Weihnachten nur bei dreißig Grad gekannt hatte, war Angely immer Feuer und Flamme, wenn es darum ging, die Weihnachtsdekoration aufzustellen. Deshalb hatte sie die Lichterketten aufgehängt, während ich für ein bisschen Wärme sorgte.

»O ja!« Seufzend nahm sie die dampfende Tasse von den Lippen. »Was ist das?«

»Es heißt Gløgg.« Nach einem Schluck entfachte sich ein kleines geschmackliches Feuerwerk auf meiner Zunge. »Es ist so was wie Glühwein, aber ohne Alkohol.«

Angely hob die Brauen. »Kinderpunsch? Ich dachte, ihr Norweger seid lustiger drauf.«

»Wir wollen arbeiten und nicht feiern.« Ich zwinkerte ihr zu.

»Was müssen wir jetzt machen? Ihr habt hier nichts zum Verkaufen, oder?«

Kopfschüttelnd stellte ich meine Tasse auf dem Tresen ab, öffnete die Holztür des Standes und schloss das doppelflügelige Schaufenster auf. Der Geruch von Papier und Harz hing in der Luft und ich knipste den Lichtschalter ein.

Angelys Rehaugen wurden groß wie Untertassen und sie wich drei Schritte zurück, um einen Blick auf die leuchtenden Buchstaben an der Fassade zu werfen.

»Wunschstand.« Sie trank einen weiteren Schluck Gløgg. »Sieht toll aus, aber ich verstehe trotzdem nicht, was wir hier machen werden.«

Ich stapelte bunte Zettel, Kugelschreiber in verschiedenen Farben und Umschläge auf den Tresen. »Erik hat vor vier Jahren die Idee gehabt, einen Stand auf dem Weihnachtsmarkt aufzubauen, bei dem die Einwohner der Stadt sich gegenseitig helfen können.«

»Aha«, sagte sie und kam wieder näher. »Und wie funktioniert das?«

»Alle haben die Möglichkeit, hier einen Weihnachtswunsch abzugeben oder einen zu erfüllen. Wir haben schon alles gehabt. Es gab einen Altersheimbewohner, der sich eine Schachpartie mit einem Gegner gewünscht hat, der nicht ständig zum Pinkeln aufstehen muss. Oder ein Kind, das neue Schlittschuhe wollte.«

Angelys Augenbrauen rückten aneinander, während sie die Fingerspitzen über die Zettel gleiten ließ. »Und was machen wir?«

»Wir versuchen, die Wünsche zu vermitteln, damit alle, die etwas brauchen, es auch bekommen.«

»Und das funktioniert?«

Ich zuckte mit den Schultern. »Ich habe Erik drei Jahre lang geholfen und bisher ist kein Wunsch offengeblieben.«

»Wow. Ihr seid echt ein freundliches Völkchen.« Sie atmete so tief durch, dass es fast wie ein Seufzer klang. »Ich denke nicht, dass so was in einem Hamburger Dorf funktionieren würde. Natürlich habe ich so eine Wunschwand in der Hilfsorganisation gesehen, in der ich ein Praktikum gemacht habe. Aber es war eine Von-Fremden-zu-Fremden-Aktion. In kleinen Städten kann ich mir vorstellen, dass die Leute sich eher schämen würden zu sagen, wenn sie etwas brauchen. Hier kennt jeder jeden, oder?«

»Aus dem Grund war das erste Jahr, in dem Erik den Stand allein geführt hat, nicht gerade erfolgreich.« Ich rückte ein paar ausgedruckte Zettel in Dunkelgrün auf dem Tresen zurecht. »Dann habe ich die Idee gehabt, zusätzlich zu dem Stand eine Website einzurichten. Wenn du einen Wunsch hast und dich nicht traust, mit mir direkt zu reden, kannst du dir den grünen Zettel mit der Internetadresse und einem QR-Code mitnehmen und ihn darüber äußern. Zwar muss ich immer noch wissen, wer sich da etwas wünscht, um auch das gewünschte Gut oder den Service zu vermitteln, aber die Hürde ist kleiner, wenn man es online macht. Außerdem verspreche ich, alles vertraulich zu behandeln, und bisher hat sich keiner beschwert.«

»Was für Wünsche sind schon mal über die Website gekommen?«

Ich rief mir E-Mails in Erinnerung, die mich sowohl zu Tränen gerührt als auch mir den Schlaf geraubt hatten. »Es gab einen alleinerziehenden Familienvater, der sich eine frisch zubereitete Mahlzeit anstatt TK-Pizza für seine Familie gewünscht hat.«

»Oh.« Angelys Augenbrauen verschwanden unter ihrer Mütze. »Hast du jemanden gefunden, der für ihn gekocht hat?«

Ich hatte nicht einmal gesucht, sondern war selbst zu ihm gegangen. Es hatte Ribbe, Kartoffeln und ganz viel Eiscreme gegeben. Aber es war unser Geheimnis geblieben. »Ja. Ich habe jemanden gefunden.«

»Okay.« Sie holte tief Luft und trank ihren Gløgg aus. »Jetzt bin ich megamotiviert. Vorher brauche ich aber noch einen von diesem Wikinger-Zaubertrank.«

»Den habe ich aus der Hauptstraße. Aber jetzt hat auch der Gløgg-Stand schon auf. Du kannst dir da einen holen.« Lachend zeigte ich auf die Bude ein paar Meter von uns entfernt.

Angely nickte. »Willst du auch noch einen? Ich brauche meinen aber mit Alkohol.«

»Bestellst du selbst?«

»Das hier mit Schuss, bitte«, sagte sie auf Norwegisch und entlockte mir ein weiteres Lächeln.

»Ist das der einzige Satz, den du in meiner Muttersprache kannst?«

»Ich habe noch einen *in petto*. Aber die Wörter sind nicht für weibliche Ohren gedacht.« Sie wackelte mit den Augenbrauen.

»Dann geh mal los. Vielleicht hast du Glück, der Verkäufer sieht süß aus und bekommt deine beiden Sätze zu hören. Ich brauche nichts, danke.«

Grinsend klatschte Angely mit ihren Handschuhen und hüpfte davon. Ich drehte mich noch immer lächelnd um und ging in die Hocke, um die zwei Klappstühle vom Holzboden aufzuheben, als mein Blick einen Umschlag fand. Mein Lächeln verblasste langsam, während ich die Wikingerhelme, die auf das Papier gemalt waren, musterte und den Namen in verschnörkelten Buchstaben las.

Eira.

Ich musste mich nicht lange fragen, wer meinen Namen darauf geschrieben hatte. Eriks Schrift würde ich zwischen tausend anderen sofort wiedererkennen. Aber ich fragte mich, wie ich den Umschlag übersehen konnte. Als wäre der Brief ein verletzter Vogel, hob ich ihn auf und wendete ihn ein paar Sekunden zwischen den Fingern, bis eine männliche Stimme meinen Namen rief und mich aus meiner Trance riss. Blinzelnd sah ich auf und mein Herz hörte für eine Sekunde auf zu schlagen. Vor mir stand Liam. Es waren bereits drei Jahre vergangen, seitdem ich ihn zum letzten Mal gesehen hatte, und trotzdem verursachte mir sein Anblick noch immer eine wohlige Gänsehaut. Er sah erwachsener, männlicher aus. Trotz seines Mantels und des dicken Wollschals ließen seine breiten Schultern mich erahnen, dass er nicht mehr der schlaksige Teenager war, der in der Ecke des Klassenzimmers gesessen und auf seinem Block gekritzelt hatte. Nur seine Kopfhörer, jetzt aber eine modernere Version des klobigen Dings von damals, hingen noch immer um seinen Hals.

»Hey.« Das Wort klang so erbärmlich aus meinem Mund, weshalb ich mich räusperte und langsam aufrichtete. »Der Tod deines Großvaters tut mir sehr leid«, fügte ich rasch hinzu. Als würde der folgende Satz ansatzweise ausdrücken, was ich wegen Eriks Verlust empfand, oder etwas wiedergutmachen, weil Liam seinen Opa verloren hatte.

Seine Miene blieb unergründlich, während er seine nachtschwarzen Haare mit den Fingern von der Stirn kämmte. »Du öffnest den Stand.«

»Erik wollte es so. Bevor er …« Ich befeuchtete die Lippen, verlagerte mein Gewicht von einem Bein auf das andere. »Im Sommer hat er Siri und ihren Mann darum gebeten, die Bude vor meiner Ankunft aufzubauen. Dein Opa hat auch schon alles bezahlt und ich musste heute nur den ganzen Papierkram hierherbringen.«

In meine Brust sickerte immer noch Eiseskälte, wenn ich an Erik dachte. Er war schon seit einer Weile krank gewesen, sein Herz hatte ihm das ganze letzte Jahr lang Schwierigkeiten bereitet. Aber ich hatte nie geglaubt, er würde Weihnachten nicht hinter diesem Tresen stehen. Scheinbar hatte er anders darüber gedacht, denn er hatte sich um alles gekümmert, damit ich seinen geliebten Wunschstand wie gewöhnlich öffnete.

»Ich …« Liams Blick streifte über die Umschläge, glitt zurück zu mir, über meine Jacke, meinen Schal und mein Gesicht. Seine bernsteinfarbenen Augen luden mich dazu ein, mich in ihnen zu verlieren, und je länger er mich ansah, desto heißer wurde mir. Meine Wangen brannten und ich verfluchte mich dafür, hellhäutig zu sein. Wahrscheinlich bildeten sich unzählige Flecken, so rot wie meine Locken, auf meinem ganzen Gesicht.

»Hast du einen Weihnachtswunsch?« Die Worte verließen meinen Mund so leise, wie eine Schneeflocke auf den Boden segelte.

Liams Mundwinkel zuckte und er kam näher, schloss den Abstand zwischen uns und legte seine Hände auf den Tresen. »Nur einen. Aber leider kannst du mir dazu nicht verhelfen.«

Mein Blick streifte über die dunklen Bartstoppeln an seinen Wangen und blieb eine Sekunde länger als beabsichtigt an seinen Lippen hängen. »Vielleicht kann dir jemand anderes helfen.«

Liam öffnete den Mund, schloss ihn aber wieder, als Angely mich aus der Ferne rief.

»Ich habe es geschafft!«, brüllte sie lauthals und hob zwei dampfende Tassen in die Höhe.

Kopfschüttelnd schaute ich wieder Liam an, der seine Kopfhörer über die Ohrmuscheln schob und an Angely vorbeiging.

»Was hat sich der heiße Typ gewünscht?«, fragte sie ein wenig aus der Puste und stellte ihre Tassen auf dem Tresen ab.

Mein Mund fühlte sich seltsamerweise trocken an und ich trank meinen Gløgg aus, der mittlerweile nur noch lauwarm war. »Nichts.«

»Und was wollte er?«

Mich durcheinanderbringen.

In mir den Wunsch wecken, jemand anderes zu sein.

»Ich weiß nicht.«

Sie lehnte sich mit dem Rücken an den Tresen und starrte in die

Richtung, in die Liam gegangen war. »Bekomme ich mehr Infos über das norwegische Sahneschnittchen? Dafür schenke ich dir meinen zweiten Gløgg.«

Ich schluckte schwer, hob die warme Tasse an meinen Mund und ließ den Dampf auf meinen Lippen tanzen. »Liam ist Eriks Enkel und wir sind zusammen auf die Schule gegangen.«

»Hat er eine Freundin?«

»Er war mal mit meiner ehemaligen besten Freundin zusammen und jetzt weiß ich kaum etwas über ihn.«

Angely drehte sich um und kräuselte die Augenbrauen. »Ehemalige beste Freundin?«

»Lange, unschöne Geschichte«, sagte ich und nahm den Umschlag mit meinem Namen wieder in die Hand.

»Ich möchte dich nicht bedrängen, aber du weißt, wie sehr ich Klatsch und Tratsch liebe. Das ist der Ausgleich dafür, dass es in Deutschland keine so dramatischen Seifenopern wie in Ecuador gibt.«

»Ein anderes Mal, versprochen.«

Bevor Angely weiterbohrte, kam eine junge Frau auf uns zu. An der Hand hielt sie ein rotbackiges Mädchen, das mit strahlendem Lächeln im Gesicht auf die Umschläge zeigte. Ich reichte der Frau Papier und Stift. Hauptsache, ich sprach weder über Liam noch über Saxa. Beide hatten genug mit meinem Herzen angerichtet. Ich war nach Hause gekommen, um Weihnachten mit meiner Familie zu verbringen, den Wunschstand zu führen und im neuen Jahr wieder zurückzufliegen. Das Letzte, was ich wollte, war alte Wunden aufzureißen.

Kapitel 2

»Du musst nicht mitmachen, wenn du nicht möchtest«, sagte ich zu Angely, die sich im Standspiegel in meinem Zimmer ansah, und klappte den Wälzer über keltische Mythen und Legenden auf meinem Schoß zu.

»Machst du Witze?!« Sie strahlte wie ein Honigkuchenpferd. »Wie geil ist dieses Pyjama-Dings denn bitte? Tragen alle Familien in Norwegen so was?«

Kopfschüttelnd betrachtete ich im Spiegel die Röte, die sich über meine Wangen schlich. Diesmal lag es nicht daran, dass ich verlegen war oder mich schämte. Ich verkörperte einfach eine lebendige Ampel und wenn etwas meinem Körper nicht passte, ließ er mein Gesicht aufleuchten. Jetzt lag es an dem viel zu warmen blauen Flanellpyjama mit Rentiermustern, den jedes Familienmitglied zum ersten Advent anzog. »Nur meine Familie ist merkwürdig genug, um sich für jeden Sonntag im Dezember eine schräge Tradition auszudenken.«

»Gefällt es dir nicht?« Sie zog die Kapuze mit Rentiergeweih über den Kopf und drehte sich zu mir um.

Ich grinste. »Ich liebe es. Es ist so, als würden wir Weihnachten so hart entgegenfiebern, dass wir eigene Traditionen brauchen, um bis dahin nicht komplett durchzudrehen.«

»Bedeutet das hier ›nicht durchdrehen‹?« Sie zupfte an ihrem Einteiler.

Langsam stand ich vom Bett auf und zog meine Kapuze über meine roten Locken. »Oh, glaub mir. Das ist nichts im Vergleich zu Heiligabend.«

Angely grinste breiter und klatschte in die Hände. »Oh, ich freue mich jetzt schon.«

Gemeinsam eilten wir aus meinem Zimmer, ließen uns vom Waffelduft die Treppe hinunterführen und Wärme legte sich um mein Herz. Das altbekannte Stimmengewirr schwebte immer lauter zu uns, gelbes Licht badete das Esszimmer und zauberte ein Schmunzeln auf meine Lippen. Mein Magen knurrte, während mein Blick über den Esstisch streifte. Milchbrötchen mit Vanillefüllung, Zimtschnecken, Haferkekse und sogar Milchreis. Mama hatte für die ganze Familie und wahrscheinlich auch für die Nachbarschaft gekocht.

»Hey! Du musst Angely sein!«, sagte Anja auf Englisch, stürmte wie ein Tornado auf meine Freundin zu und zog sie in eine Umarmung.

»Das ist meine jüngste Schwester.«

»Jüngste und schönste.« Anja ließ Angely los, ihre hüftlangen kirschroten Locken wippten wie Sprungfedern. »Wenn du mich aber mit Merida vergleichst, mutiere ich zu der bösartigsten Schwester.«

Auch ich wurde oft in Hamburg mit der Animationsfigur verglichen, obwohl meine Augen braun und nicht wie Anjas stahlblau waren. Nach der fünften Studentenparty, in der ich Merida genannt und zum Gesprächsthema wurde, hatte ich meine Haare dann bis zu den Schultern abschneiden lassen. Es sollte keine große Sache sein, doch ich hasste es, im Mittelpunkt zu stehen, und je mehr die Leute sich über mein Aussehen unterhielten, desto röter wurde ich im Gesicht.

»Keine Sorge«, erwiderte Angely. »Ich würde nicht einmal im Traum darüber nachdenken, dich mit jemandem zu vergleichen.«

»Du siehst übrigens toll in dem Einteiler aus«, fügte Anja hinzu.

»Lass sie atmen, Anja!«

Ich drehte mich zu Jonna um, die ihre Ellenbogen auf den Esstisch stellte und das Kinn auf die Handfläche stützte. Ihre hellblonden Locken lugten aus der Kapuze heraus und ihre smaragdgrünen Augen lagen in tiefen Augenringen.

»Oh, die miese Laune in Person hat gesprochen.« Anja rollte so hart mit den Augen, dass ich Angst bekam, sie würden stecken bleiben.

»Ich bin nicht schlecht gelaunt, sondern chronisch müde.«

Ich ging auf Jonna zu und presste ihr einen Kuss auf die Stirn. »Das passiert, wenn du wie ein Tier arbeitest und das Wort Spaß nur aus dem Wörterbuch kennst«, flüsterte ich in unserer Muttersprache.

Sie legte ihre Arme um meine Taille und vergrub das Gesicht an meinem Bauch. »So ist die Arbeitswelt, Eira. Wenn ich eine erfolgreiche Anwältin sein will, muss ich tausendmal härter arbeiten als alle Männer in der Kanzlei.«

Meine ältere Schwester war schon immer sehr ehrgeizig gewesen, doch als sie mitbekommen hatte, dass jeder weniger qualifizierte Junior-Angestellte mehr als sie verdiente, hatte sie rotgesehen. Ihr frauenfeindlicher Chef machte ihr das Leben seit ihrem ersten Tag schwer und ich an ihrer Stelle hätte London schon längst heulend verlassen. Aber Jonna war aus Stahl, während ich wahrscheinlich nur aus Zuckerwatte bestand.

»Die Waffeln sind fertig.« Mamas Stimme mischte sich mit dem leisen Klang von *Jingle Bell Rock*. Das Lied befreite sich aus der Stereoanlage im Wohnzimmer und wurde von dem rhythmischen Händeklatschen meines Vaters begleitet.

Als wären sie Mrs und Mr Santa Claus, tänzelten meine Eltern ins Esszimmer. Sie trugen die gleichen Weihnachtspyjamas wie wir, doch Papas sah vor allem um den Bauch herum so aus, als hätte

Mama seinen Einteiler zwei Nummern kleiner gekauft. Dieses heimelige Gefühl, das sich um mich bei meiner Ankunft in Rolig Elv wie eine Wolldecke gelegt hatte, umarmte mich mit jeder Sekunde fester.

Da meine Eltern kein Wort Deutsch oder Englisch sprachen, klopfte Papa sanft auf Angelys Schulter und Mama begrüßte sie mit einer kurzen Umarmung.

Wir setzten uns an den Tisch und Anja quetschte Angely weiter über das Leben in Hamburg aus - etwas, was sie jedes Mal bei mir tat. Unsere Mutter versuchte, so subtil wie ein Elch in einem Porzellanladen, herauszufinden, ob Jonna einen Freund hatte. Meine große Schwester stopfte sich einen Bissen nach dem anderen in den Mund, um sich nicht auf das Thema einzulassen. Ich unterdrückte ein Kichern, denn ich konnte mir vorstellen, wie hart sie darum kämpfte, nicht mit den Augen zu rollen.

»Wie war der erste Tag am Wunschstand?« Die kratzige Stimme meines Vaters löste meine Aufmerksamkeit von dem Gespräch zwischen Mama und Jonna.

»Heute sind ein paar Kinder vorbeigekommen und es waren keine Herausforderungen dabei. Es hat Spaß gemacht ...« Ich senkte meinen Blick auf meinen Waffelteller.

»Aber?«, hakte er nach.

»Erik ist nicht mehr da und ich habe Angst, die Leute trauen sich nicht, mir ihre Wünsche zu sagen.«

»Weil du eine Frau bist?«, mischte sich Jonna ein. Sie ließ ihre Kapuze nach hinten gleiten und ein Feuer entfachte sich in ihren grünen Augen.

Ich schüttelte den Kopf. »Weil er älter und eine Autorität in Rolig Elv war. Ich bin nur eine Studentin, die nicht mehr hier lebt.«

Jonna schnalzte mit der Zunge. »Ich weiß, dass du Erik wie deinen eigenen Opa geliebt hast, und er war mit Sicherheit ein toller Mensch. Aber eine Respektsperson war er nur, weil er aus einer Reihe von weißen cis-Heteromännern stammte, die diese Stadt regiert haben.«

»O ja!«, wechselte Anja ins Norwegisch und stützte ihre Ellenbogen auf dem Tisch ab. »Es hat ja lange gedauert, bis der Grinch anfängt, schlecht über Männer zu reden.«

»Ich rede nicht schlecht über Männer, Pippi Langstrumpf«, äffte sie sie nach. »Ich verabscheue eine Gesellschaft, die im einundzwanzigsten Jahrhundert auf Chancengleichheit spuckt.«

»So war Erik nicht«, sagte ich. »Er hat mir sehr wohl etwas zugetraut und war offen, sich meine Ideen anzuhören.«

»Und trotzdem hast du Angst, dass man dich nicht ernst nimmt.« Jonna straffte die Schultern und richtete sich auf ihrem Stuhl auf. »Wann haben wir in dieser Stadt eine weibliche Regierungsperson gehabt?«

»Prim ist die zweite Bürgermeisterin, du Möchtegern-Elle-Wood.«

Obwohl Anja unsere große Schwester wie die Protagonistin von *Natürlich blond* genannt hatte und rote Flecken sich an Jonnas Dekolleté bildeten, redete sie weiter. »Genau! Prim ist seit Jahren zweite Bürgermeisterin und keiner zieht in Erwägung, sie als erste Regierungschefin zu wählen. Stattdessen fragen die Leute sich, ob Liam sich für die Stelle seines Vaters interessieren wird. Der Sonderling hat nicht einmal Jura studiert.«

»Nenne ihn nicht so!« Meine Stimme klang lauter, als sie sollte, und sogar Mama hielt mit einem Teller voller Kekse in der Bewegung inne. Meine Wangen brannten und ich senkte den Blick auf ein Kuchenstück.

»Du hast recht«, gab Jonna zu und lehnte sich wieder zurück. »Es ist nicht nett, ihn so zu nennen. Aber er wünscht sich eindeutig nicht, wie alle anderen Männer seiner Familie, Bürgermeister zu werden. Wahrscheinlich reden seine Eltern aus dem Grund nicht mit ihm.«

Erik hatte letztes Jahr erwähnt, dass es ihm wehtat zu sehen, wie sich seine Familie entfremdete. Ich hatte damals etwas für ihn tun wollen, doch wer war ich überhaupt, um mich einzumischen? Die Pettersens waren die angesehensten Personen in der Stadt und nur, weil ich mit Erik befreundet gewesen war, bedeutete es nicht, dass ich ein Recht darauf hatte, in Liams Leben dazwischenzufunken. Er war schon in der Schule so unerreichbar wie die Polarlichter und so verschlossen wie eine Auster. Meine Freundschaft mit seinem Opa hatte nichts daran geändert.

»Das weißt du nicht«, sagte Papa und kreuzte die Arme vor der Brust. »Es gibt verschiedene Versionen von derselben Geschichte. Aber keiner weiß, was zwischen den Pettersens genau vorgefallen ist.«

Jonna rollte stöhnend mit den Augen. »Der Son–« Sie räusperte sich. Sie schaute kurz zu mir und zurück zu Papa. »Man muss nicht wissen, was in der Familie passiert ist, um sicher zu sein, dass Liam nicht gerade der geborene Politiker ist. Mir geht es hier vor allem darum, dass keiner in der Stadt in Erwägung zieht, eine Frau zu wählen.«

»Vielleicht macht sich Prim gut als zweite Bürgermeisterin, aber als erste wäre sie nicht geeignet«, sagte Mama.

»Wahrscheinlich will sie die Rolle gar nicht«, pflichtete Papa ihr bei.

Jonna lachte sarkastisch. »Genau. Wie alle anderen Generationen vor ihr.«

»Können wir das langweilige Thema sein lassen?«, sagte Anja. »Wir haben Besuch!«

Ich schenkte Angely ein entschuldigendes Lächeln. Doch ihre Augen funkelten amüsiert, während sie sich Weihnachtskekse in den Mund schob, als würde sie Netflix beim Popkornessen schauen.

»Es tut mir leid. Ich wollte dich nicht mit dem seit Jahren totgeschwiegenen Thema meiner Stadt langweilen«, wechselte Jonna ins

Englische und trank einen großen Schluck Kakao, wobei Schlagsahne an ihrer Nasenspitze kleben blieb.

»Ich verstehe kein Wort, aber es klingt megaspannend.«

»Es war auch nichts Wichtiges«, sagte Anja. »Jonna wollte nur wieder Streit.«

»Ich habe den Namen des heißen Kerles gehört, den wir heute am Stand gesehen haben. Liam, so heißt er, nicht wahr?« Angelys Blick huschte kurz zu meinen Eltern, als würde sie sicher sein wollen, dass sie wirklich kein Englisch verstanden.

»O ja. Liam ist echt sexy, oder?« Anja grinste Angely an.

Jonnas Blick fing meinen ein und ich versteckte mein Gesicht in der gigantischen Kakaotasse. Meine große Schwester war die Einzige, der ich von meiner Schwärmerei in der Schulzeit erzählt hatte. Sie wusste, wie viel Überwindungskraft es mich gekostet hatte, Erik anzusprechen, um ihm im Wunschstand zu helfen. Auch wenn ich dadurch Liam nicht nähergekommen war, war Erik sein Großvater und ich hatte viel zu viele Stunden meines Teenageralters damit verbracht, mir eine unmögliche Zukunft mit Liam vorzustellen. Jetzt gab es nichts mehr, was uns verband, und es sollte mich auch nicht stören, dass meine jüngere, attraktive und selbstbewusste Schwester sich für ihn interessierte. Aber irgendwie störte es mich doch.

***

Ein dumpfes Klopfen schlich sich in meinen Kopf und riss mich aus meinem tiefen Schlaf. Meine Zunge klebte pelzig am Gaumen und ich zwang meine schweren Lider dazu, sich zu öffnen. Dunkelheit stand wie eine schwarze Wand vor meinen Augen, weshalb ich nach dem Lichtschalter tastete und die Lampe auf dem Beistelltisch anknipste. Weiches Licht ergoss sich in den Raum und mein Blick glitt über Angely, die mit dem Gesicht im Kopfkissen vergraben weiterschlief. Ich fragte mich, wie jemand überhaupt so schlafen konnte, ohne dabei zu ersticken, als das Klopfen lauter ertönte. Schneeflocken, so groß wie Weihnachtskugeln, schlugen gegen die Glasscheibe und färbten den Nachthimmel weiß. Langsam schwang ich meine Beine über die Bettkante, ging bis zum Fenster und betrachtete die Gewalt der Natur, die Rolig Elv in ein Weihnachtswunderland verwandelte. Nach ein paar Minuten krallte sich Kälte in meine nackten Beine, weshalb ich mich umdrehte, um ins Bett zurückzugehen. Dabei blieb mein Blick auf meinem Rucksack hängen. Der Brief, den Erik mir geschrieben hatte, hing aus der seitlichen Tasche. Ich zog den Umschlag heraus, krabbelte unter die Bettdecke und öffnete ihn. Eriks Schrift sorgte dafür, dass sich mein Herz sowohl schwerer anfühlte als auch schneller schlug.

Meine liebe Eira,

wenn du diesen Brief liest, haben mich die Walküren bereits nach Walhalla geführt. Du bist bestimmt traurig, denn auch wenn ich nur ein alter Mann bin, bilde ich mir ein, du würdest mich vermissen. Gerade habe ich ein Foto von dir auf Instagram (interessantes Ding) gesehen und der Sommer in Hamburg scheint dieses Jahr sehr warm zu sein. Ich wollte dich anrufen, dir etwas sehr Wichtiges erzählen und deine Antwort zu meiner Bitte hören. Aber ich habe auch Angst davor, du würdest dazu Nein sagen und dass ich deinen Sommer mit meinem Hirngespinst verderben würde.

Ich bin alt, müde und neige dazu, ein wenig dramatisch zu klingen. Aber ich werde ganz bald sterben. Das spüre ich. Mein Leben ist jedoch wunderschön gewesen und ich habe viel mehr erleben dürfen, als ich mir als junger Bursche jemals hätte erträumen können. Dafür bin ich sehr dankbar. Dennoch mache ich mir Sorgen um die Zukunft. Nicht um meine, sondern um die meines Enkels. Wenn ich nicht mehr hier bin, hat mein Liam niemanden mehr. Ein bisschen hast du mitbekommen, dass er sich nicht mit seinen Eltern versteht, und das Herz meines Sohnes lässt sich nicht einmal durch die Bitte seines sterbenden Vaters erweichen. Darum wende ich mich an dich, liebe Eira. Ich kenne keinen Menschen auf dieser Erde, der so mitfühlend ist wie du. Aus dem Grund bin ich egoistisch und schreibe dir hier meinen letzten Wunsch. Lass Liam nicht allein. Er ist stolz und fast so stur wie sein Vater. Dennoch hat mein Enkel ein Herz aus Gold. Genau wie du. Ich kann meine Ruhe nicht finden, solange ich denke, dass er sich an Weihnachten einsam fühlen wird. Für viele Menschen haben diese Festtage keine große Bedeutung, doch für Liam bedeuten sie die Welt. Etwas, was er niemals zugeben würde. Genauso wenig, wie er eingestehen wird, dass er nicht allein sein will. Du bist geduldig, gut und kannst Herzen viel besser als ausgesprochene Worte verstehen. Ich bin mir sicher, dass du auch zu meinem Enkel durchdringen und mir diesen einen Wunsch erfüllen kannst.

Keine Sorge. Wenn du es doch nicht tun willst, werde ich nicht als Geist der vergangenen Weihnachten zurückkehren. Ich werde immer noch über dich wachen. Über euch beide.

Alles Liebe und wünsch dir was.

Dein Erik

Kapitel 3

Mein wilder Herzschlag pochte in meiner Kehle und ich zählte meine Atemzüge in der Hoffnung, mein Puls würde sich beruhigen. Vergebens. Je länger ich die Tür des Gebäudes, in dem Liam wohnte, anstarrte, desto hektischer atmete ich. Seufzend legte ich den Kopf in den Nacken, ließ die morgigen Sonnenstrahlen mein Gesicht liebkosen und ein bisschen von der Kälte vertreiben, in die mich die Schneeberge um mich herum einhüllten.

Das machst du für Erik.

Es hat nichts mit deinen Gefühlen für Liam zu tun.

Doch egal, wie oft ich diese Sätze vor mir selbst wiederholte, eine leise Stimme in meinem Kopf würde mich immer an die Hitze erinnern, die Liams Gegenwart in mir auslöste. Die verbotene Hitze, die er schon während der Schulzeit in meinem Bauch entfacht hatte. Ein Gefühl, das nicht einmal verschwunden war, als er und meine damalige beste Freundin Saxa ein Paar wurden.

Kinderstimmen rissen mich aus meinen Gedanken und ich schaute zu einem Mädchen, das flauschige rosa Ohrenwärmer trug und lachend vor einem rothaarigen Jungen weglief. Sie bewarfen sich mit Schneebällen und quietschten wie aufgeregte Meerschweinchen. Ein Lächeln legte sich auf meine Lippen und ich füllte meine Lunge mit der eisigen Luft, bevor ich klingelte. Eine Minute verging, ohne dass eine männliche Stimme durch die Sprechanlage erklang. Seit drei Jahren teilte Liam die Wohnung mit Jayden, einem gut aussehenden und sehr charismatischen DJ, mit dem wir ebenfalls dieselbe Schule besucht hatten. Beide waren nie richtige Freunde gewesen. Eigentlich erinnerte ich mich nicht daran, dass Liam, abgesehen von Saxa, je mit irgendjemandem etwas unternommen hatte. Trotzdem hatte er, kurz bevor ich nach Hamburg gezogen war, eine WG mit Jayden gegründet.

Der Klang des Summers ließ mich zusammenzucken und ich stemmte mich gegen die Haustür, um sie zu öffnen. Mein Atem ging gepresst und meine Handflächen schwitzten, während ich die Stufen bis zum zweiten Obergeschoss hinaufstieg und vor Liams Wohnungstür stehen blieb. Ich ballte meine Hand zu einer Faust, um an der Tür zu klopfen, als diese aufgerissen wurde. Mein Herz setzte einen Schlag aus und meine Lippen trennten sich, ohne dass ich einen Laut von mir gab. Liam trug ein schwarzes T-Shirt, das sich eng an seinen durchtrainierten Oberkörper schmiegte und die Tattoos auf seinen Unterarmen entblößte. Mein Blick wanderte weiter abwärts zu seiner gestreiften Pyjamahose und ich vergrub meine Nase in meinem giftgrünen Wollschal. Meine Wangen mussten leuchten wie Vulkanlava, so heiß brannten sie.

»Habe ich dich geweckt?«, fragte ich und meine Stimme klang gedämpft.

Ich hatte mir vorgenommen, mit ihm zu sprechen, bevor Angely aufwachte und mich zum Wunschstand begleiten wollte. Aber ich hätte mir denken können, dass ich Liam um sieben Uhr morgens aus dem Bett klingeln würde. Keine gute Voraussetzung, wenn ich mir etwas von ihm wünschte.

Er schüttelte den Kopf. »Ich muss heute einen Auftrag abgeben und bin seit gestern wach.«

»Ein Auftrag?« Ich hob den Blick und schaute in seine unergründlichen Augen.

»Ein Buchcover. Ich muss heute ein Buchcover zu einem Verlag schicken.«

Erinnerungen daran, wie Liam in der Schule auf einem Block gezeichnet hatte, huschten mir durch den Kopf. Damals hatte ich mir gewünscht, ich dürfte mir seine Kunst ansehen, war aber nie mutig genug gewesen, um ihn anzusprechen. Stattdessen hatte ich ihn aus dem Augenwinkel beobachtet und gehofft, wir würden im Kunstunterricht ein Projekt zusammen machen. Es kam jedoch nie dazu, denn Saxa hatte sich an ihn geklammert, als wäre er ihr letzter Proteinriegel und sie am Verhungern.

Mit den Fingerspitzen zog ich meinen Schal herunter. »Ich wollte nicht stören, nur kurz etwas Wichtiges mit dir besprechen.«

Liam hob die Augenbrauen. »Etwas Wichtiges?«

»Ich weiß.« Ich ließ meinen Schal los, sodass er meine Lippen wieder bedeckte. »Ich bin bestimmt nicht die Person, mit der du um die Zeit reden willst.«

Er zögerte, schob seine Hände tief in die Hosentaschen und trat einen Schritt zur Seite. »Willst du reinkommen oder wird das ein Flurgespräch?«

Sein barscher Ton jagte einen kalten Schauer meine Wirbelsäule hinauf, doch in seinen Augen, in diesen bernsteinfarbenen Augen, entdeckte ich etwas, was mich anzog, als wäre ich ein Magnet und er aus Metall. Ich holte hörbar Luft und ließ ein paar Sekunden verstreichen, bevor ich ausatmete und an ihm vorbeiging. Sein Duft nach Sandelholz und Schnee strich mir um die Nase und ich versuchte auszublenden, wie nah ich ihm für einen kurzen Moment gewesen war.

Er ist Saxas Ex-Freund.

Im Wohnzimmer liebkoste Wärme meine Wangen und mein Blick streifte durch den Raum, während ich meinen Mantel aufknöpfte und den Schal abwickelte. Zwischen dem Sofa und dem Couchtisch schien der Christbaum den Krieg mit dem Weihnachtsmann verloren zu haben. Auf dem Boden, an den Wänden und auf den Bücherregalen hingen, mal gut, mal schlecht, selbst gebastelte Dekorationen. Es sah chaotisch aus: Nikoläuse in Badehosen, Elche mit blauen Mützen und Harry-Potter-Figuren mit Ketten aus lila Lametta lagen überall verstreut.

»Es sieht schön aus hier«, log ich und drehte mich zu ihm um, sodass sein Blick meinen einfing.

Liam hatte die Haustür geschlossen, lehnte lässig mit der Schulter am Bücherregal und seine Hände steckten noch immer in den Hosentaschen. »Danke.«

»Ist Jayden da?«

Er schüttelte den Kopf, wobei ihm dunkle Strähnen über die Augen fielen. »Er ist nach Schweden zu seiner Familie gefahren. Wahrscheinlich kommt er erst im neuen Jahr wieder.«

Nicht einmal sein Mitbewohner würde Weihnachten bei ihm bleiben. Liam hatte seinen Großvater verloren, redete nicht mit seinen Eltern und soviel ich wusste, hatte er auch keine Freunde. Mein Herz zog sich zusammen und vielleicht sollte ich direkt auf den Punkt kommen und ihm sagen, warum ich hier war. Doch die Worte ballten sich in meinem Bauch und weigerten sich, über die Zunge zu rollen. »Ich habe mich die ganze Zeit gefragt, wie du lebst, aber überhaupt nicht mit Weihnachtsdekoration gerechnet.« Vorsichtig setzte ich mich auf die Sofakante.

»Was hast du erwartet? Särge oder schwarze Wände?«

Super gemacht, Eira.

Jetzt habe ich ihn noch gekränkt.

»Nein … Ich …« Ich senkte den Kopf.

»Es war ein Witz. Sorry. Ich bin nicht gut darin.« Seine Stimme klang sanfter. »Die Dekoration gehört Jayden. Er besteht darauf, die Wohnung jedes Jahr vor dem ersten Advent weihnachtlich zu schmücken.«

Ich schluckte und traute mich immer noch nicht, ihm in die Augen zu sehen. Stattdessen sah ich zum überfüllten Regal und deutete zum einzigen Regalboard, auf dem Bücher nach Farben sortiert waren. »Hast du eins von den Covern entworfen?«

Eine Sekunde blinzelte er irritiert, schaute dann zu der Richtung, in die ich gedeutet hatte, und der Anflug eines Lächelns zupfte an seinem Mundwinkel. »Fast alle.«

»Darf ich eins davon sehen?«

Liam sah mich an, als würde ich ihn darum bitten, mir eine Seite seines Tagebuchs zu zeigen. Wahrscheinlich musste ich ihn nur googeln, um herauszufinden, welche Buchcover er schon gestaltet hatte. Doch das jetzt von ihm zu erfahren, fühlte sich intimer an.

Mach dich nicht so wichtig, Eira.

Er befeuchtete die Lippen, stieß sich vom Regal ab und ging in die Hocke, um einen Wälzer daraus hervorzuziehen. Die Dicke des Buches erinnerte mich an meine Enzyklopädien über nordische Mythologie, doch das Cover war nicht aus Leder, sondern aus einem matten moosgrünen Papier. Liam streckte mir das Buch entgegen und als ich es ihm abnahm, berührten sich unsere Fingerspitzen für eine Sekunde. Ich ignorierte das Kribbeln, das meinen ganzen Körper durchlief, und betrachtete stattdessen die rothaarige Hexe auf dem Schutzumschlag. Genau wie ich hatte sie ein ovales Gesicht, lockige schulterlange Haare und braune Augen. Nur die Sommersprossen auf ihrer Nase unterschieden uns voneinander. Aber vielleicht war ich verrückt geworden und bildete mir ein, dass Liam mich als Inspiration für eine Zeichnung gebraucht hatte. Warum sollte er das tun?

»Hast du es selbst gezeichnet oder Grafiken von anderen Künstlern genutzt?«

Er verengte die Augen, nahm einen Karton vom Sessel, stellte ihn auf den Boden und setzte sich auf das Polster. »Interessierst du dich für Bücher?«

Ähm … Nein. Ich verschlang nur im Schnitt fünf Bücher pro Woche und kaufte neue Lektüre, wenn ich mich in das Cover verliebte. Das, obwohl ich bestimmt mehr als zwanzig ungelesene Bücher bei mir hatte. »Ein bisschen.«

Für den Bruchteil einer Sekunde bog sich sein Mundwinkel nach oben und mein Herz setzte einen Schlag aus.

»Ich denke aber nicht, dass du hier bist, um über meine Arbeit zu reden.«

Und der Moment war vorbei. Es war fast so, als könnte ich sehen, wie er eine eiserne Wand hochzog und mich auf Abstand hielt. Vielleicht lag es einfach daran, dass ich nicht Saxa Eva Hansen hieß. Sie war beliebt, ihrer Familie gehörte eine der größten Textilfabriken Norwegens und jedes Mal, wenn sich Liam und Saxa in der Schule geküsst hatten, hatte ich mich gefühlt, als würden Shawn Mendes und eine jüngere Version von Rihanna vor mir rummachen. Anziehend, aufregend und nicht meine Liga.

Ich schluckte schwer und straffte leicht die Schultern. »Ich kann es kaum glauben, dass ich überhaupt hier bin.«

»Ist die Vorstellung, mich zu besuchen, so schlimm?«

Im Gegenteil. Ich hatte so viel Angst, allein mit Liam zu sein, und jetzt wollte ich nicht mehr gehen. Andererseits musste ich daran denken, wer bestimmt schon erfahren hatte, dass ich hier war. »Ich habe keine Lust auf die Szene, die Saxa machen wird, wenn sie davon erfährt.«

»Ich bin weder Saxas Eigentum noch sind wir zusammen.« Seine Stimme klang ruhig und die Antwort war fast automatisch über seine Lippen gekommen.

»Ich weiß.« Ob sie auch so dachte? Ich kaute eine Sekunde auf der Unterlippe herum.

Er schaute zu meinem Mund, verweilte einen Moment zu lang darauf und entfachte Wärme in meinem Bauch. Es war nicht das erste Mal, dass Liam mich so eindringlich ansah. Doch während der Schulzeit hatte er immer schnell von mir weggesehen. Damals hatte ich fast das Gefühl gehabt, dass er mir aus dem Weg ging, und nicht verstanden warum. Zwar waren wir nie befreundet, doch er war mit Saxa zusammen und wir gingen auf dieselbe Schule. Zumindest ein *Guten Tag* oder ein *Wie geht es dir?* sollte bei uns gang und gebe sein. Stattdessen wurde ich von ihm ignoriert, wodurch ich mich jetzt noch idiotischer fühlte.

Es geht nicht um dich, Eira.

Du machst das für Erik.

»Deshalb hast du in der Schule kaum mit mir gesprochen? Etwa, weil du Angst davor hattest, was Saxa darüber sagen würde?«, fragte er und lehnte sich auf dem Sessel zurück.

Was?! Jetzt war ich diejenige, die nicht mit ihm geredet hatte und nicht andersherum?

»Unabhängig davon, mit wem du zusammen gewesen bist, warst du nicht gerade die Nettigkeit in Person«, erwiderte ich schulterzuckend.

Er befeuchtete die Lippen und ich meinte, den Anflug eines Lächelns zu erkennen.

Jetzt amüsiere ich ihn auch?

»Das hat sich nicht geändert, oder?«, fragte er.

Ich schaute ihm einen Herzschlag lang in die Augen, holte stockend Luft und rutschte auf der Couch hin und her. »Ich bin wegen Erik hier«, wechselte ich das Thema und legte das Buch auf den Couchtisch.

»Wegen meines Großvaters?«

»Er …« Ich räusperte mich. »Er hat mich in eine schwierige Lage gebracht und ich habe keine Ahnung, wie ich jetzt da rauskommen soll.«

»Vielleicht, wenn du nicht so kryptisch redest?«

Wieso verhielt er sich wie ein Idiot und machte es mir noch schwerer, mit ihm zu sprechen? Es reichte nicht, dass ich wusste, dass Liam mich nicht ausstehen konnte. Dazu kam noch, dass Saxa mein Leben zur Hölle machen würde, wenn sie erführe, dass ich mit ihrem Ex-Freund zusammenarbeiten wollte. Jetzt behandelte er mich noch abweisender als sonst.

»Ich habe einen Brief von Erik im Wunschstand gefunden.« Ich leckte mir über die Unterlippe, meine Kehle fühlte sich staubtrocken an. »Wahrscheinlich hat er Siri oder ihren Mann darum gebeten, mir den Umschlag zu geben, und sie haben ihn einfach dagelassen, damit ich ihn selbst finde.«

»Okay«, sagte er nur. »Und was hat das mit mir zu tun?«

Abermals rutschte ich auf dem Polster herum, wobei mein Hals zu prickeln begann. Es war alles, was mir noch fehlte. Jetzt mussten rote Flecken so groß wie meine Hände auf meiner Haut leuchten. »In dem Brief ging es um dich.«

»Um mich?«

»Das habe ich gesagt.«

»Das habe ich wiederholt.«

O mein Gott! Wenn er mich so weiter in den Wahnsinn trieb, würde ich riskieren, von Eriks Geist heimgesucht zu werden.

»Sorry«, fügte er schnell hinzu und räusperte sich. »Was hat er über mich erzählt?«

Damit hatte ich nicht gerechnet. Hatte sich Liam bei mir wirklich entschuldigt?

»Er hat gesagt, dass –« Ich hielt inne, grub die Zähne in die Unterlippe und kaute ein paar Sekunden darauf herum. Wenn ich ihm sagte, dass sein Großvater nicht wollte, dass er Weihnachten allein verbrachte, würde er nicht mitmachen. Wahrscheinlich würde er mir sagen, dass Erik es übertrieb und er weder meine Gesellschaft brauchte noch sie wünschte. Aber wenn ich die Wahrheit anders verpackte, machte er vielleicht mit. »Er hat nicht gewollt, dass ich den Stand allein führe, und hat mich deshalb darum gebeten, dich zu überzeugen, mir zu helfen.«

Er blinzelte. »Er hat was?«

In den drei Jahren hatte Erik nie darüber gesprochen, Liam im Stand zu sehen. Er hatte weder erwähnt, dass er seinen Enkel darum gebeten hatte, mitzuhelfen, noch war Liam dort aufgetaucht.

Die einzige Ausrede, die mir einfiel, war also verdammt dämlich. »Es ist eine blöde Idee. Das weiß ich.«

Liam schwieg und schaute zum Buch auf dem Couchtisch.

»Aber für mich kommt es nicht infrage, Eriks letzten Wunsch zu ignorieren«, fuhr ich fort.

Meine Stimme klang so unsicher, wie ich mich fühlte. Wenn meine Schwestern mich hören könnten, würden sie sofort wissen, dass ich log. Aber wie konnte ich sonst Liam die Weihnachtszeit nicht allein verbringen lassen? Eine viel schlechtere Idee wäre es, jeden Tag bei ihm aufzutauchen und so zu tun, als hätten wir etwas gemeinsam.

»Mein Opa hat es von dir gewollt. Aber die Umsetzung hängt nicht allein von dir ab. Was machst du also, wenn jemand sich etwas wünscht und du die Bitte nicht erfüllen kannst?«

Okay. Er wollte also wirklich keine Zeit mit mir verbringen.

Ich senkte den Blick und fummelte an dem Schal auf meinem Schoß. »Nur bis Weihnachten. Du musst nichts weiter tun, als hinter dem Tresen zu sitzen und Gløgg zu trinken. Du leistest mir Gesellschaft und ich dir.«

Wieso klang die Idee nicht so verrückt, wie sie in der Tat war?

»Ich muss nur dasitzen und du kümmerst dich um die Wünsche?«, hakte er nach.

Ich nickte. »Es wäre ein Kompromiss, oder? Ich nerve dich nicht weiter und muss dabei keine Angst haben, deinen Großvater nach seinem Tod enttäuscht zu haben.«

Liam zuckte kaum merklich zusammen, sah mir wortlos in die Augen und schluckte schwer. Ein merkwürdiges Gefühl breitete sich in meinem Bauch aus und ich fragte mich, ob ich etwas gesagt hatte, was ihn verletzte. Etwas, was meinen Plan komplett ruinierte. Doch er schaute weg und fuhr sich seufzend durch die Haare.

»Okay«, erwiderte er so leise, dass ich mir nicht sicher war, ob er der Idee wirklich zugestimmt hatte.

Trotzdem nickte ich, lächelte ihn sanft an und hoffte von Herzen, dass wir uns verstanden. Wie wäre es, wenn Liam und ich Freunde sein konnten?

»Dann sehen wir uns morgen am Stand?«, fragte ich.

»Ich stehe aber nicht auf Gløgg.« Eine Spur Belustigung schwang in seiner Stimme mit.

»Dann bringe ich uns Kakao mit.«

Eriks letzter Wunsch war verrückt. Ich war mir sicher, dass er nicht funktionieren würde. Doch die Idee, Zeit mit Liam zu verbringen, gefiel mir mit jeder Sekunde mehr.

Kapitel 4

»Das ist ein Rekord«, wisperte Angely an meinem Ohr und warf einen flüchtigen Blick über die Schulter.

Vorsichtig schaute ich ebenfalls nach hinten, zu der Ecke des Stands, in der Liam seit drei Stunden saß. Er war in ein Buch vertieft und hielt seinen Kopf leicht gesenkt, sodass seine dunklen Haare ihm über die Augen hingen. Mein Herz war für eine Sekunde stehen geblieben, als er am Wunschstand aufgetaucht war. Schwarze Boots, schwarze Hose, schwarzer Mantel und der attraktivste Mann, dem ich bisher begegnet war. Darüber waren sich die meisten Frauen in der Stadt einig. Wenn es um Liams Persönlichkeit ging, schieden sich jedoch die Geister. Manche waren so unverschämt wie Jonna und behaupteten, er sei ein Sonderfall, der sich rapide zu einem Einsiedler entwickelte. Andere meinten, er sei eher rebellisch und würde sich eigenartig verhalten, um seinen Vater, warum auch immer, zu ärgern. Für mich war er weder das eine noch das andere. Liam stellte für mich einen gefrorenen See mit tiefen, tiefen Wassern dar. Wer zu ihm durchdringen wollte, musste erst mal durch die harte Oberfläche brechen. Etwas, was nur Saxa bisher geschafft hatte. Unsere ehemaligen Schulfreundinnen meinten heute noch, dass sie nur wegen seines Aussehens mit ihm zusammen gewesen war. Immerhin hatte Liam in unserer Gegenwart kaum ein Wort gesprochen. Egal, ob mit Saxa oder jemand anderem. Ich hatte sie damals nicht so oberflächlich eingeschätzt, was sich nach etlichen Enttäuschungen geändert hatte. Es hatte jedoch irgendetwas gegeben, was beide verband. Irgendwas, was nur ihnen beiden gehörte. Irgendwas, was mich jetzt auch nichts anging. Warum verschwendete ich überhaupt einen Gedanken an Saxa? Nach allem, was sie mir angetan hatte, sollte ich alle Erinnerungen an unsere Freundschaft hinter eine Tür in meinem Bewusstsein sperren.

»Was meinst du mit einem Rekord?« Warme Luft stieg aus meinem Mund.

»Der Typ sitzt seit drei Stunden da und liest.« Angely kam näher, sodass sich ihre Schulter an meine lehnte. »Obwohl seine Kopfhörer jetzt an seinem Hals hängen, sieht es immer noch nicht aus, als würde er mit uns reden wollen.«

Wahrscheinlich wollte er es auch nicht.

»Liam ist nur hier, weil ich ihn angelogen habe.« Obwohl ich wusste, dass er kein Wort Deutsch verstand, sprach ich so leise, dass ich mir nicht sicher war, ob Angely mich hören konnte. »Er hat offensichtlich gar keine Lust, hier zu sitzen.«

»Du hast ihn angelogen?«

Ich nickte, wandte den Blick von ihm ab und schaute zu den Umschlägen, die mit frisch eingetroffenen Wünschen von Angely versiegelt wurden. Sie hatte mit ein paar Passanten auf Englisch gesprochen und sich mit anderen mit Händen und Füßen verständigt. Ihre Begeisterung für das Projekt und ihr Einsatz, mir am Wunschstand zu helfen, obwohl sie nicht aus der Stadt kam und kein Norwegisch konnte, erwärmte jedes Mal mein Herz.

»Ich bin nicht in der Lage gewesen, ihm zu sagen, dass sein Opa mich darum gebeten hat, ihn an Weihnachten nicht allein zu lassen. Liam und ich waren nie Freunde und ich will nicht, dass er denkt, ich hätte Mitleid mit ihm.«

»Hast du Mitleid mit ihm?«

Wenn ich an Liam dachte – etwas, was ich in den letzten Tagen öfter tat, als gesund war –, empfand ich eine Menge. Mir wurde warm, mein Herz schlug auf einer ungewöhnlichen Weise und in meinem Bauch flirrte etwas. Aber Mitleid verspürte ich nicht. Ich schüttelte den Kopf. »Warum sollte ich? Er hat in der Schule immer die besten Noten geschrieben, seine Familie ist stinkreich und er ist …«

»Schärfer als mein Chili con Carne?«

Grinsend sah ich sie an. »Männer sind kein Fleischgericht.«

»Komm schon, Eira. Wir kennen uns seit ein paar Jahren und obwohl du kein Teenager mehr bist, kann ich an der Farbe deiner Wangen erkennen, ob du jemanden attraktiv findest.«

»Mein Fluch.«

»Ich hingegen bin mit einem Pokerface geboren. So was ist auch überlebenswichtig, wenn du mit vier Macho-Brüdern aufwächst, die denken, sie dürften bestimmen, wen du daten darfst und wen nicht.« Sie schnalzte mit der Zunge. »Bis heute müssen sie davon ausgehen, dass ich nur mit den Typen ausgegangen bin, die sie für mich ausgesucht haben.«

Ich lachte leise. »Na gut. Liam sieht gut aus.«

»Du hast mir noch nicht erzählt, warum du mit seiner Ex nicht mehr befreundet bist.«

Ich schaute zu den verschneiten Straßen des Weihnachtsmarktes, als mein Blick meine Schwester fand. Anja tänzelte auf uns zu, als wäre sie ein Elf, der aus dem Zauberwald ausgebrochen war.

»Hey, Mädels«, sagte Anja auf Englisch.

Angely strahlte sie an. »Hast du schon Feierabend?«

»Jap.« Sie richtete ihre flauschigen Ohrenwärmer. Ihre Haare waren ein feuriges Durcheinander auf ihrem Kopf. »Im Teeladen ist nicht viel los und ich bin froh, keine ältere Dame heute bedienen zu müssen, die vergessen hat, ihr Hörgerät anzuschalten.«

»Ist der Job anstrengend?«, wollte Angely wissen.

Anja zuckte mit den Schultern. »Es ist ein Ferienjob, mit dem ich

Geld für meinen Umzug nach meinem Schulabschluss sparen kann. Ich habe mich für ein Studium in Lon–«

Meine Schwester erstarrte, als würde sie bei einem Stopptanz mitmachen, und schaute an Angely vorbei. »Ist euch bewusst, dass Liam Pettersen hinter euch sitzt?«

»Ich war auch so aufgeregt wie du, als er angekommen ist. Jetzt finde ich nur unheimlich, dass er so in einem Buch versinken kann, dass ich das Gefühl habe, da stünde eine Statue.«

»O fuck! Der ist eine verdammt sexy Statue.«

Ich rollte mit den Augen. Beide flüsterten zwar, doch mir war trotzdem nicht wohl dabei, über Liam zu reden, als säße er nicht zwei Meter hinter uns. »Was machst du jetzt, da du deine Freiheit für den heutigen Tag hast?«

Anja blinzelte, schüttelte den Kopf und schaute mich wieder an. »Ich wollte Angely fragen, ob sie mit mir in die Sauna gehen möchte.«

»O ja!« Sie grinste erneut breit und rieb ihre Wollfäustlinge aneinander. »Ich habe die komplette Wintermontur an, der Heizstrahler klebt praktisch an meinem Hintern und ich habe drei Liter Gløgg intus. Trotzdem ist mir so verflucht kalt.«

»Dann wirst du die Floatingsauna beim Fjord lieben«, sagte ich.

»Ist es wirklich okay, wenn ich gehe?« Ihr Lächeln fiel in sich zusammen und sie warf einen kurzen Blick über die Schulter. »Ich will dich nicht mit Herrn Ich-kann-länger-schweigen-als-meine-Mama-wenn-sie-sauer-ist alleinlassen.«

Ich biss mir auf die Unterlippe. »Geh ruhig.«

Angely drückte mich kurz, bevor sie wie ein Leopard auf Beutezug über den Tresen sprang und sich zu meiner Schwester gesellte.

»Wir sind heute Abend zurück, falls Mama fragt«, sagte Anja und zog Angely an der Hand.

Beide schlängelten sich zwischen Menschentrauben und Pärchen durch, bis sie aus meinem Sichtfeld verschwanden. Nur ein paar Sekunden vergingen, bis Liams Anwesenheit mir wieder bewusst wurde und sich diese wohlbekannte Hitze in meinem Bauch meldete. Schnell kam jedoch der nächste Standbesucher und ich unterhielt mich ausgiebig mit Herrn Olsen, der sich jemanden wünschte, der ihm beim Vorlesen im Altenheim half. Danach kam ein Mädchen vorbei, um sich eine Nintendo Switch zu wünschen. Sie meinte, dass ihre Mutter ihr verboten hätte, jemanden um etwas zu bitten, ihr aber ebenso eingeschärft hätte, dass es dieses Jahr keine Geschenke geben würde, da sie ihren Job verloren hatte. Die Kleine musste auf die abrupteste und brutalste Weise erfahren, dass es keinen Weihnachtsmann gab. Ich schrieb auf einen Zettel, dass ich das Geheimnis wahren würde, und bat das Mädchen darum, ihrer Mutter den Brief zu geben. Sollte die dann mit dem Wunsch einverstanden sein, würde ich ihn auf die Liste nehmen. Zum Glück kam die Kleine ein paar Minuten später mit ihrer Mutter zusammen zurück, die, ohne mir in die Augen zu sehen, zustimmte. Ich hielt sie nicht länger auf, da der Kampf zwischen ihrem Stolz und der Liebe zu ihrer Tochter ihr ins Gesicht geschrieben stand.

Als die Dunkelheit des sternlosen Himmels Rolig Elv bedeckte und der Weihnachtsmarkt immer voller wurde, entschied ich mich, den Stand zu schließen. Zwischen erheiterten Stimmen, Weihnachtsmusik und dem Geruch von karamellisiertem Zucker kam kaum noch jemand zum Wunschstand. Ich packte den Stapel Umschläge, als sich eine weibliche Hand auf meine legte.

»Du bist seit einer Woche hier und ich habe dich kein einziges Mal gesehen«, sagte Saxa.

Ich hob meinen Blick und schaute in bodenlos schwarze Augen. Mein Herz sank tiefer und meine Schultern krümmten sich automatisch nach vorne. Saxa war wie aus einer Zeitschrift für Wintermode entsprungen. Ihre makellose Haut wirkte durch ein professionell aussehendes Make-up wie gephotoshoppt, ihre schwarzen

Haare waren perfekt geglättet und ihre Haltung erinnerte mich daran, wie gering sie mich schätzte.

»Hey«, erwiderte ich schwach. Meine Wangen brannten und ich verabscheute mich dafür, dass ich bestimmt wieder wie eine Ketchup-Flasche aussah.

»Schön zu sehen, dass du immer noch beim Stand mitmachst, obwohl kein Mensch sich dafür interessiert«, fuhr sie fort. Saxa gab sich Mühe, mir in die Augen zu schauen, doch ihr Blick huschte abermals an mir vorbei.

Warum sollte sie sich sonst für mich interessieren? Sie hatte mir vor Jahren mein Herz aus der Brust gerissen und wie Hannibal Lecter auf einem silbernen Teller verspeist. Wenn sie gewusst hatte, dass ich wieder da war, und sie mich wirklich hätte wiedersehen wollen, wäre sie früher zu mir gekommen. Sie wäre aufgetaucht, bevor ich Liam überredet hatte, mir zu helfen. Aber ich bedeutete ihr nichts. Unsere Freundschaft hatte ihr nie etwas bedeutet.

»Ich habe schon ein paar Wünsche zusammen und sogar einige Freiwillige, die bereit sind, sie zu erfüllen.«

»Schön.« Sie zog das Wort in die Länge und gab den Versuch endgültig auf, mich anzusehen. »Und hast du die Stelle deines Großvaters übernommen, Liam?«

Ich wollte laut sagen, dass Saxa mit ihm redete, denn wenn er immer noch in seinem Buch vertieft war, hatte er nicht mitbekommen, dass seine Ex-Freundin hier stand. Als ich mich jedoch umdrehte, blieb Liam bereits eine Armeslänge hinter mir stehen. Seine Miene war unergründlich und sein Blick fest auf sie gerichtet.

»Nur diesmal«, erwiderte er tonlos und schob die Hände in die Hosentaschen.

»Schön.« Ein zuckersüßes Lächeln umspielte ihre vollen Lippen. »Ich wollte meine beste Freundin sehen und bin überrascht, dass du auch hier bist.«

Beste Freundin? War das ihr Ernst? Wut pochte leise in meinen

Adern und ich grub meine Fingernägel in meine Handballen. Mir war es egal, dass ich so rot leuchtete wie ein Feuerwerk. Saxa musste den Verstand verloren haben oder komplett verzweifelt sein, um zu behaupten, dass wir uns auf irgendeiner Weise noch nahestanden.

Liam kniff die Augen zusammen und drückte mit dem Zeigefinger den Punkt zwischen seinen Augenbrauen. »Du weißt, wie allergisch ich auf Bullshit reagiere, oder?«

Warum habe ich nicht dasselbe gesagt?

»Wieso bist du so feindselig?« Saxas Stimme klang süßer als gebrannte Mandeln.

»Ach, ich weiß nicht.« Er zuckte lässig mit den Schultern. »Vielleicht weil du dich noch nie für den Wunschstand meines Opas interessiert und in drei Jahren kaum ein Wort über Eira verloren hast?«

So ist es!

»Nur, weil ich nicht mit dir über sie gesprochen habe, bedeutet das nicht, dass ich sie nicht sehen möchte.«

»Warum hast du sie nicht zu Hause besucht?«

»Hast du etwa das Recht, mir zu sagen, wo ich hingehen darf und wohin nicht?«

»Okay«, schaltete ich mich dazwischen. So sehr es mir gefiel, wie Liam Saxa Paroli bot, fühlte ich mich verdammt seltsam, wenn sie über mich redeten, als wäre ich nicht hier. »Wollen wir etwas klarstellen?«

Beide schauten mich mit gehobenen Augenbrauen an.

»Erstens: Wir sind keine Freundinnen, Saxa. Schon lange nicht mehr«, sprach ich weiter.

Sie holte tief Luft, sagte aber nichts.

»Zweitens: Der Stand steht auf dem Weihnachtsmarkt. Sie darf vorbeikommen, wenn sie möchte«, fuhr ich diesmal an Liam gerichtet fort.

Ich war echt nicht scharf darauf, dass Saxa wieder vorbeikam. Aber Liam sollte auch nicht denken, dass er mich auf irgendeine Weise beschützen musste. Zum einen kannten wir uns nicht gut genug dafür. Zum anderen brauchte ich keinen weißen Ritter, der mich aus einer unangenehmen Unterhaltung rettete. Ich war nicht die Wortgewandteste und trotz meines Psychologiestudiums fiel es mir immer noch nicht leicht, über meine Gefühle oder überhaupt mit Saxa zu reden. Aber es waren Baustellen, an denen ich allein arbeiten musste und wollte.

Liam schluckte, nickte knapp und ging zu seinem Platz zurück. Langsam schlug er die Beine übereinander und öffnete sein Buch. »Ich weiß, was du gerade machst, und ich mache nicht mit, Saxa.«

Mir war ein Rätsel, warum eine Frau wie sie ihm hinterherlief, wenn Liam so deutlich machte, dass er nichts von ihr wollte. Zugegeben, ich war genau wie sie gewesen und Liam war klug, interessant und gut aussehend. Aber sie hieß Saxa und es gab bestimmt eine meterlange Schlange von Männern die scharf darauf waren, Liams Platz zu übernehmen. Aber vielleicht wollte sie nur genau das haben, was sie nicht haben konnte. War sie nicht schon immer so gewesen?

»Und wir schließen jetzt den Stand.« Meine Stimme klang fest und so bestimmend, wie ich vor Jahren hätte sprechen sollen.

Sie schluckte schwer, reckte das Kinn und ging. Noch nie hatte ich Saxa so schnell etwas aufgeben gesehen. Aber ich wollte auch nicht verstehen, was zwischen ihr und Liam vorging. Im schlimmsten Fall würde ich nur zwischen beiden stehen und zur Zielscheibe für die ganze Stadt werden, sollten sie sich wieder vertragen.

»Ich wollte nicht …«

Mein Blick schweifte zu Liam, der sein Buch wieder geschlossen und das Gesicht in den Händen vergraben hatte. »Du wolltest nicht was?«, fragte ich sanft.

Er sah mich an, tiefe Falten gruben sich zwischen seine Augenbrauen, bevor er wieder aufstand und auf mich zukam. Nur eine Handbreite trennte uns, sodass sein Duft nach Sandelholz und Schnee in meine Nase stieg. »Ich wollte dich nicht in Verlegenheit bringen. Du musst wissen, dass Saxa nicht fair ist, wenn sie sich bedroht fühlt.«

Ich atmete stockend ein und ein Zittern durchlief meinen Körper. Eins, das nichts mit der Kälte zu tun hatte. »Ich habe keine Angst vor Saxa.«

Nicht mehr.

»Außerdem hat sie keinen Grund, um sich bedroht zu fühlen. Du bist hier, damit wir beide deinem verstorbenen Opa einen Gefallen tun. Du magst mich nicht und ich bin auch nicht dein Fan.«

Liam öffnete den Mund, schloss ihn wieder und presste die Lippen fest aufeinander. »Okay.«

Ein ungutes Gefühl machte sich in meiner Brust breit. Vielleicht, weil ich endlich das ausgesprochen hatte, was offensichtlich war. Meine Teenagerzeiten lagen hinter mir und es war lächerlich, immer wieder zu erröten, wenn Liam mit mir sprach. Er war Saxas Ex-Freund, hatte schon damals kein Interesse in mir gezeigt und das hatte sich weder geändert, weil er keine Freundin hatte, noch, weil ich wieder in der Stadt war.

»Du kannst übrigens auch gehen, wenn du möchtest. Ich schließe den Stand heute früher.«

Sein Ausdruck war unergründlich, doch ein heißes Kribbeln schlich sich unter meine Haut, brachte meine Gefühle durcheinander und mein Herz dazu, schneller zu pochen. »Ich komme morgen wieder und hoffe, diesmal verbringen du und deine Freundin keine Zeit damit, über mich zu lästern.«

Mein Blut gefror zu Eis. Ich regte mich auf, weil Liam mit Saxa gesprochen hatte, als wäre ich nicht anwesend, und hatte genau das Gleiche mit ihm gemacht. »Hast du …« Ich schluckte. »Hast du uns verstanden?«

Dummme Frage. Was spielte es für eine Rolle? Ich hatte über ihn gelästert und es war einfach falsch gewesen.

»Ich kann zwar kein Deutsch, meinen Namen habe ich aber sehr wohl gehört.«

Mein Mund war staubtrocken und mein Puls pochte an meiner Schläfe, doch bevor ich mich entschuldigen konnte, hob Liam sein Buch vom Stuhl auf und ging.

Kapitel 5

Elektronische Musik wummerte in meinen Ohren, trieb meinen Herzschlag in die Höhe und versetzte die Feenwesen in meinem Bauch in Aufruhr. Grinsend sog ich die Luft ein, die nach Kunstnebel roch, und ließ meinen Blick über die dunkle Tanzfläche der *Jarrys Bar* schweifen. Die tanzende Menge pulsierte im Rhythmus von COLØNELs *I'm a mess*, formte eine Welle von Armen und mein Körper stimmte in den Klang ein. Ich bewegte meine Hüften und betrachtete von der Ecke aus, wie Lichtstrahler in die Menge tauchten und in verdutzender Geschwindigkeit die Farben wechselten. Rücklings lehnte ich mich an den Tresen, stütze meine Ellenbogen darauf ab und murmelte die paar Zeilen des Liedes, die ich noch kannte.

»Gin Tonic!« Angely brüllte über den Lärm der Musik und streckte mir ein Glas entgegen.

Ich formte ein Dankeschön mit den Lippen, nahm das kühle Getränk in meine Hand und nippte daran. Der Alkohol rann brennend meine Kehle hinunter, entfachte eine wohlige Hitze in meinem Magen und ich schloss genüsslich die Augen. Erinnerungen an eine Zeit, in der ich mindestens einmal pro Woche vorbeigeschaut hatte, schossen mir durch den Kopf und entlockten mir ein Kichern.

»Schon betrunken?«, fragte Angely an meinem Ohr.

Kopfschüttelnd öffnete ich die Augen. »Ich habe mich nur daran erinnert, dass ich früher öfters hierhergekommen bin. Damals war ich minderjährig und wurde trotzdem reingewunken.«

»Ist Anja deshalb angepisst? Weil du Erlaubnis gehabt hast, auszugehen, und eure Eltern sie nicht haben mitkommen lassen?«

»Weder meine Schwester noch Mama oder Papa wissen davon. Sie haben es mir zu der Zeit auch nicht erlaubt.«

»Und wie bist du überhaupt reingekommen? Du siehst nicht nach der Typ Frau aus, die sich einen gefälschten Ausweis machen lässt.«

Ein bleischweres Gefühl legte sich in meinen Magen und mein Grinsen verschwand. Schon damals hatte praktisch die ganze Stadt das gemacht, was Saxa wollte. Ihre Familie war zu reich, zu einflussreich und keiner würde sich der Prinzessin widersetzen. Meine Gedanken klangen verbittert und hässlich. Gedanken, die ich mir geschworen hatte, nicht mehr zuzulassen.

»Lass uns tanzen!«, sagte ich und kippte den Drink herunter.

Angely lachte, tat es mir gleich und wir knallten in derselben Sekunde unsere Gläser auf den Tresen. Mit ineinander verschränkten Händen schoben wir uns zwischen den Menschen durch und fanden einen nicht so dicht besetzten Fleck vor dem DJ. Ich schloss die Augen, hob die Arme über den Kopf und gab mich dem wilden Rhythmus der Musik hin. Der Bass vibrierte unter meiner Haut und mein Herzschlag passte sich dem Takt an. Ich lachte, bewegte mich schneller, hüpfte und tanzte, bis der Schweiß mir auf die Stirn trat. Während ich meine Locken zu einem Dutt band und mir Luft zufächelte, legte sich eine Hand auf meine Taille. Rasch sah ich an mir hinab, mein Herz pochte wild und ich schaute mit gehobenen Augenbrauen zu Angely. Sie biss sich auf die Unterlippe und ihr Ausdruck war der Beweis, dass der Mann hinter mir nur heiß aussehen konnte. Als sie eine Neun mit den Fingern zeige, unsere Schärfeskala bei Clubbesuchen, entschied ich mich, ihrem Geschmack zu vertrauen. Kaum merklich. Ich wartete eine Sekunde ab, während Angely die Armen an den Hals eines anderen Typens warf und ihm ihre Aufmerksamkeit schenkte. Dann bewegte ich mich erneut, legte meine Hand über seine und tanzte mit ihm. Der Kerl presste seinen starken Oberkörper gegen meinen Rücken, sein heißer Atem strich über meinen Nacken und sein Duft stieg mir in die Nase. Ein viel zu bekanntes Parfüm. »Die Zeit hat dich nur noch schöner gemacht.«

Abrupt drehte ich mich um und mein Herz sackte in meine Kniekehle. »Fenris.«

Der Mistkerl entblößte seine perfekten Zähne und legte den Kopf schief. Seine sandblonden Haare klebten auf seiner schweißnassen Stirn. Ich war dankbar, dass die Dunkelheit der Bar mich seine verfluchten Augen nicht sehen ließ. Seit dem ersten Tag, an dem er in die Stadt gekommen war, machte mich deren außergewöhnliche grüngraue Farbe schwach. Genauso wie seine Stimme, sein Duft, seine Lippen auf meinen. Ich schüttelte den Kopf. »Was fällt dir ein, verdammt noch mal?!«

Fenris hob die Augenbrauen und leckte sich über die Unterlippe, als würde er wissen, dass ich darauf schauen würde. »Ich konnte nicht widerstehen, als ich dich auf der Tanzfläche gesehen habe. Wahrscheinlich hast du genau das gewollt, denn du siehst so sexy in dem Kleid aus. Gib also zu, dass du es nur für mich angezogen hast.«

Ich schaute kurz an mir herab und ja. Tatsächlich sah ich gut aus. Ich hatte mich wie ein Profi geschminkt, mir ein Paillettenkleid von Anja geborgt und trug dazu hohe Sandalen, die ich gegen meine Schneestiefel in der Garderobe getauscht hatte. In der Bar war es warm genug dafür, nur draußen durfte ich nicht verrückt genug sein, um damit herumzulaufen. Trotzdem hatte ich mich nicht so rausgeputzt, um jemanden zu beeindrucken, sondern nur für mich. Vor allem hatte ich nicht damit gerechnet, Fenris zu treffen.

»Hör mal zu, Idiot!« Ich kam ihm näher, sodass er mich besser hören konnte, und legte den Kopf in den Nacken. »Schon klar. Du bist ein Arschloch, hast kein Herz und kümmerst dich einen Scheißdreck, wie ich mich fühle, wenn du mit mir redest. Aber es sollte dir zumindest klar sein, dass ich nicht dein Eigentum bin und du mich nicht anfassen darfst, wenn es dir passt.«

Der Schalk tanzte in seinen Augen und er senkte seine Lippen an mein Ohr. »*Du* hast mit mir getanzt und es hat dir gefallen. Verdammt gut sogar.«

Seine Worte durchliefen meinen ganzen Körper und hinterließen eine heiße Spur in jedem Winkel von mir. Meine Knie wurden zu Wackelpudding und ich hasste mich abgrundtief für die Wirkung, die er noch auf mich hatte. »Ich habe nicht gewusst, wer hinter mir getanzt hat, und auch nicht geglaubt, du würdest dich trauen, in meine Nähe zu kommen.«

»Du machst mich schwach, Eira.« Fenris legte seine Hand an meine Taille, seine Lippen streiften federleicht über mein Ohrläppchen. »Wenn du mir nur noch eine Chance gibst, zeige ich dir, wie sehr ich mich geändert habe.«

Meine Beine, mein Herz, mein ganzer Körper zitterten und mit einem Mal war mir bewusst, warum ich so auf ihn reagierte. Es war keine Anziehung, sondern Angst. Angst davor, wieder verletzt zu werden. Angst davor, ich würde wieder so dumm sein. Aber ich war nicht mehr dieselbe und würde niemals wieder jemandem so blind vertrauen wie Fenris. Abrupt schob ich seine Hand von mir und trat einen Schritt zurück, sodass ich ihm ins Gesicht schauen konnte. »Fass mich nie wieder an! Egal, ob ich weiß, wer mich gerade berührt oder nicht. *Dir* gebe ich nicht das Recht, mich jemals wieder anzufassen.« Wut pochte in meinen Adern, ließ heiße Tränen in meine Augen steigen.

»Ich brauche nicht meine Hände, um dich glücklich zu machen.« Er verschränkte die Arme hinter dem Rücken und kam näher, sodass seine Stirn meine berührte. »Ich kann dich nur mit meiner Zunge zum Stöhnen bringen.«

Ich holte aus und gab ihn eine schallende Ohrfeige. Mein Puls donnerte in meinen Adern, mein Herz warf sich gegen meine Rippen und meine Handfläche brannte, als hätte ich glühende Kohle angefasst. Doch Fenris berührte seine Wange und grinste mich noch breiter an.

»O Baby. Willst du mich noch schärfer auf dich machen?«

Es reicht!

Fenris hatte abermals gezeigt, dass er nicht zu einer Veränderung fähig war, und ich verabscheute die Version von mir, zu der ich in seiner Gegenwart wurde. Ich würde nie wieder zulassen, dass mir jemand meine mentale Gesundheit kaputt machte.

»Fahr zur Hölle!«, brüllte ich und ging. Ich schob mich zwischen tanzenden Menschen hindurch und steuerte auf die Garderobe zu, an der ich stehen blieb. Meine Finger zitterten, während ich die Garderobenmarke aus meiner Umhängetasche zog und der Mitarbeiterin überreichte.

»Nur den Mantel?«, fragte sie und gab mir den bodenlangen Winterparker über den Tresen.

Die Antwort blieb in meiner Kehle stecken, denn Fenris' Duft umgab mich erneut.

»Lass uns draußen reden. Irgendwo, wo es nicht so laut ist.«

Ich schaute ihn an. Unter dem Lichtkegel der Garderobe sah er noch attraktiver aus. Sein Surferboy-Teint, seine durchtrainierten Arme in dem eng anliegenden Longsleeve. Ich hatte gedacht, ich wäre auf diese Begegnung vorbereitet. Aber selbst all die Therapiesitzungen der Welt würden meine Erinnerungen an unsere gemeinsame Vergangenheit nicht löschen.

Ich schlüpfte in meinen Parker und ballte meine Hände zu Fäusten. »Wenn du mir hinterherläufst, schwöre ich bei Gott, dass ich dich wegen Belästigung anzeige.«

Fenris lachte leise, hob jedoch beide Arme abwehrend empor und wich einen Schritt zurück.

Ich wartete nicht darauf, dass er seine Meinung änderte, stürmte aus der Bar und trat in die eiskalte Nacht. Der Wind peitschte mir Schnee ins Gesicht, wirbelte meine Haare durcheinander und presste mir die Luft aus der Lunge. Ich schob meine Kapuze über den Kopf und ging den ersten Schritt auf dem Bürgersteig, als mir zwei Sachen durch den Kopf schossen: Meine praktisch nackten Füße steckten in knöchelhohem Schnee und ich hatte nicht nur meine Stiefel in der Bar vergessen, sondern auch Angely.

Kapitel 6

Meine Füße hatten sich bereits in zwei Eisblöcke verwandelt und ich spürte meine Zehenspitzen nicht mehr. Nicht einmal die Wärme meines Parkers hielt der Eiseskälte stand und zu allem Überfluss begann es heftiger zu schneien. Grobe Schneeflocken rasten vom Himmel, versperrten mir wie ein Vorhang aus Eis die Sicht auf die Straße und ich überlegte, ob ich lieber jetzt sterben oder Fenris noch einmal sehen wollte. Das Erste klang für mich einladender als das Zweite. In meinen Sandalen hüpfte ich von einem Fuß auf den anderen und Tränen traten mir in die Augen. Ich weinte, weil ich mich für all die Dummheiten meiner Vergangenheit hasste. Ich weinte, weil Fenris noch immer so eine Wirkung auf mich hatte. Ich weinte, weil ich stärker sein sollte und stattdessen weggelaufen war.

Nein! Ich musste über meinen Schatten springen und wieder hineingehen. Doch als ich mir den Schnee vom Gesicht wischte, klebte schwarze Farbe an meiner Handfläche. Na toll. Ich hatte keine wasserfeste Mascara aufgetragen und sah jetzt bestimmt wie ein Panda aus. Ich sprang also weiter, um mich warmzuhalten, bis Angely sich entschied, mich endlich draußen zu suchen. Der kalte Wind strich über meinen Hals und ich zog meinen Kopf ein, rollte den Kragen meiner Jacke über meine eiskalten Lippen und stieß einen Fluch in die Nacht aus.

»Hey«, erklang eine männliche Stimme hinter mir.

Ich wirbelte so abrupt herum, dass ich das Gleichgewicht verlor und beinahe in den Schnee gefallen wäre. Vor mir stand Liam, seine Nasenspitze hatte die Farbe eines Apfels, seine vollen Lippen sahen leicht geschwollen aus und an seinen nachtschwarzen Haaren hingen Schneeflocken.

»Ist alles okay?«, fragte er.

Verdammt! Er sah anbetungswürdig aus und ich bestimmt wie eine Leiche mit verschmiertem Make-up. Ich holte zitternd Luft, was sich eher wie ein Schluchzen anhörte. »Ich muss zurück in die *Jarrys Bar.* Aber es geht nicht.«

Er blinzelte, als wäre ich verrückt geworden. »Warum kannst du nicht wieder rein?«

Ich ging auf ihn zu, sodass die Dampfwolken, die sich aus meinem Mund befreiten, über seine Nase strichen. »Fenris ist da.« Abermals wischte ich mir über die nassen Wangen, während die weißen Flocken langsamer zwischen uns hinuntersegelten. »Ich will den Idioten nicht mehr sehen und wenn ich wieder reingehe, denkt er, dass ich es seinetwegen tue.«

Ich erwartete nicht, dass Liam verstand, warum ich Fenris nicht mehr sehen wollte. Er kannte mit Sicherheit nicht die ganze Geschichte oder hatte eher Saxas Version aufgetischt bekommen. Aber es war nicht meine Aufgabe, ihm zu erklären, mit welcher Schlange er jahrelang zusammen gewesen war. Ich wollte nur meine Stiefel, mit Angely sprechen und unter meiner Bettdecke heulen.

»Und warum gehst du nicht nach Hause?«, fragte er sanft.

Ich verzog das Gesicht. »Abgesehen davon, dass meine Schneestiefel in der Garderobe sind, ist Angely noch in der Bar.«

Liam schaute kurz zu meinen Füßen. »Kann deine Freundin nicht den Weg selbst nach Hause finden? Du kannst sie anrufen und sie nimmt dann deine Schuhe mit.«

Ich schüttelte den Kopf, sodass sich Schneeflocken abermals von meinen Haaren lösten. »Sie hat kein Handy und kennt den Weg zu mir nicht. Normalerweise würde ich mir keine Sorgen machen, aber Angely kann kein Norwegisch, es ist schon nach Mitternacht und sie verläuft sich sogar in unserer WG in Hamburg.«

Liam atmete tief durch, klopfte ungeduldig mit dem Fuß auf den Schnee und sah zwischen mir und der Bar hin und her. »Wie lange stehst du hier schon?«

Ich blinzelte. Warum stellte er so viele Fragen? Entweder wollte er mir helfen, ging in die Bar und holte Angely. Oder ich war ihm egal und er sollte einfach gehen und mich in Ruhe lassen. Stattdessen hatte ich das Gefühl, etwas ganz Schlimmes verbrochen zu haben. Als wäre nicht Fenris, sondern ich der Übeltäter. »Ich weiß nicht. Ein paar Minuten.«

Sein Blick streifte um uns herum, bis er zu einer überdachten Ecke schaute, in der ausnahmsweise kein Schnee lag. Daraufhin nahm er meine Hand in seine und zog mich hinter sich her.

»Hey, was machst du?«, protestierte ich.

Liam achtete nicht auf mich und ließ mich erst vor Ellies Boutique los. Ich zog die Augenbrauen zusammen und sah zu, wie er seine Schuhe und die Socken auszog.

»Was machst du da?«

Er stopfte die Socken kurz in die Jackentaschen, sah mich keine Sekunde an und zog seine Stiefel wieder an. »Hier«, sagte er und reichte mir die Socken. »Sie sind frisch, warm und stinken nicht.«

»Soll ich sie anziehen?« Das war verrückt. Es war nicht nur ein verdammt sonderbarer Gedanke, sondern ich wollte nicht, dass er sich erkältete.

»Entweder ziehst du sie an oder du verlierst deine Zehen wegen Erfrierung.«

In der Tat befürchtete ich, dass mir so was passieren könnte. Es hatte schon einige Fälle von Jugendlichen gegeben, denen im Alkoholrausch Körperteile erfroren waren, weil sie wenig bekleidet im Schnee eingeschlafen waren. Zwar würde ich keinen meiner Zehen verlieren, während ich darauf wartete, dass Angely mit meinen Stiefeln herauskam, dennoch tat mein ganzer Körper verdammt weh.

»Ich hole deine Freundin und die Schuhe«, fügte Liam hinzu.

Ich sagte ein paar Sekunden nichts, schaute ihm einfach in die Augen. Liam wartete jedoch meine Antwort nicht ab. Stattdessen stapfte er los, überquerte die Straße und eilte auf die Bar zu.

Mein Herz schlug schneller, während ich Liams Socken anzog und mein Blick auf die Bartür geheftet hielt. Die Sekunden verwandelten sich in Minuten und als ich kurz davor war, hineinzugehen, wurde die eiserne Tür aufgerissen und Angely stürmte heraus. Sie gestikulierte wild mit den Händen und Liam folgte ihr im Schlepptau.

»Wo ist sie?«, fragte Angely.

Bevor er antworten konnte, überquerte ich die Straße und fiel ihr in die Arme. »Wo warst du die ganze Zeit? Ich habe nur einen Augenblick mit einem heißen Typen getanzt. Als ich mich umgesehen habe, warst du dann weg!«

Während ich meine beste Freundin umarmte, hob Liam seine Hand, in der er meine Stiefel hielt.

Angely trat einen Schritt zurück und redete weiter, als wäre ein Damm gebrochen, und eine Flut deutscher Worte brach aus ihr heraus.

Ich nahm Liam meine Schuhe ab, zog meine Sandalen aus und wechselte sie hüpfend gegen die Schneestiefel. »Danke.«

Er nickte. »Wir sehen uns morgen im Wunschstand.«

Ich öffnete meinen Mund, um zu fragen, ob ich etwas für ihn machen konnte. Einfach Danke zu sagen, schien mir zu wenig. Angely redete jedoch weiter, wobei Liam sich umdrehte und ging.

Kapitel 7

Meine Glieder wogen eine Tonne, mein Kopf hing bereits zwischen den Schultern und meine Muskeln flehten mich an, keinen weiteren Schritt zu gehen. Trotzdem holte ich zwei Farbdosen aus Papas Auto, stapelte sie aufeinander und stapfte auf das Backsteinhaus zu. Nach dem gestrigen Fiasko war es nicht nur unmöglich gewesen, einzuschlafen, sondern ich hatte mir auch eine Erkältung geholt. Aber ich hatte nur eine Person gefunden, die zugestimmt hatte, Frau Hagen noch vor Weihnachten bei der Renovierung ihres Wohnzimmers zu helfen. Die Voraussetzung lautete, das ganze Material zum Tapezieren und Streichen musste dort sein, wenn sie bei Frau Hagen eintreffen sollte. Die alte Dame hatte im November neue Hüften bekommen und war nicht in der Lage, ihr Zuhause wohnlicher einzurichten, um ihre Enkel an den Feiertagen zu empfangen. Ich hätte ihr gerne geholfen, doch wenn ich jedes Anliegen selbst löste, das ich am Stand bekam, würde ich weder Zeit haben, um dortzubleiben und weitere Wünsche aufzunehmen, noch eine Sekunde Pause bis zum Heiligabend bekommen.

Schnee knirschte unter meinen Sohlen, Teenager fuhren auf Stehschlitten an mir vorbei und ich blieb vor der Holztür stehen. Mein Blick huschte zum verschneiten Vorgarten, in dem ein Weihnachtsmann stand, der zu singen anfing, nachdem ich die Klingel betätigt hatte. Mein Mund verzog sich zu einem schwachen Lächeln, das jedoch schnell verflog, als ein Hustenanfall mich überkam. Ich krümmte mich nach vorne. Die Farbdosen entglitten meinen Händen und ich bereitete mich auf das schallende Geräusch vor, das die Dosen beim Aufprall von sich geben würden. Es donnerte aber nicht. Als ich aufsah, blickte ich in Augen, die die Farbe von Whiskey hatten.

»Geht es dir gut?« Liam stand im Türrahmen, hielt beide Farbdosen in den Händen und tiefe Falten gruben sich zwischen seine Augenbrauen.

»Was machst du bei Frau Hagen?« Es klang wie ein Vorwurf, doch mir war es eigentlich peinlich. Liam und ich hatten den ganzen Tag im Stand verbracht, aber er hatte kein einziges Wort mit mir gewechselt. Nicht einmal Angely war auf dem Weihnachtsmarkt gewesen, um die Stille zwischen uns weniger unbehaglich zu machen. Stattdessen war sie zu Hause geblieben, um sich von ihrem gewaltigen Kater zu erholen. Seine schweigsame Art war mir mehr als gelegen gekommen, da ich über den Vorfall gestern Abend eh nicht sprechen wollte. Dennoch fragte ich mich, was er über mich dachte.

»Der Kerl, der Frau Hagen helfen wollte.« Liam schaute kurz nach oben, als würde er nachdenken, und dann wieder zu mir. »Jetzt weiß ich nicht mehr, wie er heißt. Aber er ist zurückgekommen, nachdem du losgefahren warst, um die Farbdosen zu besorgen.«

»Was hat er gewollt?« Ich richtete mich langsam auf und nahm Liam eine Dose ab.

»Er hat gesagt, dass seine Tochter krank geworden ist, weshalb er Frau Hagen nicht mehr helfen kann.«

So ein Mist. Jetzt würde ich die Wände doch streichen müssen. »Deshalb bist du hier? Du hättest mich einfach anrufen können.«

Sein Brustkorb hob und senkte sich in einem tiefen Atemzug. »Ich mache das.«

»Du machst was?«, fragte ich stirnrunzelnd.

»Ich habe zugehört, wie du fast eine Stunde am Stück im Wunschstand gehustet hast. Nach dem gestrigen Abend ist das auch kein Wunder.«

»Na und?« Vielleicht hätte ich nicht wie ein bockiges Kind klingen sollen, doch ich konnte nicht anders. Liam hatte gestern Nacht nicht nur mein Leben gerettet, er hatte auch mitbekommen, in welchem Zustand ich nach einem Treffen mit Fenris war. Nach drei Jahren sollte der Dreckskerl mir am Arsch vorbeigehen. Stattdessen hatte ich geheult wie ein Mädchen, das ihr Lieblingsspielzeug verloren hatte.

»Du übernimmst immer die Wünsche, für die du keinen Vermittler findest, und jetzt gehörst du ins Bett.«

»Du willst den Auftrag übernehmen, damit ich mich erholen kann?«

Liam nahm mir die Farbdose aus der Hand und zuckte lässig mit den Schultern. »Frau Hagen hat Plätzchen gebacken und ich hätte ihr auch geholfen, wenn du niemand anderen gefunden hättest.«

Eine seltsame Wärme, die noch nie da gewesen war, nistete sich in meiner Brust ein. »Ich ... Ich kann dich nicht das ganze Wohnzimmer allein renovieren lassen. Du hast bestimmt Besseres zu tun.«

»Ich habe alle meine Aufträge beendet und mir Urlaub bis Ende des Jahres genommen.«

»Aber ...«

»Ich weiß, dass ich nicht die beste Gesellschaft bisher gewesen bin, und außerdem kann ich ziemlich anstrengend sein.« Liam schloss den restlichen Abstand zwischen uns, sodass nur die Farbdosen uns trennten und sein herber Duft mich umgab. »Aber ich will mich bessern.«

»Warum?«, wisperte ich.

Sein Blick glitt über meine Augen, meine Nase, meinen Mund. »Mein Großvater hätte es so gewollt. Immerhin hat er dich gerne gehabt.«

Sein Opa. Nicht er. Ich sollte mir nichts einbilden und mich nicht von dem minimalen Abstand verwirren lassen, der uns noch trennte. »Ich kann das –«

»Ich weiß, dass du es kannst. Aber ich möchte auch helfen.«

Liam sah mir wieder in die Augen und die Entschlossenheit in seiner Miene forderte mich heraus, keine Widerworte auszusprechen. »Ich gehe nicht nach Hause.«

»Warum nicht? Du siehst müde aus.«

Ich fühlte mich, als wäre ich von drei Schneefräsen überfahren worden. Die Aussicht, mich unter meine Decke zu verkriechen und die neuen Folgen von *The Witcher* zu schauen, klang in meinen Gedanken verlockender als der Plätzchenduft, der aus Frau Hagens Haus schwebte. Aber ich wollte auch bei Liam bleiben. Keine Ahnung warum. »Ich habe Lust auf Kekse.«

Seine Lippen verzogen sich zu einem schiefen Lächeln. Hatte er mich überhaupt schon mal angelächelt? Er sollte das auf jeden Fall häufiger machen.

»Dann isst du Kekse, während ich arbeite«, ermahnte er mich.

Ich nickte und schob mich an ihm vorbei. Dabei strich meine Schulter über seine Brust. Eine Berührung, die viel zu heiß auf meiner Haut brannte.

***

Genau eine Stunde war ich auf der Couch sitzen geblieben und hatte zugesehen, wie Liam mit der Renovierung des Wohnzimmers begann. Nach der dritten Tasse Tee und dem zweiten Fotoalbum mit Bildern von Frau Hagens Enkeln griff ich nach dem Tapetenkleber und half ihm dabei. Er schüttelte den Kopf, wobei sich ein Schmunzeln in seinen Mundwinkel stahl, und wir arbeiteten zusammen. Nachdem dichte Dunkelheit sich auf die Stadt gelegt hatte, war meine Müdigkeit wie weggeblasen. Ein Gefühl der Zufriedenheit machte sich stattdessen in meiner Brust breit, während ich das fertig renovierte Zimmer betrachtete. An den Wänden klebten aquamarinblaue Tapeten mit aufwendigen Blumenmustern, die perfekt zu den grauen schlicht gehaltenen Möbeln passten. Die Decke wurde weiß gestrichen, der Chesterfield-Sessel und die Zierkissen leuchteten in einer senfgelben Farbe und sorgten für eine fröhliche Stimmung und ein entspanntes Ambiente.

»Ich hätte nicht gedacht, dass ihr heute fertig werden würdet.« Frau Hagens Stimme klang kratzig und sie balancierte einen Teller voller Plätzchen auf den Händen.

Ich kämpfte darum, meinen Mund nicht zu verziehen. So köstlich ihr Gebäck schmeckte, brauchte ich langsam etwas Herzhaftes, denn ich hatte praktisch den ganzen Tag nur Kekse gegessen.

»Wenn Eira auf mich gehört hätte und sitzen geblieben wäre, hätte ich wahrscheinlich morgen wiederkommen müssen«, erwiderte Liam und schob die Ärmel seines Longsleeves hoch, sodass seine Unterarme entblößt wurden.

Mein Blick streifte über die Tattoos auf seiner Haut. Der rechte Unterarm war mit schwarzen Fischschuppen verziert und auf dem linken befand sich eine Zeichnung des Drachens *Ohnezahn* aus dem Kinderfilm *Drachenzähmen leicht gemacht*. Um das Fabelwesen herum schwebten blaue Wolken und seine linke Schwanzflosse war mit der dunkelroten Prothese ergänzt. Ich liebte den Film und vor allem den schwarzen Drachen, der sich wie ein lieber Hund benahm.

»Hübsch, oder?«, sagte Frau Hagen dicht an meinem Ohr.

Ertappt schaute ich Liam wieder in die Augen, der mit hochgezogenen Augenbrauen meinen Blick einfing. Hitze stieg mir in die Wangen.

»Gefallen sie dir?«, fragte er. Eine Spur Belustigung schwang in seiner Stimme mit.

Wie lange habe ich auf seine Tattoos gestarrt?

»Sorry. Ich stehe ein wenig neben mir. Die Erkältung ... die Müdigkeit und so.« Es war zumindest keine Ausrede, denn ich brauchte noch immer Erholung.

Er leckte sich noch grinsend über die Lippen, schaute aber kurz zu Frau Hagen und zog die Ärmel seines Longsleeves wieder bis zu den Handgelenken. »Wenn Sie Hilfe bei etwas brauchen, rufen Sie mich gerne an.«

Sie nickte. »Ihr beide habt mir schon genug geholfen.«

Nachdem wir uns angezogen hatten und Frau Hagen uns jeweils eine Keksdose in die Hand gedrückt hatte, begleitete mich Liam zum Wagen. Schneeflocken segelten langsam zwischen uns und die Nacht duftete nach Zucker.

»Danke«, sagte ich schwach und lehnte mich mit dem Rücken an mein Auto.

Er schüttelte den Kopf. »Du musst dich nicht bedanken.«

»Doch, ich –«

»Was machst du jetzt?«, fiel er mir ins Wort.

Ich zuckte mit den Schultern. »Wahrscheinlich eine Pizza essen und Netflix schauen. Angely hat mir geschrieben, dass sie mit meinen Schwestern heute in Oslo einkaufen wollte. Ich denke nicht, dass sie so früh zurückkommen wird.«

Liam kam einen Schritt näher, sodass ich den Kopf in den Nacken legen musste, um ihm in die Augen zu sehen.

»Wenn du nicht zu müde bist, könnten wir bei mir Pizza essen und Netflix schauen.« Er hielt meinem Blick stand, schien in meine Seele zu sehen und sich verdammt wohl dabei zu fühlen.

Ich schaute kurz von ihm weg, atmete tief durch. Nur das Licht der Laternen und der Lichterketten an den Häuserfassaden brach die Dunkelheit der Straße. Doch es war erst acht Uhr und ich musste sowieso etwas essen. Liam hatte zum ersten Mal ein paar Worte mehr mit mir gewechselt und es war nichts dabei, bei ihm abzuhängen. Im Gegenteil. Es war genau das, worum mich Erik gebeten hatte. »Ich bin überhaupt nicht müde.«

Kapitel 8

Mein Spiegelbild verspottete mich. Ich hatte mir doch vorgenommen, mutiger zu sein, und anstatt so zu handeln, versteckte ich mich im Liams Bad und hoffe darauf, die Tür nach Asgard in seiner Dusche zu finden.

Was ist das Problem, Eira?

Liam war nett zu mir und ich wollte auch Zeit mit ihm verbringen. Wir waren kein Paar und das hier war kein Date. Außerdem hatte ich weder Angst vor dem, was Saxa tun würde, wenn sie mitbekam, dass ich allein mit ihrem Ex eine Serie anschauen würde, noch dachte ich, er würde eine große Sache daraus machen.

Ich schüttelte den Kopf, band meine Locken zu einem lässigen Dutt und zog mein Handy aus der Gesäßtasche. Mein Magen knurrte, während ich eine App öffnete und Pizza orderte. Liam hatte auf dem Weg gemeint, dass er sich eine einfache Margherita wünschte, und ich wählte Hawaii. Nach einem dramatischen Atemzug riss ich die Tür auf und hob mein Handy in die Luft. »Ich habe die Pizza per App bestellt.« Mit einem Lächeln auf den Lippen ging ich auf die offene Küche zu und nahm auf dem Hocker am Küchentresen Platz.

Er nickte, schien Augenkontakt zu meiden und rieb sich die Hände an der Jeans. »Tee?«

»Hast du Rooibos?«

»Kommt sofort.«

Liam drehte sich um und hantierte mit dem Wasserkocher. Vor

einer Stunde hatte er sich so selbstsicher, fast frech verhalten und jetzt handelte er so, als wäre die norwegische Königsfamilie bei ihm überraschend aufgetaucht. Ich fragte mich, ob er es schon bereute, mich in seiner Wohnung zu haben. Mein Nacken prickelte, Hitze kroch meine Wirbelsäule hinauf und ich überlegte, ihn darum zu bitten, die Heizung runterzudrehen. Vielleicht sollte ich ihn etwas Belangloses fragen.

»Ich verstehe nicht, warum du und Fenris zusammen gewesen seid«, kam er mir zuvor, goss heißes Wasser in beide Tassen und reichte mir eine davon.

Ich runzelte die Stirn. Darum hatte er Frau Hagens Wunsch erfüllt und mich zu sich eingeladen? Empfand er etwa Mitleid für mich, weil er gesehen hatte, wie verzweifelt ich nach dem Treffen mit Fenris ausgesehen hatte?

Blinzelnd umfasste ich die Teetasse und atmete ein paarmal durch. »Ich weiß nicht, ob ich mit dir über Fenris reden möchte.«

»Klar.« Liam schob die Ärmel seines Longsleeves hoch, nahm seine Tasse und lehnte sich mit dem Rücken an die Arbeitsplatte. »Es war taktlos von mir. Sorry.«

Mein Blick streifte über seine Arme und ich hasste mich dafür, wie sehr mich seine Tattoos anzogen. Ich fragte mich, wie es sich anfühlte, mit den Fingerspitzen über seine Haut zu fahren, senkte aber den Kopf und pustete in den Tee. »Ich habe mich auch lange gefragt, warum jemand wie er mit jemandem wie mir zusammen sein wollte.«

»Was meinst du damit?«

»Er kann jede Frau in der Stadt haben, die er will.« Ich zuckte mit den Schultern und ließ die schmerzhaften Erinnerungen an das weibliche Schwimmteam zu, das nicht daran geglaubt hatte, Fenris würde mehr von mir wollen, als nur mit meinen Gefühlen zu spielen. Wobei ich mir jetzt nicht mehr sicher war, was er überhaupt von mir wollte. »Ich war nicht gerade die Schönste in der Schule.«

Liams Blick glitt an meinem Oberkörper entlang, über meinen weißen Strickpullover und blieb einige Sekunden an meinem V-Ausschnitt hängen, bevor er sich räusperte und mir wieder in die Augen sah. »Eigentlich habe ich mich immer gefragt, was du an ihm gesehen hast.«

»Was meinst du damit?«, fragte ich verwirrt. »Fenris sieht gut aus und –«

»Ist ein dummes Arschloch.«

»Was ... Er ...«

»Er hat Frauen ständig auf ihr Aussehen reduziert und würde ich mit ihm reden, würde ich nur erfahren, dass er immer noch so denkt.«

Ich kniff die Augen zusammen, stellte meine Tasse hin und kreuzte die Arme vor der Brust. »Ganz heuchlerisch von dir.«

»So?«

»Willst du mir sagen, dass du mit deiner Ex wegen ihres ausgeprägten Sinns für Humor zusammen gewesen bist?«

Liams Miene verfinsterte sich und er schüttelte den Kopf. »Saxa ist nicht die sympathischste Person auf der Welt. Aber sie hat weit mehr zu bieten als nur ein schönes Gesicht. Das musst du doch auch wissen.«

Ich öffnete den Mund, schloss ihn wieder und strich gedankenverloren über den Rand meiner Tasse. Womöglich war ich hier die Heuchlerin von uns beiden. Ich war anfänglich mit Fenris nur wegen seines Aussehens ausgegangen. Liam und Saxa hatten zwar kaum etwas gemeinsam, doch sie kannten sich zumindest verdammt lange. Oder vielleicht hatten sie eine Menge gemeinsam und ich wusste nur nichts davon. Immerhin waren sie jahrelang zusammen. »Bei Fenris habe ich mich besonders gefühlt. Er fand mich hübsch, heiß, begehrenswert«, gab ich zu.

»Nicht nur er.« Die Worte glitten viel zu schnell über Liams Zunge. Als hätte er sie zu lange zurückgehalten.

Ich hob den Kopf, wobei er meinen Blick einfing und sich ein heißes Kribbeln in meine Adern schlich. »Klar. Ich war ein flachbrüstiger Teenager mit Zahnspange und rotem Haar.«

O Mist.

Hab ich das gerade laut gesagt?

Liam stellte seine Tasse auf die Arbeitsplatte, stieß sich ab und kam auf mich zu. Mein ganzes Gesicht brannte und ich wollte meinen Kopf nur in ein Loch stecken. Doch Liam stützte seine Unterarme auf dem Tresen ab und lehnte sich vor, sodass seine Nase nur noch wenige Zentimeter vor meiner schwebte und sein Duft nach Sandelholz und Schnee mir in die Nase stieg. »Du warst und bist wunderschön. Du bist auch klug und hast ein gutes Herz. Deswegen war ich in der Schule ein bisschen in dich verknallt.«

Mein Atem stockte und ich dankte Odin, dass ich gerade auf dem Hocker saß, sonst hätten meine Knie auf der Stelle nachgegeben. Hatte Liam wirklich gesagt, dass er mich gemocht hatte. Oder träumte ich etwa? »Du warst was?«

Liam leckte sich über die Unterlippe, starrte dabei meinen Mund an und hob die Hand, als würde er mich berühren wollen. Stattdessen ließ er sie wieder sinken. »Ich war nie gut darin, die Initiative zu ergreifen. Das mache ich heute noch ungern.«

»Was bedeutet das?« Meine Stimme war ein Flüstern und ich suchte in seinen whiskeybraunen Augen nach Antworten.

»Ich wollte dich in der Schule um ein Date bitten, aber ich habe dann zu lange dafür gebraucht. Fenris war schneller.«

Es ging nicht nur um meinen Ex. Wenn ich mich recht daran erinnere, war Liam auch mit meiner damaligen besten Freundin zusammen gewesen. »Saxa ...«

»Sie ergreift gerne die Initiative.« Sein Mundwinkel bog sich nach oben und ein Stich der Eifersucht durchfuhr meine Brust.

»Ich meine, ihr wart doch ein Paar.«

»Ich habe sie näher kennengelernt und mich in sie verliebt.« Seine Schultern hoben sich leicht nach oben und er richtete sich wieder auf. »Saxa ist charismatisch, wunderschön und kann so gut wie jeden um den Finger wickeln. Aber sie hat gewusst, dass ich an dir interessiert war, und mich erst gefragt, ob ich mit ihr ausgehen wollte, nachdem ich dich mit Fenris gesehen hatte. Sie war nett, wollte etwas von *mir* und mit dir war die Sache eh schon gegessen.«

Ich schluckte schwer und strich mir eine lose Haarsträhne hinters Ohr. »Du hast mir nie davon erzählt.«

»Wir sind uns nicht nähergekommen und ich bin der merkwürdige Typ geblieben, der mit dem beliebten Mädchen zusammen war.«

»Du bist nicht merkwürdig«, wisperte ich.

Liam verengte die Augen und beugte sich wieder vor. Diesmal noch etwas dichter an mein Gesicht. »Dann haben wir etwas gemeinsam.«

»Was?«

»Wir beide haben eine verzerrte Wahrnehmung von uns selbst.«

Seine Worte rollten wie Rauch über meinen Mund und mein Puls schlug so heftig, dass ich Angst hatte, er würde ihn hören. »Ist das so?«

»Du bist die Psychologiestudentin, Eira. Wenn Freud es nicht erklärt, kannst du es bestimmt tun.«

Ich schaute jetzt auch auf seine Lippen. Sie waren so nah, dass ich nur vom Hocker aufstehen musste, damit ich ihn küssen konnte. Ich musste nur mutig genug sein, um den ersten Schritt zu gehen. Er hatte keine Freundin mehr. Ich war ebenfalls nicht vergeben. Was würde er dann tun? Doch bevor ich es herausfinden konnte, klingelte es an der Tür. »Die Pizza«, murmelte ich.

Liam lächelte und wartete auf das zweite Ertönen der Klingel, um aufzustehen und zur Tür zu gehen. Ich blieb sitzen, meine Beine butterweich und mein Herz voller Dellen, so oft hatte es sich gegen meinen Brustkorb geworfen.

***

Dunkle Stimmen klangen dumpf in meinem Kopf, mein Mund fühlte sich staubtrocken an und der weiche Stoff eines Kissens schmiegte sich an meine Wange. Blinzelnd öffnete ich die Lider und stöhnte, als sich das bläuliche Licht des Fernsehers in meine Augen bohrte. Für den Bruchteil einer Sekunde ärgerte ich mich, weil Angely mich nicht geweckt hatte, damit ich ins Bett ging. Doch im nächsten Augenblick wurde mir bewusst, dass ich gar nicht nach Hause gegangen war. Abrupt setzte ich mich auf und ein stechender Schmerz durchzog meinen Kopf. Ich kniff die Augen kurz zusammen, mein Herz raste und meine Schläfen pochten. »Bin ich eingeschlafen?«, fragte ich heiser.

Liam stand vom Boden auf und setzte sich auf die Sofakante direkt an meinen Füße. »Von mir aus darfst du hier übernachten, wenn du möchtest. Du kannst mein Bett haben und ich schlafe hier auf der Couch. Aber deine Familie und Angely machen sich bestimmt Sorgen, wenn du nicht nach Hause gehst.«

Ich presste den Nasenrücken mit Zeigefinger und Daumen zusammen. Wie es aussah, ging es mir wirklich nicht gut, denn in meinem normalen Zustand würde ich nicht beim Schauen von *The Witcher* neben Liam einschlafen. Ein heißer Mann im Fernseher und ein heißer Mann neben mir. Meine Muskeln sollten zum Zerreißen gespannt sein. Stattdessen wogen meine Lider eine Tonne, mein Kopf pochte, als würde es darin donnern, und wenn ich einen Blick auf den Fernseher warf, stellte ich fest, dass ich nach zwei Folgen eingeschlafen war. »Wie spät ist es?«

»Eins«, sagte Liam, nachdem er auf die Armbanduhr geschaut hatte.

Ich sah zum Fenster und ließ mich stöhnend in die Couch sinken. »Es schneit schon wieder.«

»Wir sind in Rolig Elv. Ich denke nicht, dass es vor April aufhört zu schneien.«

Mit Kopfschmerzen und total verschlafen in den Schnee zu stapfen, war das Letzte, was ich jetzt tun wollte. Aber wenn ich hierblieb, würde ich in Liams Bett schlafen, seinen Duft die ganze Nacht um mich haben und mir noch etwas einbilden. Mit jeder Sekunde wurde es schwieriger, mich selbst zu überreden, dass ich nichts von ihm wollte. Ich tastete die Rillen der Couch ab, zog mein Handy heraus und nach einem Blick auf das Display stöhnte ich erneut. »Zehn verpasste Anrufe.«

»Ich kann dich nach Hause bringen, wenn du unbedingt gehen willst.«

Ich hob den Kopf, schaute Liam einen Herzschlag lang in die Augen und verfluchte die Hitze, die in seiner Gegenwart in mir aufstieg. »Ich …« Ich schluckte und kreuzte die Beine zum Schneidersitz. »Ich will noch nicht gehen.«

»Dann bleib.«

Seine raue Stimme und die fesselnde Art, mit der er meinen Blick gefangen hielt, forderten mich heraus, über meinen Schatten zu springen. Ich wollte das tun, worauf ich Lust hatte. Morgen würde ich mir Gedanken über die anderen machen. »Ich will dich aber nicht aus dem Bett rausmobben.«

Liam schenkte mir ein schiefes Lächeln. »Erstens, du mobbst mich nicht raus. Zweitens, du hast noch nie zuvor hier übernachtet. Ich lasse meine Gäste nicht auf der Couch schlafen. Drittens, so ungemütlich ist das Sofa nicht, denn sonst wärst du nicht bei so einer blutigen Serie eingedöst.«

Seufzend schaute ich zum Fenster, zu meinem Handy und wieder zu ihm. »Okay. Ich rufe Angely an, bevor meine Familie die ganze Stadt mobilisiert, um mich zu suchen.«

»Dann räume ich das Zimmer kurz auf.«

Kapitel 9

Die Sonne badete den Weihnachtsmarkt in warmes Licht und Passanten füllten die verschneiten Straßen mit Lachen und Geplauder. Ich hielt meinen Kopf gesenkt und versteckte meine brennenden Wangen, die immer noch rot leuchten mussten, in meinem orangenen Wollschal. Erfolglos hatte ich versucht, meine Gedanken in eine andere Richtung zu lenken, doch Liam besaß jeden Winkel meines Verstandes. Er war gestern unglaublich nett gewesen und sein Geständnis, mich schon während der Schulzeit bemerkt zu haben, hatte mir weiche Knie beschert. Ein Zustand, den ich immer noch nicht überwunden hatte, weshalb ich mich heute Morgen, als es noch dunkel gewesen war, aus seiner Wohnung rausgeschlichen hatte. Abgesehen davon wollte ich nicht, dass irgendeiner der Nachbarn mich sah und ich mit einem erneuten Besuch von Saxa rechnen musste. Vielleicht war es wieder einmal kindisch von mir und es sollte mich nicht interessieren, was meine ehemalige beste Freundin oder der Rest der Stadt von mir dachte. Doch nach Jahren hatte ich diese Delle in meiner Persönlichkeit nicht ausbeulen können.

Vor dem Wunschstand blieb ich stehen, hob den Kopf und mein Herz warf sich einmal zu heftig gegen meine Rippen. Liam stand hinter dem Tresen, unterhielt sich mit Frau Hagen und lächelte. Er lächelte! Ein paar tiefe Atemzüge waren nötig, bevor ich mich weiter in die Richtung des Standes bewegen konnte, ohne dass meine

Knie nachgaben. Ich versuchte zu ignorieren, wie gut er heute aussah. Natürlich trug Liam wieder eines seiner schwarzen Outfits, doch die Art, wie freundlich er wirkte, addierte erheblich viele Punkte zu seiner Schärfeskala.

Nach einem herzlichen Lachen drehte sich Frau Hagen in meine Richtung und strahlte mich ebenfalls an. »Ach, da ist meine Retterin.«

Ich hoffte von Herzen, dass ich nicht so lächerlich rot aussah wie heute Morgen im Spiegel. »Ich habe kaum etwas gemacht. Liam hat die meiste Arbeit übernommen.«

»Das stimmt. Aber ich habe auch gerne geholfen.«

Ich schaute in seine Richtung und Liam fing meinen Blick nicht nur auf, sondern ein schelmischer Glanz stahl sich in seine Augen. »Ich hoffe, es ist okay, dass ich den Stand ohne dich geöffnet habe. Es ist megakalt, ich habe ein paar Minuten auf dich gewartet und schließlich Opas Schlüssel genutzt«, fuhr er fort.

Meine Lunge war wie zusammengequetscht und es lag nicht an den niedrigen Temperaturen. »Ich wusste gar nicht, dass du einen Schlüssel hast.«

»Siri hat mir den Ersatzschlüssel Anfang Dezember gegeben. Ich habe ihr sagen wollen, dass ich ihn nicht brauchen würde. Aber nachdem du mich darum gebeten hattest mitzuhelfen, fand ich es besser, ihn zu behalten.«

Ich schüttelte den Kopf, wobei kalter Wind sich zwischen meine Locken schlich. »Es ist gar kein Problem.«

»Na gut«, schaltete sich Frau Hagen dazwischen. »Ich muss jetzt einkaufen gehen.«

Nach einem beiläufigen Nicken in ihre Richtung schleppte ich mich mit gesenktem Kopf durch die Holztür des Standes. Wärme strich über meine Haut und mein Blick wanderte zu der neuen Standheizung, die neben dem verrosteten Stück, das mir gehörte, stand.

»Ich habe sie da hingestellt.« Liam kam näher, blieb nur eine Armeslänge von mir entfernt stehen und rieb sich am Hinterkopf. »Gestern hast du die ganze Zeit gezittert und ich möchte nicht, dass du dir eine Lungenentzündung holst.«

Meine Lippen teilten sich, doch mir fehlten die Worte. »Danke.«

Erbärmlich. Ich befürchtete dahinzuschmelzen, wenn ich mehr als das sagen würde.

»Hast du …« Langsam zog ich meine Handschuhe aus, legte sie auf den Tisch in der Ecke und behielt die restliche Wintermontur an. Die Heizung kämpfte nur schwach gegen den Wind, der durch das Fenster des Standes wehte, an. »War außer Frau Hagen noch jemand hier?«

Er schüttelte den Kopf. »Ich bin erst seit ein paar Minuten da, aber ich denke auch, dass die meisten Menschen in der Stadt nicht unbedingt scharf darauf sind, mit mir zu reden.«

»Warum sagst du so was über dich selbst?«, fragte ich stirnrunzelnd.

»Was meinst du damit?«

»In deiner Wohnung hast du über Saxa gesprochen, als wäre es ein Wunder gewesen, dass sie an dir interessiert war.« Meine Kehle fühlte sich merkwürdigerweise eng an. »Oder immer noch ist. Wieso schätzt du dich so gering ein?«

»Du hast vorher nie mit mir geredet, obwohl du Saxas beste Freundin warst.« Schmunzelnd setzte er sich und legte einen Knöchel auf das gegenüberliegende Knie. »Die ganze Stadt lästert hinter meinem Rücken. Alle nennen mich Sonderling oder hoffnungsloser Fall. Was würdest du an meiner Stelle denken?«

Jonnas Worte huschten mir in Dauerschleife durch den Kopf und Wut pochte in meinen Adern. Ich schluckte schwer und schloss den kleinen Abstand zwischen uns, bis mein Knie seins beinahe streifte. »Ich an deiner Stelle würde einen Dreck darauf geben, was sie denken. Du bist …«

»Was bin ich?« Liam kreuzte die Arme vor der Brust, neigte den Kopf nach hinten, sodass er mich eindringlich ansah, und ein schelmischer Ausdruck legte sich auf seine Miene. »Was bin ich, Eira?«

Liam hielt meinem Blick stand, brachte mein Herz schon wieder aus dem Tritt. »Ich –«

»Du meine Güte, ist das kalt!«

Mamas Stimme riss mich aus meinem benommenen Zustand. Ich wich automatisch nach hinten und schaute zum Standfenster. »Was … was machst du hier?«

Sie pustete sich in die Hände, wobei eine weiße Wolke vor ihrem Gesicht in die Luft stieg. »Du warst heute Morgen so schnell weg, dass wir uns gar nicht über gestern unterhalten konnten. Ein Verbrechen, wenn man bedenkt, dass du sonst in einem anderen Land lebst und im Übrigen die ganze Zeit in diesem Stand steckst.«

»Guten Tag, Frau Johansen.« Liams Stimme klang so leise hinter mir, dass ich mir nicht sicher war, ob er gehört werden wollte. Abgesehen davon war es das erste Mal, dass er sich überhaupt mit einem Standbesucher unterhielt, während ich ebenfalls hier war. Vor Frau Hagen hatte er niemanden angesprochen, sondern hatte mir allein das Reden überlassen und war in der Ecke mit einem Buch oder seinen Kopfhörern isoliert geblieben.

Mama beugte sich zur Seite, um an mir vorbeizusehen, und in ihre himmelblauen Augen legte sich Verwirrung. »Hallo, Liam. Geht … geht es dir gut?«

Da meine Mutter sehr wohl wusste, dass Liam mir beim Stand half, ging ich davon aus, dass ihre Verblüffung daher rührte, dass er sie begrüßt hatte.

»Danke«, erwiderte Liam und stand auf. Bis er die paar Schritte bis zum Tresen gegangen war, hielt er seinen Kopf gesenkt, presste die Lippen fest aufeinander und verschränkte die Hände hinter seinem Rücken. »Ich befürchte, es war meine Schuld. Gestern haben wir Frau Hagen bei der Renovierung ihres Wohnzimmers geholfen und danach eine Pizza bei mir gegessen. Eira wollte sofort heimgehen, aber es hat geschneit und war so spät … Ich hätte sie nach Hause bringen sollen.«

O Scheiße.

Mama hob ihre Augenbrauen und schaute mit weit aufgerissenen Augen zwischen mir und Liam hin und her. »Du hast bei Liam übernachtet?«

»Ähm …« Ich wusste, dass Mama eine große Sache daraus machen würde, weshalb ich Angely darum gebeten hatte, weder meinen Schwestern noch meinen Eltern zu erzählen, dass ich bei Liam gewesen war.

»Haben Sie es nicht gewusst?« Schuldbewusst schaute er mich an.

Ich öffnete den Mund, doch bevor ich etwas sagen konnte, schaltete Mama sich dazwischen.

»Es beruhigt mich aber zu wissen, dass sie in Gesellschaft eines Gentlemans gewesen ist.«

Keine Ahnung, ob das eine Mahnung oder ein Kompliment war. »Ich wollte es dir später erklären.«

Sie wedelte mit den Händen, als würde sie eine lästige Fliege verscheuchen. »Das hat er gerade getan. Wobei …« Mamas Blick wanderte kurz zu mir, bevor sie Liam wieder ansah. »Willst du zu unserem Adventsessen kommen? Wir kennen uns so lange und doch gar nicht. Da du und Eira jetzt befreundet seid, finde ich es eine gute Möglichkeit, um mich für gestern Nacht zu bedanken und dir den Rest der Familie vorzustellen.«

Liam wurde schneebleich.

Ich sah wahrscheinlich genauso aus.

Die Weihnachtskostüme, der Spieleabend, meine Schwestern. Zwar liebte ich das alles, aber jeder normaler Mensch würde denken, dass wir verrückt waren.

»Ich weiß nicht, ob …«, sagte ich.

»Ich will keine Umstände …«, fügte Liam hinzu.

»Keine Ausrede«, feuerte Mama entschlossen. »Du kommst mit Eira, nachdem ihr den Stand geschlossen habt.«

Liams Adamsapfel hüpfte auf und ab, bevor er mich kurz ansah. »Okay.«

Okay?!

»Perfekt!« Mama klatschte in die Hände und zwinkerte mir einmal zu. »Jetzt brauche ich ein paar Mandeln. Bis später, Schatz.«

Meine Lippen verzogen sich zu einer erzwungenen Grimasse, während ich Mama beim Weggehen zuschaute. Mein Hals war steifer als ein Eisberg und ich sandte ein Dankesgebet zu Gott, als ein ehemaliger Schachfreund von Erik auf den Wunschstand zukam. Ich hasste Schach. Doch jetzt würde ich lieber tausend Partien spielen, als Liam in die Augen zu schauen.

Kapitel 10

Die Daunendecke wog schwer auf meiner Schulter, ich kuschelte mich im Bett ein und zog den Stoff über mein Gesicht, bis Dunkelheit mich umschloss. Das beharrliche Gefühl erfüllte meine Brust, doch ein Poltern riss mich aus meinem Kokon des Friedens.

»Das ist nicht dein Ernst!« Jonnas Stimme, gefolgt vom Geräusch fester Schritte, drangen zu mir.

Ich krümmte mich zusammen und zog meine Decke enger an mich heran. Vergebens. Meine ältere Schwester riss den Stoff zu Boden, als hätte sie ihren Freund beim Fremdgehen erwischt.

»Steh sofort auf!«, keifte sie und stemmte die Hände auf die Hüften.

Stöhnend vergrub ich mein Gesicht in meinem Kissen, murmelte bedeutungslose Worte und wedelte mit der Hand, in der Hoffnung, sie würde wie bei einem Zauberspruch verschwinden.

»Eira!« Jonna stapfte erneut auf mich zu und rüttelte an mir, bis ich mich umdrehte und ihr in die grünen Augen sah. »Er ist schon da. Du kannst nicht so tun, als wärst du krank.«

Mein Herz sackte ein Stockwerk tiefer, pochte so schnell, dass mir schwindlig wurde. Wir beide waren im Wunschstand geblieben, bis es dunkel wurde und sich die Weihnachtsmarktbesucher mehr für die Essens- und Getränkebude interessierten als für uns. Danach war Liam nach Hause gegangen, um sich frisch zu machen, bevor er zu uns kommen sollte. Irgendwann zwischen meinem Weg in die Dusche und meinem Bett hatte ich die Hoffnung gehabt, er würde sich eine Ausrede überlegen und absagen. »Ich *bin* krank.« Das entsprach nicht zu hundert Prozent der Wahrheit, doch gut fühlte ich mich auch nicht.

»Nein, dir ist es nur peinlich.«

»Kannst du Gedanken lesen?«

Jonna hob eine Augenbraue, bevor sie kurz an sich herabsah. »Ich trage einen tannengrünen Pullover mit einem Faultier darauf, das eine Weihnachtsmütze auf dem Kopf und zwei Zuckerstangen in den Nasenlöchern hat. Sogar mir ist es peinlich und die Liebe meines Lebens sitzt nicht im Wohnzimmer mit dem Rest der Familie.«

Heute war Hässlicher-Weihnachtspullover-Tag und ich hatte die letzten Wochen geprahlt, dass ich mit meinem Outfit den Familienwettbewerb gewinnen würde. Das war, bevor Mama Liam zum Adventsessen eingeladen hatte. Jetzt stieg Hitze in mir hoch, nur bei dem Gedanken, er säße bereits im Wohnzimmer.

»Er ist nicht die Liebe meines Lebens«, jammerte ich, setzte mich auf und schleppte mich zum Kleiderschrank. Ich trug eine gefütterte Hose aus schwarzem Leder und ein weißes Top. Meine Locken hatte ich zu einem lässigen Dutt gebunden und leichtes Make-up sollte mich weniger wie eine Leiche aussehen lassen. Eigentlich war ich bereit, nach unten zu gehen und Liam zum letzten Mal zu begegnen – nach dem heutigen Abend würde er mich sicher nie wiedersehen wollen –, bis ich meinen Pullover aus dem Schrank zog. »Ich war in der Schule nur ein wenig in ihn verknallt und er in mich. Aber scheinbar waren wir zu jung und zu schüchtern, um etwas zu sagen.«

»Bitte was?!«

Stirnrunzelnd drehte ich mich zu Jonna um. »Bitte was was?!«

»Hast du gerade gesagt, dass er auch in dich verknallt war?«

Ich zuckte mit den Schultern. »Keine große Sache. Er wollte mich um ein Date bitten, hat mich aber mit Fenris gesehen und das Thema fallen gelassen. Hätte er ernsthaftes Interesse gehabt, hätte er nicht so einfach aufgegeben.«

»Ach, er hätte genau so hartnäckig sein sollen, wie du es gewesen bist?« Jonna lachte sarkastisch und kreuzte die Arme vor der Brust. »Du warst seit der zweiten Klasse in Liam verliebt, bist aber mit dem ersten Idioten zusammengekommen, der dich ins Kino mitgenommen hat.«

Seufzend zog ich meinen Pullover an und schaute an mir herab. Auf dem hautfarbenen Hoodie waren zwei Brüste in einem rotem Bikini aufgemalt. Eine bunte Lichterkette zierte den Kragen und auf die Ärmel waren Tattoos mit Weihnachtsmotiven gestempelt.

Bitte, Gott, lass mich mir die Beine brechen auf dem Weg nach unten!

»Ich bin nicht mit dem ersten Idioten zusammengekommen, sondern mit Fenris.« Augenrollend steckte ich meine Hände in die Tasche meines Hoodies. »Widersprüchlich. Ich weiß. Aber er war neu in der Stadt, hat diese Surferboy-Vibes gehabt und jedes Mädchen in der Schule wollte mit ihm ausgehen.«

Jonna presste missbilligend die Lippen aufeinander.

»Ja!« Ich warf die Hände in die Luft. »Ich war vierzehn, naiv und habe keine Ahnung gehabt, was er mit meinem Herzen machen würde.«

Seufzend tätschelte sie meine Schulter. »Ich verurteile dich nicht. Auch ich habe Mist in der Liebe gebaut.«

Ich runzelte die Stirn, doch bevor ich etwas fragen konnte, eilte sie zu meinem Schreibtisch, hob mein Colaglas an und schüttelte das Getränk auf meinen Hoodie. Vor Schreck wich ich einen Schritt zurück und betrachtete mit aufgeklapptem Mund sowohl den nassen Boden als auch mein ruiniertes Oberteil. »Bist du irre?!«

Sie zuckte mit den Schultern. »Wenn ihr eine Chance haben sollt, darf er dich nicht in dem Ding sehen. Der ist echt potthässlich.«

»Du hättest mir aber etwas sagen können!«, kläffte ich.

»Mhmm … nö. Du bist zu korrekt und hättest eh nicht zugestimmt.«

Ich ballte meine Hände zu Fäusten und grub meine Fingernägel in meine Handflächen. Doch Jonna hatte recht. Seit ich ins Bett gekrochen war, hatte ich ein schlechtes Gewissen, weil ich vorspielte, krank zu sein. »Du bist eine –«

»Gern geschehen«, fiel sie mir ins Wort und drehte sich zum Gehen um. »Wir warten alle unten auf dich.«

Die Schimpfwörter, die ich Jonna an den Kopf knallen wollte, blieben mir im Hals stecken. Stattdessen griff ich nach dem Saum meines Hoodies und zog ihn aus. Nicht nur er, sondern auch mein Tanktop sah wie eine gefleckte Kuh aus, weshalb ich mich ebenfalls daraus schälte. Nach einer kurzen Überlegung putzte ich damit die Colatropfen vom Holzboden und schmiss den ruinierten Stoff in den Müll. Die Flecken würde nicht einmal meine Mama rausbekommen können. Während ich in meinem Kopf durchging, welche weihnachtlichen Outfits ich noch mitgenommen hatte, erklangen Schritte auf dem Flur. Mit zusammengekniffenen Augen drehte ich mich um, bereit, Jonna endlich die Meinung zu sagen. Doch statt meiner Schwester stand Liam im Türrahmen. Sein Blick glitt von meinen Füßen über meine Beine und meinen nackten Bauch bis zu meinem schwarzen BH hoch. Wie angewurzelt war er stehen geblieben, sein Adamsapfel hüpfte auf und ab und als er endlich zu mir hinaufsah, verdunkelten sich seine goldbraunen Augen.

»Es tut mir leid. Deine Schwester hat gesagt, dass du hier auf mich wartest.« Seine Stimme klang rau und so verdammt sexy.

Ich bringe dich um, Jonna.

»Ähm …« Hastig holte ich einen weißen Strickpullover aus dem Schrank und zog ihn an. »Sie hat wahrscheinlich gedacht, dass ich schon fertig bin.«

Liam leckte sich über die Lippen und rieb sich kurz den Hinterkopf, bevor er auf mich zukam. Hitze entfachte sich in meinem

Bauch, während sein unergründlicher Blick meinen gefangen hielt. »Du hast ein Tattoo.«

»Was?«, wisperte ich.

Ohne den Augenkontakt zu unterbrechen, kam er näher, bis sein Duft mich umgab und meine Knie sich wie weiche Butter anfühlten.

»Hier.« Liam hob seine rechte Hand und mit den Fingerspitzen berührte er federleicht meine Seite. »Du hast ein Tattoo. Auf dieser Stelle.«

Er behielt seine Finger darauf und auch wenn ich einen dicken Pullover anhatte, brannte die Hitze, die aus ihm kam, wie ein lodernder Kaminofen auf meiner Haut.

»Stimmt. Das habe ich.« Meine Stimme war ein heiseres Flüstern und ich versank tiefer und tiefer im Whiskeybraun seiner Augen.

Langsam ließ er seine Hand sinken, steckte sie in die Hosentasche, wich jedoch keinen Millimeter zurück. »Was steht darauf? Aus der Entfernung konnte ich die Schrift nicht lesen.«

Eine leise, sehr unvernünftige Stimme in meinem Kopf forderte mich dazu auf, meinen Pullover zu heben, ihm diesmal meinen Oberkörper absichtlich zu zeigen. Ich ignorierte sie. »Wertvoll.«

Liams Mundwinkel zuckten und er schaute zu meinem Mund. »Das perfekte Tattoo für dich.«

Je länger er mich ansah, desto heißer pochte mein Blut. »Was bedeuten deine?«

»Der Drache?« Jetzt schaute er mir in die Augen und zog die Ärmel seines schwarzen Hoodies hoch. »Abgesehen davon, dass ich den Film liebe, haben wir viel gemeinsam.«

»Weil du nur Schwarz trägst oder kannst du auch deine Zähne einziehen?«

Er lachte und das Geräusch vibrierte wohlig unter meiner Haut. »Ohnezahn ist einsam, glaubt, der letzte Drache seiner Gattung zu sein, und wird von allen missverstanden.«

»Oh«, brachte ich nur heraus.

»Außerdem.« Langsam hob er eine Hand, strich mir eine lose Haarsträhne hinters Ohr und ließ seinen Daumen für eine Sekunde über meine heiße Wange streifen. »Er hat ein Handicap, das ihn daran hindert zu fliegen. Genau wie ich.«

Ich war unfähig, mich zu bewegen. Seine Worte, sein Duft, seine Wärme hypnotisierten mich. Er war ein Schlangenbeschwörer und ich eine Kobra. »Du kannst nicht fliegen?«

Erneut lächelte er. Diesmal warm und so verdammt schön, dass ich ihn unbedingt anfassen wollte. Ich sehnte mich danach, seinen Hals, seine Wange, seine volle Unterlippe zu küssen.

»In den letzten Tagen habe ich angefangen zu glauben, dass ich fliegen kann.«

»Eira! Wir wollen endlich mit den Spielen anfangen, verdammt!« Anjas quirlige Stimme erschallte aus dem Flur.

Automatisch wich ich einen Schritt zurück. Liam dagegen blieb stehen, während sich ein amüsiertes Grinsen auf seine Lippen legte.

»Ich warte unten auf dich.« Er schob die Hände in die Hosentaschen und schlich ein paar Schritte rückwärts.

Wie ein Wackeldackel auf Speed nickte ich. »Bin gleich da. Ich muss nur ... du weißt schon ... nur ...«

Sein Lächeln wurde breiter, bevor er sich umdrehte und durch die offene Tür verschwand. Als ich mich im Spiegel anschaute, grinste mich mein Spiegelbild an. Keine Ahnung, was gerade passiert war, doch ich hatte das Gefühl, in diesem Moment ein Weihnachtsgeschenk bekommen zu haben, und ich konnte kaum erwarten, es auszupacken.

Kapitel 11

Die letzte Stunde hatte ich mir gewünscht, dass der Boden sich auftat und ich hineinkriechen durfte. Gleich nach dem Essen hatte Anja lauthals darauf bestanden, dass ich allen meinen Weihnachtspullover zeigte, obwohl ich ihn nicht mehr anziehen konnte, um unseren traditionellen Wettbewerb doch noch zu veranstalten. Ich musste mich nicht nur mit dem zweiten Platz zufriedengeben, da ihr Hoodie viel peinlicher aussah, sondern spielte jetzt auch noch *Wer bin ich* und auf meiner Stirn haftete ein gelber Klebezettel. Bei diesem Spiel machte ich gerne mit, aber als meine Schwester auch Liam dazu überreden wollte, ebenfalls mitzumachen, hatte ich das Gefühl gehabt, er würde schreiend weglaufen wollen. Gott sei Dank hatte Papa ihn darum gebeten, ihm beim Aufstellen eines Weihnachtsmannes draußen zu helfen, und beide waren vor einer halben Stunde verschwunden. Ich notierte in meinem Kopf, Papa ein extra Weihnachtsgeschenk zu kaufen, und war dabei zu erraten, welcher Name auf meinem Klebezettel geschrieben stand, als Liam und Papa zurückkehrten.

»Bin ich blond?«, fragte ich auf Englisch, damit mich alle im Raum verstanden. Mama hantierte in der Küche mit dem Geschirr und hatte um die tausendmal unsere Hilfe beim Abwasch abgewiesen.

Jonna schüttelte den Kopf. »Im Moment nicht. Aber für eine Rolle bist du schon mal blond gewesen.«

Mein Blick glitt zu Liam, der sich auf den Sessel in der Ecke des Wohnzimmers fallen ließ und mich dabei ansah. Er zog die Ärmel seines schwarzen Hoodies hoch, lehnte sich zurück und kreuzte die Arme vor der Brust. Seine Miene war leicht amüsiert, als hätte Papa ihm draußen einen urkomischen Witz erzählt und er würde ihn sich immer wieder durch den Kopf gehen lassen. Gleichzeitig sah er mich so eindringlich an, dass mein Atem nur gepresst aus meinem Mund ging.

»Du musst raten, Eira! Nicht so lange darüber nachdenken«, meckerte Anja.

Ich zuckte zusammen, löste meinen Blick von Liam und strich über den Klebezettel auf meiner Stirn. »Scarlett Johansson?«

»Nope!« Jonnas Stimme klang eher gelangweilt, während ihr Blick immer wieder zu Liam huschte. Wahrscheinlich brannten ihre Anmerkungen über sein Verhalten wie Säure auf ihrer Zunge. Aber ich war froh, dass sie sich bisher höflich benahm. Ich hasste es zu schummeln und ganz sicher würde ich meinen Sieg morgen beim Abendessen aberkennen lassen, indem ich beichtete, dass ich alle jetzt betrog. Aber ich konnte nicht riskieren, dass Anja wieder versuchte, Liam zum Mitspielen zu überreden. Deshalb nutzte ich den Moment, indem Anja an ihrer Cola schlürfte, um mich zu Angely zu beugen. »Was steht auf meinem Zettel?«, flüsterte ich auf Deutsch an ihrem Ohr.

»Oh, das würdest du gerne wissen wollen, oder?«, erwiderte sie belustigt.

»Das meine ich todernst. Wenn ich es schnell weiß, kann ich das Spiel beenden und mit Liam rausgehen.«

Angely schaute zu ihm und dann zu mir. »Ach so. Darum geht es hier. Du willst das norwegische Sahneschnittchen nur für dich haben.«

»Ich will ihn nur von uns befreien.«

Ihr Mundwinkel bog sich nach oben und in ihrer Miene las ich, dass sie mir meine Erklärung keineswegs abnahm. Sie summte aber *True Love's Kiss*. Ein Lied, das wir oft beim Film *Verwünscht* gesungen hatten. Ich wartete also die nächste Runde ab, um dann zu sagen, dass ich Amy Adams war. Stöhnend sank Anja in die Couch, erhob sich aber schnell, um um eine weitere Runde zu bitten.

»Ihr könnt weitermachen. Aber ich muss etwas mit Liam erledigen.« Ich stand vom Boden auf und warf ihm einen fragenden Blick zu.

Liam zog die Augenbrauen kurz zusammen, brauchte eine Sekunde, um zu überlegen, was ich da faselte, erhob sich aber. »Genau. Es gibt da einen Wunsch, den wir selbst erfüllen müssen«, sagte er.

Erleichterung durchströmte meine Glieder und ich eilte zur Küche, in der ich mich von meinen Eltern kurz verabschiedete. Auch Liam kam mir hinterher, nachdem er meinen Schwestern und Angely einen schönen Abend gewünscht hatte, und bedankte sich bei Mama für das Essen. Meinem Vater sagte er noch, dass er ihn es wissen lassen sollte, falls er Hilfe mit der Weihnachtsbeleuchtung brauchte. Wenn mein Vater weiterhin Lichterketten aufhängte und LED-Figuren aufstellte, würde er einen neuen Job brauchen, nur um die Stromrechnung zu bezahlen.

Erst als ich meine Stiefel im daunenweichen Schnee versenkte und der kühle Wind über meine Wangen strich, konnte ich aufatmen. Liam begann aber kein neues Gespräch, fragte nicht, was zum Henker ich damit meinte, sondern bog in eine Straße ein und führte mich auf einen unbekannten Weg.

»Wo gehen wir hin?«, wollte ich wissen und kratzte an der Stille, die nur vom Knirschen des Schnees unter unseren Schuhen begleitet wurde.

»Ich dachte, wir müssen etwas erledigen.« Ein Lächeln lag auf seinen Worten, doch Liam sah mich nicht an, sondern bog in eine weitere Straße ein.

Ich folgte ihm, lief schneller, denn seine Beine waren mindestens zehn Zentimeter länger als meine, und atmete so schwer, dass weiße Wölkchen aus meinem Mund entkamen. Erst als wir den gefrorenen See erreichten, blieben wir vor einer schneebepuderten Sitzbank stehen. Liam starrte auf die Wasseroberfläche, schob seine Hände in die Taschen seines Mantels und befeuchtete die Lippen.

»Du weißt, dass ich gelogen habe und wir keinen Wunsch zu erfüllen haben, oder?«, fragte ich noch immer aus der Puste und zog meine Mütze bis zu meinen Augenbrauen.

Liam sah zu mir hinab, in seinem Mundwinkel war so etwas wie ein amüsiertes Schmunzeln zu sehen. »Danke dafür.«

Es gab Momente, in denen ich wirklich fragen wollte, was Liam dachte. Er war ein Rätsel, über das ich grübelte und das ich zu gerne lösen würde. Jetzt wollte ein Teil von mir wissen, was er meinte, und ein anderer Teil nur schweigen, zulassen, dass die Stille sich zwischen uns ausbreitete und mein Herzschlag sich wieder beruhigte. »Du bedankst dich, weil ich gelogen habe?«, wisperte ich trotzdem.

Seine Augen musterten mich eindringlich, bevor er mit einem Schritt keinen Abstand mehr zwischen uns ließ. »Ich bedanke mich, weil ich mit dir allein sein darf.«

Mein Herz pochte so heftig, dass meine eng anliegende Daunenjacke zu vibrieren schien. »Und warum wolltest du mit mir allein sein?«

Liams Adamsapfel hüpfte auf und ab, während er seine Hand hob und mir die Haare über die Schulter strich. Sein Daumen glitt über meinen Hals, spornte mein Herz an, sich noch härter gegen meine Rippen zu werfen. »Du hast deinen Schal zu Hause gelassen.«

Ich starrte seine Unterlippe an, fragte mich, wie sie wohl schmeckte, und spürte überdeutlich die Stelle auf meiner Haut, die er berührt hatte. »Mir ist nicht kalt.«

Es klang irre, doch eine schon längst vergessene Hitze pochte wild in meinen Adern, ließ mich die tiefen Temperaturen nicht im

Geringsten wahrnehmen. »Warum willst du mit mir allein sein?«, wiederholte ich die Frage.

»Weil ich mich etwas gefragt habe.« Liam schob seine Hand an meinen Hinterkopf, verfing seine Finger in meinen Locken.

Ich holte stockend Luft, sein Duft nach Sandelholz stieg mir in die Nase und seine Wärme lud mich dazu ein, in seine Arme zu fallen. »Was?«

»Was wäre aus uns geworden, wenn ich damals in der Schule nicht so langsam gewesen wäre?« Liam ließ seine Hand an meinem Arm hinuntergleiten, verlor den Körperkontakt mit mir, hielt mich aber mit dem Blick gefangen. »Was wäre passiert, wenn ich dich um ein Date gebeten und dich geküsst hätte?«

Mein Herz schien in meiner Kehle zu pochen, meine Knie wurden mit jeder Sekunde weicher. Ich konnte nicht aufhören, seine vollen Lippen anzustarren und mich zu fragen, wie sie wohl schmeckten. »Ich …«

»Ich dachte, du würdest allein kommen.«

Eine weibliche und viel zu bekannte Stimme schnitt mir das Wort wie ein scharfes Schwert ab und mein Blick zuckte in ihre Richtung. Saxa schlenderte auf uns zu, trat auf den Schnee, als glitte sie über einen Laufsteg, und steckte ihre Hände in die Taschen ihrer weißen Daunenjacke. Mein Magen sackte tiefer, fühlte sich an, als wäre er voller Steine, und ihre Worte ergaben erst nach einigen Sekunden einen Sinn. Saxa redete nicht mit mir, sondern mit Liam und war wohl hierhergekommen, um ihn zu treffen. Ich trat einen Schritt zurück.

»Was meinst du?«, fragte er und drehte sich zu ihr um.

Sie zuckte mit den Schultern, blieb vor ihm stehen und beachtete mich nicht. »Wenn ich gewusst hätte, dass du mit ihr auftauchst, wäre ich nicht zu unserer Verabredung gekommen.«

Verabredung. Galle stieg in mir hoch und ich wich einen weiteren Schritt zurück. Scheinbar trafen sich die beiden noch häufig und taten wer wusste schon was miteinander. »Ich lasse euch allein«, sagte ich und wandte mich zum Gehen.

Liam hielt mich an meinem Ellenbogen fest, weshalb ich ihn wieder ansah. »Warte. Ich weiß echt nicht, was sie meint.«

»Ach, bitte.« Saxa blieb eine Armeslänge neben Liam stehen, ließ ihren kühlen Blick zu mir gleiten und ihre Miene glich einer Marmorskulptur. »Ist das etwa das erste Mal, dass wir uns hier treffen?«

Liams Augenbrauen rückten aneinander. »Nein, aber –«

»Du wusstest, dass ich dich hier finden kann, oder?«

»Ja. Aber –«

»Dann lass Eira gehen, denn wir waren zwar beste Freundinnen, doch sie hat mir deutlich gemacht, dass das nicht mehr der Fall ist. Außerdem stehe ich nicht auf Zuschauer.«

Wut brodelte in mir. Wozu hatte Liam mich hergebracht? Wahrscheinlich wollte er, dass mir das jetzt hier genauso peinlich war, wie es ihm die ganze Nacht bei uns ergangen war. Wie es aussah, hatte sich meine Menschenkenntnis nach Jahren immer noch nicht gebessert. Ich war dieselbe Witzfigur aus meiner Schulzeit. »Lässt du mich bitte los?«

Liam schaute langsam von mir zu Saxa, schluckte schwer und seine Finger glitten von meiner Jacke herunter. »Es ist nicht so, wie du denkst.«

Na klar. Wie oft hatte ich den Satz von Fenris gehört? Doch das letzte Mal hatte ihn Saxa an seiner Stelle ausgesprochen und mein Herz endgültig gebrochen. Ich wollte Liam sagen, dass er nicht mehr in den Wunschstand zurückkommen musste und mich auch sonst in Ruhe lassen sollte, doch meine Augen brannten. Das Letzte, was ich in meinem Leben tun würde, war, Saxa mich noch einmal weinen sehen zu lassen. Aus dem Grund sagte ich nichts, stapfte los und ließ beide hinter mir.

Kapitel 12

Meine Atemwege schmerzten, als hätte ich glühende Kohle geschluckt, meine Knie waren butterweich und mein Herz warf sich unkontrolliert gegen meinen Brustkorb. Doch ich lief so schnell ich konnte, war gefühlt eine Stunde um den Block gegangen und blieb erst vor der Haustür meiner Eltern stehen.

Ich werde nicht weinen.

Ich werde nicht weinen.

Schwer atmend legte ich die Hand auf den Türgriff, zählte ein paar Sekunden lang meine Herzschläge und setzte das falscheste Lächeln auf, das ich je hinbekommen hatte. Meine Familie sollte nicht erfahren, dass ich mich wieder wie eine Idiotin benommen hatte. Sie durften nicht mitbekommen, dass ich eine Betrügerin war, die sich als Psychotherapeutin ausbilden ließ, selbst aber nicht mit den eigenen seelischen Verletzungen umgehen konnte. Ich ließ mich immer noch vom Äußeren täuschen, von einem schönen Lächeln und süßen Worten verführen, um dann in hoher Geschwindigkeit gegen eine Wand zu fahren. Warum hatte ich gedacht, dass Liam an mir interessiert wäre? Wenn es mit Saxa und ihm wirklich vorbei wäre, hätte sie ihn nicht am Wunschstand besucht. Sie würde nicht wissen, wo und wann sie ihn finden konnte. Wahrscheinlich führten sie irgendeine toxische On-off-Beziehung, trafen sich am See, um rumzumachen, und ich war die blöde Kuh, die sich zwischen sie stellte.

Ich biss meine Zähne fest aufeinander, legte blinzelnd den Kopf in den Nacken und atmete tief durch.

Ich werde nicht weinen.

Ich werde nicht weinen.

Als ich die Haustür meiner Eltern öffnete, empfingen mich gedimmtes Licht und der Duft von Kaminholz. Wärme blies mir über die Wangen und Stille hüllte mich wie eine Wolldecke ein. Meine Muskeln entspannten sich, mein Herz schlug wieder langsamer, trotzdem legte ich die Stirn in Falten. Ich war nicht länger als anderthalb Stunden unterwegs gewesen und das Haus klang so, als schliefen bereits alle. Nachdem ich mich meiner Jacke und der Stiefel entledigt hatte, tapste ich auf Zehenspitzen am Wohnzimmer vorbei. Mama und Papa saßen auf der Couch, jeder hielt jeweils ein dickes Buch in den Händen und ihre Füße berührten sich in der Mitte des Polsters. Im Kamin loderte ein Feuer und warmes Licht erhellte den Raum. Ich schlich weiter, obwohl ich mich eigentlich zu gerne zu ihnen gesellen und ein Buch lesen würde. Doch dafür hatte sich mein Puls nicht genug abgeregt. Abgesehen davon würden sie sicher Fragen über Liam stellen und das mythologische Ungeheuer in mir wecken, das sich gerade wieder schlafen legte. So leise, wie es menschenmöglich war, stieg ich die Treppe hinauf und steuerte auf mein Zimmer zu. Ruhige Musik schlich sich aus Anjas Zimmer und aus meinem schlüpfte Licht durch den Türspalt. Abermals atmete ich durch. Ich musste Angely nur sagen, dass ich Liam nach Hause begleitet hatte und zu müde zum Reden war. Sie würde nicht nachfragen und ich nicht zusammenbrechen.

Alles wird gut, Eira.

Du hast rechtzeitig erfahren, dass er nicht der Richtige ist.

Es ist besser so.

Ich öffnete die Tür und auf dem Boden saßen Jonna und Angely. Synchron sahen beide zu mir und rangen sich jeweils ein Lächeln ab, das wackliger als eine verrottete Brücke aussah.

»Was ist los?«, fragte ich.

Jonna stand auf, kam auf mich zu und umarmte mich. Sie zog mich mit jeder Sekunde fester an sich heran. »Keine Sorge, wir bringen ihn um.«

Meine Arme hingen schlaff an meinen Seiten und ein Kloß schnürte mir die Kehle zu. »Wovon redest du?«

»Liam hat mich angerufen. Er hat versucht, dich zu erreichen, ist aber auf der Mailbox gelandet.«

O verdammt. Ich hatte mein Handy zu Hause gelassen, weil der Akku eh leer war.

»Er macht sich Sorgen um dich, aber von mir aus kann er an seiner Angst ersticken.«

Ich zitterte, war unfähig, mich aus Jonnas Umarmung zu befreien. »Was hat er gesagt?«

»Ihr wart am See und seine Ex ist gekommen. Er meint, dass sie nichts miteinander haben und du etwas missverstanden hast.« Sie schnaubte. »Es ist so einfach zu sagen, dass du etwas falsch verstehst.«

Ich fühlte mich so machtlos, so dumm und wollte nicht schon wieder bemitleidet werden. Doch als Jonna mich losließ, war es so, als würde sie damit meinen festen Griff öffnen und als hätte ich all meinen Mut wie Mikado-Stäbchen fallen gelassen. »Er …« Ein Schluchzen entglitt meinem Mund und ich brach doch zusammen.

***

Ein abstehendes Stück vom Holzfußboden schnitt mir in die Seite und ich kuschelte mich an meine Schwester, legte meinen Kopf auf ihren Oberschenkel. Ich presste die Lippen aufeinander und mein Gesicht verzog sich, wegen der Tränen, die auf meiner Haut getrocknet waren. Jonna vergrub ihre Finger in meinen Locken und summte *High Hopes* von Panic! At The Disco. Passender könnte ein

Lied nicht sein. Ich und meine verfluchten hohen Hoffnungen, die mich immer wieder verletzten.

»Geht es dir besser?« Angelys Stimme klang heiser und sie sprach auf Deutsch.

Vielleicht hatte sie einfach vergessen, dass Jonna sie so nicht verstand, aber ich nutzte die Gelegenheit, um ihr zu erzählen, was passiert war, ohne dass meine Schwester sich einmischte. Sie wusste haargenau alles, was Saxa und Fenris mir angetan hatten, doch ihre Ansichten waren um einiges härter als meine eigenen. Nickend setzte ich mich auf, bat Jonna darum, uns einen Tee zu kochen und wartete ab, bis sie das Zimmer verließ, um mit Angely zu reden.

»Das ist mir jetzt peinlich«, sagte ich und kreuzte meine Beine zum Schneidersitz.

Angely zog eine Augenbraue hoch. »Wieso denn? Weil du wegen eines Typen geweint hast? Als hätte ich das noch niemals getan.«

»Ich habe nicht seinetwegen geweint.«

»Nein?«

Ich schüttelte den Kopf, holte tief Luft und ließ die Erinnerungen zu, die mich abermals heruntergezogen hatten. »Ich habe meine ehemalige beste Freundin schon mal erwähnt.«

»Ja.«

»Ich bin mit Liam zum See gegangen, wir standen da, ziemlich dicht beieinander und er hat gesagt, dass er mich gerne küssen würde.«

»So weit, so gut. Aber was hat deine ehemalige beste Freundin damit zu tun?«

Ich befeuchtete die Lippen und senkte den Kopf, um Blickkontakt zu meiden. So fühlte ich mich vielleicht weniger bescheuert. »Sie ist aufgetaucht und hat gesagt, dass beide sich dort treffen würden.«

»Okay.« Sie straffte die Schulter und kreuzte die Arme vor der Brust. »Hat Liam erzählt, dass es stimmt? Ich kenne solche Bitches, die denken, einen Anspruch auf ihre Ehemaligen zu haben. Sie lügen wie gedruckt, um zu bekommen, was sie wollen. Außerdem finde ich es unwahrscheinlich, dass er dich an einem Ort küssen will, an dem er sich mit einer anderen trifft.«

»Das spielt keine Rolle.«

»Ach nein?«

Seufzend stand ich auf, setzte mich auf die Bettkante und versuchte das Rumoren in meiner Brust zu ignorieren. »Erinnerst du dich an den Typen, mit dem ich in der Bar getanzt habe?«

»O ja.« Ihre braunen Augen leuchteten im schwachen Licht des Zimmers. »Blond, gebräunt und verdammt heiß.«

»Er ist mein Ex-Freund.« Das letzte Wort schmeckte wie Säure auf meiner Zunge.

Angelys Mund stand ein paar Sekunden offen, bevor sie weitersprach. »Mädchen, einen guten Geschmack hast du ja.«

»Ich würde dir gerne zustimmen. Aber leider sind manche gut aussehenden Äpfel innen drin faul.«

»Der ist also ein Idiot.«

Meine Lippen waren wie gelähmt und es kostete mich Kräfte, die ich nicht besaß, über Fenris zu reden. Aber ich wollte es tun. Ich wollte diese Wunde aufreißen und gründlich säubern, damit sie nie wieder wehtat. »Er hat mit Saxa geschlafen.«

»Mit deiner besten Freundin?«, fragte Angely in einem vollkommen entsetzten Ton.

Ich nickte. »Sie war nicht die Erste, mit der er mich betrogen hat. Davor hat es um die siebzehn andere gegeben.«

»Sag mir bitte, dass du nichts davon gewusst hast.«

Schön wäre es gewesen. Aber ich war nicht nur eine blinde Idiotin mit einem Selbstbewusstsein so groß wie ein Reiskorn, sondern auch der bekannteste Fußabtreter in Rolig Elv. »In dieser Stadt bleiben Geheimnisse nicht lange verborgen. Aber das Schlimmste war, dass Saxa mich jedes Mal davon überzeugt hat, Fenris eine zweite

Chance zu geben. Sie hat immer eine Ausrede für ihn parat gehabt, hat uns dann zusammengebracht und er selbst konnte mich schon immer um den Finger wickeln.«

»Sie ist eine Bitch.«

»Bis ich beide dann unter der Dusche in ihrem Haus erwischt habe.«

»O fuck!« Sie bedeckte ihren Mund mit der Hand. »Ich will ihn nicht aus der Verantwortung ziehen, denn es nervt mich, wenn die Gesellschaft immer die Frau dafür als Erstes verurteilt, aber sie war deine beste Freundin.«

»Ich denke, sie wollte, dass ich sie zusammen sah.« Jedes Wort schmerzte in meiner Seele, doch ich sprach weiter. »Sie war diejenige, die mich eingeladen hat, vor dem Abschlussball bei ihr vorbeizukommen. Sie hat sogar ihre Hausangestellte darum gebeten, mich reinzulassen.«

»Und du redest noch mit ihr? Sie würde immer noch einen Gehstock brauchen, wenn ich an deiner Stelle gewesen wäre.«

Energielos zuckte ich mit den Schultern. »Es hat mich mehr zerstört zu sehen, dass mir meine beste Freundin in den Rücken gefallen war, als Fenris zu verlieren.«

»Du hast ihn nicht verloren, sondern nie gehabt.«

Ich lächelte. »Das wurde mir nach diesem Tag auch bewusst.«

»Und Liam war mit ihr zusammen?«

»Nachdem Fenris mich damals gefragt hatte, ob ich seine Freundin sein wollte, sind auch Liam und Saxa ein paar Monate später zusammengekommen. Aber ihre Beziehung war ... anders.«

»Wie anders?«

Ich zuckte mit den Schultern und erinnerte mich daran, wie Saxa sich darüber beschwert hatte, dass Liam sie nie auf Partys oder Konzerte begleiten wollte. Sie waren wie Feuer und Eis und ich hatte nie verstanden, was sie zusammengehalten hatte. »Sie waren mal zusammen und mal nicht. Als sie mit Fenris unter die Dusche gesprungen ist, war es kurz vor dem Abschlussball und sie hatte sich ein paar Tagen zuvor von Liam getrennt.«

»O Scheiße.« Angely schüttelte den Kopf, wobei ihre braunen Locken vor ihrer Nase tanzten. »Ganz ehrlich? Normalerweise verteidige ich die Frau, die in der Beziehungspause etwas mit einem anderen hat. Aber ich bin sprachlos. Es geht nicht darum, ob sie gerade mit Liam zusammen gewesen ist oder nicht. Ihr wart irgendwie in einer Clique und sie scheint einfach alle haben zu wollen, ohne Rücksicht auf die Gefühle der anderen zu nehmen.« Abermals rieb sie sich das Gesicht. »Weiß Liam davon?«

»Ich weiß nicht, hab nie gefragt und jetzt interessiert es mich auch nicht, ob sie zu ihm ehrlich gewesen ist.« Ich seufzte, fühlte mich noch machtloser als vorher. Aber es war auch gut, dass Saxa am See aufgetaucht war. Nach allem, was zwischen ihr und mir passiert war, hatte ich mir selbst versprochen, mich nie wieder ausnutzen zu lassen. Das Versprechen würde ich auch halten.

Kapitel 13

»Dylan war der beste Clown, den ich je gesehen habe!« Frau Sandvik beugte sich lächelnd über das Verkaufsfenster des Wunschstands und ihr penetranter Duft nach Kardamom stieg mir in die Nase. »Erzähl es bitte keinem, aber ich habe Angst vor Clowns. Nur vor Dylan habe ich keine Angst gehabt.«

Ein erzwungenes Lachen entglitt meinen Lippen. Ich gab mein Bestes, um ein wenig freundlich rüberzukommen, und scheiterte kläglich. Es ging nicht darum, dass ich Frau Sandvik ungern mit ihrem Wunsch geholfen hatte. Es war keine Herausforderung gewesen, jemanden auf den letzten Drücker zu finden, der einen Clown auf der Geburtstagsfeier ihres Enkels spielen würde. Mein Missmut lag eher an mir selbst, denn ich wäre heute viel lieber unter meiner Daunendecke geblieben und hätte Löcher in die Wand gestarrt. Aber genau das hatte ich mir versprochen, nicht mehr zu tun. Ich würde keine wertvolle Sekunde meines Lebens mehr damit vergeuden, dass ich in Traurigkeit wegen des Verhaltens eines Idioten versank. Egal, ob dieser Dummkopf Fenris oder Liam hieß. Also war ich aufgestanden, hatte den Wunschstand geöffnet und half so vielen Menschen, wie ich nur konnte. Ein Teil von mir, den ich zu ignorieren versuchte, fragte sich jedoch im Sekundentakt, ob Liam sich trauen würde, ebenfalls hier aufzutauchen. Er hatte offensichtlich mit meinen Gefühlen gespielt. Warum sonst würde er mich an den See bringen und so tun, als würde er mich küssen wollen, nur damit ich mich vor Saxa wie die letzte Ahnungslose fühlte? Wahrscheinlich hatte Liam schon immer gewusst, was ich für ihn empfand, und wollte sich beweisen, dass er mich haben konnte. Aber warum fand er es lustig, mich vor Saxa bloßzustellen? »Ich sage Dylan, dass Sie hier waren und seine Arbeit Ihnen gefallen hat, Frau Sandvik.«

Sie schüttelte den Kopf und kramte in ihrer Handtasche herum, bevor sie wieder aufsah und mir einen Umschlag entgegenstreckte. »Ich habe ihn schon gesehen und mich bei ihm bedankt.«

Ich legte die Stirn in Falten. »Ist das noch ein Wunsch?«

»Nein, Liebes.« Sie kicherte und bedeckte die Zahnlücke in ihrem Gebiss mit den Fingerspitzen. »Ich wollte mich auch bei dir bedanken.«

Noch immer stirnrunzelnd öffnete ich den Umschlag und zog einen ausgedruckten Zettel heraus.

Leistungen:

- Drei Nächte in einer Nordlicht-Kabine mit Glasdach
- Vollpension
- 2 Personen

»Ähm ...«, sagte ich und hob meinen Blick von den Unterlagen. »Was ist das?«

Frau Sandvik beugte sich über das Papier, schob ihre Halbmondbrille über die Nase hoch und schaute mich wieder an. »Es steht doch alles da.«

»Ich weiß.« Blinzelnd faltete ich den Zettel und steckte ihn wieder in den Umschlag. »Ich verstehe nicht, warum Sie mir zwei Übernachtungen im Green Lights Village schenken. Es ist nicht nur verdammt teuer, sondern auch nicht Sinn des Wunschstands. Ich möchte weder Geld noch etwas anderes für meine Vermittlung bekommen.«

Die alte Dame war nicht die Erste, die außer sich vor Freude nach der Vermittlung eines Wunsches war und sich aus dem Grund dafür bedankte. Aber für gewöhnlich bekam ich ein selbstgemaltes Bild, Schokolade oder Rosen. Nichts verglichen zu einer sündhaften teuren Übernachtung.

»Ich weiß, Liebes.« Sie legte ihre Hand behutsam auf meine und sah mir liebevoll in die Augen. »Mein Sohn hat mir die Übernachtung geschenkt, aber mein Mann hat sein Bein letzte Woche beim Aufhängen von Lichterketten verletzt und wir können nicht mehr hin. Wir haben erst einmal gedacht, es wäre nichts Schlimmes, aber der Schmerz wurde immer stärker, sodass er jetzt sein Bein operieren lassen muss. Wenn du nicht an meiner Stelle hingehst, verfällt die Buchung.«

Ich kaute auf meiner Unterlippe herum. »Kann Ihr Sohn nicht hin? Oder vielleicht jemand anderes aus Ihrer Familie?«

Sie schüttelte lächelnd den Kopf. »Ragnar war schon zweimal dort und es wäre doof, ihm das Geschenk zurückzugeben.«

»Stimmt«, erwiderte ich ein wenig abwesend und senkte meinen Blick auf den Umschlag. Schon blöd, dass ich so nah an Finnland aufgewachsen war, doch weder die Polarlichter gesehen noch ein anderes skandinavisches Land besucht hatte.

»Liebes«, sagte sie nach einer Sekunde. »Ich würde mich freuen, wenn du das Geschenk annimmst. Nimm deine Freundin aus Deutschland mit, denn ich wette, dass sie noch nie in einem Glasiglu übernachtet hat. Aber wenn du es nicht möchtest, dann gib es Liam. Der Junge hat gezeigt, dass er ein genauso gutes Herz wie sein Opa hat. Ich habe mitbekommen, was er für Lina Hagen gemacht hat. Ihr Wohnzimmer sieht reizend aus.«

Liams Name bohrte ein Loch in mein Herz und ich erinnerte mich an den Abend, an dem wir Frau Hagens Wohnzimmer renoviert hatten. Daran, wie wir danach in seine Wohnung gegangen und Zeit miteinander verbracht hatten. In meiner Brust zog sich etwas zusammen, vielleicht das Loch, das Fenris dort hinterlassen hatte, und ich hob den Blick. Mein Atem stockte, als ich an Frau Sandvik vorbeischaute und Liam auf den Stand zukommen sah.

»Vielen Dank, Frau Sandvik«, sagte ich der alten Dame und steckte den Umschlag in meine Jackentasche. »Ich freue mich sehr darauf.«

Sie lächelte breit und tätschelte meine Hand, bevor sie sich umdrehte und verschwand. Ich hielt die Luft an, während Liam in den Stand hineinging und der Holzboden unter seinen schweren Schritten knarrte.

»Was machst du hier?«, fragte ich, ohne ihn anzusehen, und ordnete die Wunschzettel auf dem Tresen neu.

Seine Wärme gepaart mit seinem Duft nach Sandelholz umgab mich. »Ich kann mir vorstellen, dass du nicht mit mir reden möchtest, aber ich muss dir etwas sagen.«

»Du musst mir nichts erklären.« Ich hielt mit meinen Fingern auf dem Papierstapel inne, kämpfte innerlich gegen den Drang, mich umzudrehen und in seine Augen zu sehen. Ich hatte schon so viele Fehler in meiner Beziehung mit Fenris gemacht und konnte einfach nicht zulassen, dass ein Mann mich wieder annähernd so verletzte.

»Doch«, sagte er und kam noch näher, sodass sein heißer Atem über meinen Nacken rollte. »Ich habe das Gefühl, meine eigenen Gedanken ordnen zu müssen, denn wenn ich an gestern Abend denke, ergibt nichts einen Sinn.«

Er hat mit dir gespielt, Eira.

Sei nicht schwach.

»Für mich schon.« Ich drehte mich doch um, trat einen Schritt zurück, sodass meine Hüfte gegen den Tresen stieß.

Liams goldbraune Augen musterten mich bittend, eine senkrechte Falte hatte sich zwischen seinen Augenbrauen gebildet. »Dann erzähl mir, was passiert ist.«

»Entweder hat Saxa dich darum gebeten, dich über mich lustig zu machen, oder du hast es freiwillig getan.«

Erinnerungen an den Abend, an dem ich sie mit Fenris bei ihr erwischt hatte, ritzten tiefer in mein Herz. Der Klang ihres Lachens, die abwertenden Worte über mich, Fenris' Gleichgültigkeit trieben noch immer Tränen in meine Augen. Keiner von beiden hatte mich nach diesem Abend gesucht. Keiner von ihnen hatte sich dafür interessiert, wie sehr sie mich verletzt hatten.

Nicht weinen, Eira.

Sie verdienen keine einzige Träne von dir.

»Warum würde ich so etwas tun?« Liam legte seinen Kopf schief, seine Stimme klang so … gebrochen?

»Ich weiß nicht.« Der kalte Wind wirbelte im Stand und strich über meine Wange, wobei ich wieder meinen Blick auf die Wunschzettel senkte und einen runden Stein darauflegte. »Warum würde Saxa sagen, dass sie mit dir am See verabredet war?«

»Weil sie ihre besitzergreifende Art nicht ändern kann und alle in dieser Stadt scheinen ihr zuzustimmen, wenn sie behauptet, irgendwelches Anrecht auf mich zu haben.«

»Ihr wart zusammen«, murmelte ich und zuckte mit den Schultern.

Liam schloss den Abstand zwischen uns und legte seine Hand auf meine, sodass ich wieder aufsah. »Wir haben unsere Beziehung vor drei Jahren beendet.«

Schlagartig zog ich meine Hand zurück. Es mochte sein, dass sie seit drei Jahren kein Paar mehr waren, doch es war ebenfalls kein Geheimnis, dass sie bei ihm ein paar Mal danach übernachtet hatte. »Und trotzdem habt ihr euch danach gesehen.«

Ich war keine Tratschtante und hatte mich auch weder bei Erik noch bei jemand anderem erkundigt, mit wem sich Liam getroffen hatte. Aber Rolig Elv war so groß wie eine Erbse und sein Mitbewohner kannte das Wort Privatsphäre nicht.

»Fuck!« Liam trat zurück, fuhr sich durch die Haare und legte kurz den Kopf in den Nacken, bevor er mich wieder ansah. »Ja! Es war ein Fehler, mich mit meiner Ex-Freundin zu treffen, nachdem wir Schluss gemacht hatten. Aber nachdem ich vor einem Jahr mitbekommen habe, dass sie etwas mit Fenris hatte, habe ich ihr deutlich gemacht, dass ...«

Er stoppte sich.

Mir wurde schlecht.

Rolig Elv war in der Tat so groß wie eine Erbse und ich hatte mir bisher keinen Gedanken darüber gemacht, was Liam über mich denken würde, nachdem er mitbekommen hatte, was Fenris mit mir gemacht hatte. Damals waren er und Saxa kein Paar mehr und egal, ob sie sich erst vor einer Woche getrennt hatten, sie hatte ihn somit nicht betrogen. Nur mich.

»Ihr vögelt also nicht mehr miteinander.« Ich zuckte mit den Schultern, kreuzte die Arme vor der Brust und gab mir Mühe, so beiläufig wie möglich zu klingen. »Toll. Es geht mich nichts an.«

»Soll ich gehen?« Seine Nasenflügel blähten sich auf und er atmete schwer. »Wenn du willst, belästige ich dich nicht mehr. Aber ich musste dir sagen, dass ich nichts von Saxa will.«

»Das habe ich verstanden.«

»Wir denken nicht gleich und ich unterstütze ihre selbstsüchtigen Aktionen nicht. Aber sie ist mir nicht egal. Wir waren lange zusammen und sie war meine erste feste Freundin.« Er befeuchtete die Lippen, atmete tief durch. »Sie war für mich da, als ich Hilfe gebraucht habe, und ich kann nicht so tun, als würde sie nicht existieren.«

Ich auch nicht. Ich wollte es. Wie sehr wollte ich die aufmunternden Worte vergessen, die sie mir gesagt hatte, als ich an mir gezweifelt hatte. Wie gerne würde ich die Pyjamapartys, die Konzerte und die Reisen, die wir zusammen erlebt hatten, aus meinem Gedächtnis radieren.

»Ich habe auch nicht geplant, sie am See zu treffen«, fuhr Liam sanft fort.

Ich schluckte, musterte meine Stiefel. »Warum sind wir hingegangen?«

»Weil ich den See liebe und oft mit meinem Opa hingegangen bin.« Seine Stimme klang seidenweich und er trat wieder einen Schritt auf mich zu. »Ich wollte dir den Ausblick zeigen, wenn die Lichter der Stadt sich auf die Wasseroberfläche werfen. Ich wollte endlich die Initiative ergreifen, dich dort küssen und meinen Lieblingsort in der Stadt zu dem Ort unseres ersten Kusses machen.«

Wärme durchlief meinen Körper, wurde aber in der nächsten Sekunde von einer Frage abgekühlt. »Hast du Saxa dort auch geküsst?«

»Okay.« Schnaubend warf er die Hände in die Luft, drehte sich um und stapfte los. »Vergiss es.«

»Liam!«, rief ich.

Mir war bewusst, wie kindisch ich mich verhielt, und auch, dass ich mit meinem Benehmen genau das tat, was Saxa von mir erwartete. Ich konnte ihr diese Macht nicht geben. Das wollte ich nicht mehr tun.

»Was?«, fragte er über die Schulter.

»Es tut mir leid.« Ich senkte den Kopf und strich mir abermals die Haare hinters Ohr. »Ich benehme mich wie ein kleines Kind.«

»Gut, dass du es selbst erkennst.«

Mein Gesicht brannte vor Scham. »Sie hat mich einfach zu sehr verletzt, verstehst du? Ich bin ein gebranntes Kind.«

»Okay.« Er ging wieder auf mich zu, sodass seine schwarzen Stiefel in mein Sichtfeld traten.

»Ich habe keine Ahnung, wie oft ich mich von Saxa habe ausnutzen lassen und Fenris mich –«

Liam nahm mein Gesicht in seine Hände und zwang mich dazu,

ihm in die goldbraunen Augen zu sehen. »Ich bin nicht Fenris und will auch nicht mit ihm verglichen werden.«

»Okay«, wisperte ich. Seine Nähe fühlte sich so vertraut an, obwohl wir uns so wenig kannten.

»Es tut mir leid, dass sie dort aufgetaucht ist. Ich kann echt nichts dafür. Aber wenn du willst, sage ich ihr noch einmal, dass ich nichts mehr von ihr möchte.«

Ein Lachen drang zu uns, woraufhin Liam mich losließ, er wich aber keinen Zentimeter zurück. Ich schaute kurz nach draußen und mir wurde bewusst, dass wir uns auf dem Weihnachtsmarkt befanden. Offensichtlich konnte jeder uns durch das Verkaufsfenster sehen. Es hatte wieder angefangen, heftiger zu schneien. Draußen hielten sich kaum Besucher auf und nicht alle Buden waren geöffnet. Trotzdem könnte jemand uns sehen und Gerüchte über uns beide waren das Letzte, was ich jetzt brauchte.

»Können wir Saxa einfach wieder vergessen?«, sagte ich und starrte den schwarzen Knopf seines Mantels an.

»Ich will dir nicht wehtun, okay?«

Seine Worte waren alles, was ich hören wollte. »Was möchtest du dann?«

»Dich besser kennenlernen.« Liam strich federleicht über meine Wange, als würde er mich darum bitten, ihn wieder anzusehen.

Das tat ich ebenfalls.

»Deine Mutter hat recht«, fuhr er fort. »Wir kennen uns schon ewig und doch irgendwie auch nicht.«

Grinsend legte ich den Kopf in den Nacken. »Du zitierst meine Mama?«

Er lächelte zurück. »Schlimm?«

Ich schmolz ein wenig dahin. Es war so albern, wie sehr es mir gefiel, dass er sich mit meinen Eltern gut verstand. Sogar zu meinem Vater, der sich gerne zurückzog, war Liam wortlos durchgedrungen. »Was machst du heute Abend?«

Er hob die Augenbrauen, kaute eine Sekunde lang auf der Innenseite seiner Wange. »Ich habe die unglaublich schwierige Entscheidung zwischen einem Film und einer Serie.«

»Hast du Lust auf Gesellschaft?«

»Meinst du damit Angely?«

Leise lachend schüttelte ich den Kopf. »Sie ist wieder mit Anja unterwegs. Der Wunschstand ist ihr zu ruhig.«

Liam ließ seinen Blick über mein Gesicht gleiten, bis er an meinen Lippen hängen blieb. »Ich finde den Wunschstand jetzt ziemlich perfekt.«

Hitze explodierte in meinem Bauch, der darauf heftig zu flattern begann. Ich brachte ein wenig Abstand zwischen uns, versuchte damit, mein wild pochendes Herz zu beruhigen. »Gut so, denn wir müssen noch drei Stunden hier drinnen aushalten.«

Er lachte und stellte sich neben mich ans Fenster. Sein Blick war auf die fallenden Schneeflocken gerichtet. »Danach darfst du mir das Abendprogramm aussuchen.«

Es gab nur ein Programm, das mich interessierte. Nur eine Frage musste dringend beantwortet werden: Wann würde Liam mich endlich küssen? Doch anstatt sie zu stellen, sagte ich nur: »Sicher.«

Kapitel 14

Der Duft von heißer Schokolade hing in der Luft. Wärme und Behaglichkeit umgaben mich, ich zog meine Wollsocken über und legte die Füße hoch auf die Couch. So schnell wie noch nie in meinem Leben schrieb ich Angely, dass ich nicht nach Hause kommen würde und sie mit Anja wieder in die Sauna gehen konnte. Sie sendete mir die gleiche Nachricht, in der sie mich fragte, ob ich mit Liam unterwegs wäre, um die zwanzigmal hintereinander. Ich grinste so breit, dass meine Wangen schmerzten, konnte mir förmlich vorstellen, wie sie vor Neugier Bauchschmerzen bekam, und tippte, dass ich ihr heute Abend alles erzählen würde.

»Magst du Marshmallows darauf? Wenn nicht, kann ich dir einen neuen Kakao machen.« Liam stellte zwei Tontassen auf den Couchtisch. Ein köstlich duftender Dampf stieg in die Luft, kleine Marshmallows quollen über den Rand und eine rot-weiße Zuckerstange grub sich in die Mitte.

Mir wurde warm ums Herz und ein heftiges Flattern machte sich in meinem Bauch bemerkbar. Nachdem wir den Wunschstand geschlossen hatten, waren wir bei einer Essensbude vorbeigegangen und hatten uns dort schon mit Abendessen versorgt. Liam hatte zugegeben, dass er nichts außer TK-Pizza und Milch im Kühlschrank hatte, womit ich gar kein Problem gehabt hätte. Während Schneeflocken zwischen uns gesegelt waren, hatte Liam mir davon erzählt, dass er kaum etwas auf Vorrat kaufte, denn Jayden aß für zwanzig

Männer und kümmerte sich nicht um weitere Einkäufe. Ich redete wie ein Wasserfall über das WG-Leben mit Angely. Darüber, dass sie mich süchtig nach Seifenopern machte. Erst als wir bei ihm angekommen waren, war ich wieder ruhig geworden. Zu ruhig. Es lag an der elektrischen Spannung, die in meinen Adern rauf und runter floss und mich keinen Satz formulieren ließ. Eine Aufregung, die nur das Alleinsein mit Liam bisher in mir ausgelöst hatte.

»Ich liebe Marshmallows«, sagte ich, nahm die warme Tasse in die Hände und nippte an dem Getränk. Der Kakao entfachte ein kleines Feuerwerk auf meiner Zunge, rann wohltuend meine Kehle hinunter.

Er lächelte und nahm neben mir auf der Couch Platz. Ich wartete, dass Liam seine Tasse ebenfalls in die Hände nahm, doch er betrachtete mich stumm.

»Was ist?«, fragte ich stirnrunzelnd.

»Du hast einen niedlichen Kakaobart.«

Ich zuckte mit den Schultern, vergrub meine Oberlippe in der Tasse und trank, bis ich Luft holen musste. Als ich ihn wieder ansah, fühlte sich sogar meine Nasenspitze feucht an. »Und jetzt?«

Er lachte so herzlich, wie ich es noch nie von ihm gehört hatte. Das Geräusch verschlug mir die Sprache und jagte ein wohliges Kribbeln unter meine Haut.

»Liam?«

»Ja?« Noch immer grinsend wischte er eine Lachträne weg, die aus seinem Augenwinkel gekullert war.

»Am See hast du dich gefragt, was passiert wäre, wenn du mich um ein Date gebeten und mich geküsst hättest.«

Seine Miene wurde schlagartig ernst, trotzdem glitzerten seine goldbraunen Augen vor Freude. »Ja.«

»Willst du es immer noch wissen?« Keine Ahnung, woher der Mut kam, ihn das zu fragen. Vielleicht wollte ich einfach zu sehr daran anknüpfen, wo wir unterbrochen worden waren. Wahrscheinlich wollte ich endlich meine Ängste konfrontieren und es riskieren, von Wolke sieben zu fallen.

Liam nahm mir meine Tasse ab, stellte sie auf den Couchtisch und rutschte auf dem Sofa näher, sodass sein Knie meins berührte. Das Goldbraun seiner Augen nahm einen Cappuccino-Ton an und sein eindringlicher Blick hielt mich gefangen. »Nein«, hauchte er.

Ich schluckte schwer und wappnete mich für das ungute Gefühl, das seine Ablehnung in mir auslösen würde. Doch ich hatte keine Angst. In dieser einen Sekunde verspürte ich keine Furcht, sondern die Anziehung von Tausenden Magneten. »Warum nicht?«

Er hob seine Hand, schob sie an meinen Hinterkopf und senkte sein Gesicht so dicht an meines, dass seine Nasenspitze meine beinahe berührte. »Weil ich nicht mehr an die Vergangenheit denken möchte.«

Seine Berührung erhitzte meine Haut, ließ Verlangen tief und tiefer in meinem Körper pochen. »Woran willst du denken?«

Liam schloss seine Augen, legte seine Lippen federleicht auf meine und küsste mich. Er küsste mich so sanft, wie seine Stimme klang, und so andächtig, wie ich noch nie geküsst worden war.

Ich hob meine Hände, vergrub sie in seinen weichen Haaren und zog ihn noch enger an mich heran. Liam stützte sich an der Kopflehne der Couch ab, ließ seine Zunge über meine Lippen gleiten und schmiegte sie um die meine. Er schmeckte nach Schokolade, nach vergangenen Träumen und neuen Wünschen. Meinen Rücken lief ein wohliger Schauder hinunter und in mir zog sich alles zusammen – mein Magen, meine Brust und mein wummerndes Herz. Jede Zelle meines Körpers sehnte sich nach seiner Berührung und die Art, wie Liam leicht an meinen Haaren zog und mich immer gieriger küsste, zeigte mir, dass es ihm ähnlich ging.

»Es tut mir leid«, keuchte er an meinen Lippen, behielt aber seine Augen geschlossen und presste sanft seine Stirn gegen meine.

»Wenn du dich jetzt für den Kuss entschuldigst, machst du alles kaputt.«

Er schüttelte den Kopf und lehnte sich zurück, sodass er mir in die Augen sehen konnte. »Glaub mir. Ich bereue ihn nicht.«

»Warum entschuldigst du dich dann?«

Er schaute an mir vorbei und wickelte sich eine meiner Locken um die Finger. »Ich wollte vorher fragen, ob ich es überhaupt darf.«

Ich legte meine Hände auf seine Wangen, zwang ihn dazu, mich wieder anzusehen, und presste meine Lippen auf seine. Ich küsste ihn ausgehungert, leidenschaftlich, bis wir Luft holen mussten. »Dann tut es mir ebenfalls leid.«

Liam grinste und öffnete den Mund, um etwas zu sagen, als es an der Tür klingelte. »Hast du Essen per App bestellt?«

Ich schüttelte den Kopf.

Ein schweres Seufzen entkam seiner Kehle. »Dann bin ich gleich wieder da. Mir ist egal, ob Dave Grohl und die ganzen Foo Fighters höchstpersönlich da sind, ich schicke sie weg.«

Ich lachte und erinnerte mich dabei an die Woche, in der Liam in der Schule an jedem Tag ein T-Shirt von der Band Foo Fighters getragen hatte. Damals hatte sich Saxa jede verdammte Minute darüber beschwert, als würde er damit weniger heiß aussehen. Aber mich hatte am meisten beeindruckt, dass Liam nicht das getan hatte, was sie von ihm wollte.

Nachdem er den Summer gedrückt und die Tür geöffnet hatte, nahm ich eine Serviette vom Couchtisch und wischte meinen Mund ab, um die Kakaospuren zu beseitigen. Während er an der Tür wartete, warf Liam mir immer wieder flüchtige Blicke über die Schultern zu.

Mein Herz pochte mit jeder Sekunde aufgeregter, um dann einen Schlag auszusetzen, als eine Frau an der Tür erschien.

»Wie oft muss ich dich anrufen, damit du endlich mit mir redest?« Lilly Pettersen, Liams Mutter, presste ihm einen Kuss auf die Wange und schlüpfte an ihm vorbei.

Sie trug einen weißen Kunstpelzmantel, der mehr als die gesamten Ersparnisse meiner Eltern kosten musste, dezentes Make-up und ihre rotbraunen Haare waren zu einem strengen Dutt gebunden. Makellos und unerreichbar.

Ich rappelte mich unbeholfen auf und strich abermals über mein Wollkleid, um die unsichtbaren Krümel wegzuwischen. Als unsere Blicke sich begegneten, hob Frau Pettersen die Nase ein wenig höher.

»Mama, der Zeitpunkt ist unpassend.« Liam hielt die Tür noch immer offen, sein unruhiger Blick huschte zwischen seiner Mutter und mir hin und her.

»Ich sehe, dass du Besuch hast.« Ohne mich zu begrüßen, drehte sich Frau Pettersen zu ihrem Sohn um und verlagerte ihr Gewicht von einem Bein auf das andere. »Aber wenn ich jetzt wieder gehe, wirst du mich bis zum neuen Jahr meiden.«

Schnaubend rieb sich Liam den Hinterkopf, ließ die Tür ins Schloss fallen und kam auf uns zu. Die frostige Stimmung ließ sich mit Händen greifen und wurde nicht einmal milder, nachdem er sich neben mich gestellt hatte. »Eira, du kennst meine Mutter noch nicht, oder?«

»Nein, nicht persönlich.« Ich zuckte zusammen und rieb mir die schweißnassen Handflächen an meinem Kleid ab, bevor ich Frau Pettersen zunickte. »Ich habe sehr viel von Ihnen gehört und Sie auch neben Ihrem Ehemann am Verfassungstag gesehen.«

Ich weiß nicht, was ich genau von Liam erwartet hatte. Mit Sicherheit sollte er nicht seiner Mutter sagen, dass sie uns beim Rumknutschen unterbrochen hatte. Selbst ich wusste nicht genau genug, was zwischen uns los war, um mir zu wünschen, Liam würde mich seiner Mutter anders vorstellen. Aber irgendwie war mir unbehaglich zumute. Vielleicht lag es daran, dass dieses Gespräch nicht für meine Ohren bestimmt war, oder daran, dass Liams Mutter mich ansah, als wäre ich ein Elchhäufchen.

Sie schaute mich von oben bis unten an. »Eira Johansen, richtig?«

»Genau.«

»Sehr erfreut.« Ihre Stimme klang aber nicht so, als würde sie sich wirklich freuen, mich hier zu sehen, und sie machte auch keine Anstalten, mir die Hand zu geben oder mich irgendwie zur Begrüßung zu berühren.

»Ich würde fragen, ob du etwas trinken willst, aber ich habe nur Kakao und Leitungswasser«, sprach Liam weiter, bevor ich unter ihrem frostigen Blick zur Eisskulptur wurde.

Keiner von uns setzte sich, als hätten wir Angst, eine falsche Bewegung würde die Situation noch peinlicher machen.

»Wage es ja nicht, mir diese eklige Brühe anzubieten.«

Wer um Himmels willen nannte Kakao »eklige Brühe«? War ihr Herz aus Stein? Würde sie gleich sagen, dass kein Blut in ihren Adern floss, sondern Gift?

»Dann sag einfach, was du hier möchtest.« Liam seufzte entnervt.

Frau Pettersen sah mich kurz an, bevor sie ihren Sohn wieder anschaute und tief Luft holte. »Deinem Vater geht es nicht gut, Liam. Du sollst –«

»Wenn du gekommen bist, um über ihn zu reden, hast du deine Zeit vergeudet«, schnitt er ihr das Wort ab.

Sie presste ihre schmalen Lippen kurz aufeinander, ihr Blick schwang zu mir und verbarg ihren Unmut nicht. »Erik ist gestorben und dein Vater hat nur uns.«

Liam schloss die Augen und massierte den Punkt zwischen seinen Augenbrauen, als würde sich ein Schrei in seiner Brust ballen und er müsste diesen mit aller Kraft zurückdrängen. »Papa hat sich ein Dreck um Opa geschert. Nach seinem Tod will er so tun, als hätte er ihm etwas bedeutet. Ich sage dir was, ein Kupferschild auf einer Parkbank macht Jahre der Vernachlässigung nicht wieder gut. Jetzt will er das Gleiche mit mir tun und ich mache nicht mit. Egal, wie oft du mich darum bittest, ich rede nicht wieder mit ihm.«

Sie zuckte zusammen und holte abermals Luft, bevor sie die Schultern straffte. »Eira, könntest du so nett sein und mich mit meinem Sohn allein lassen? Das Thema hier ist eine Familienangelegenheit.«

Eiseskälte schlug hart gegen meinen Magen und ich fühlte mich so wohl wie in einem Wespennest. »Natürlich.« Rasch griff ich nach meinem Schal, der auf der Couch lag, wurde aber von Liam zurückgehalten, der seine Hand auf meine legte.

»Du bleibst.« Seine Miene sah noch entschlossener aus, als seine Worte klangen, und er schaute seine Mutter an. »Wovor hast du Angst? Alle in der Stadt nennen mich schon Sonderling und wissen, dass mein Vater mich verstoßen hat, weil ich nicht der Sohn bin, den er sich wünscht.«

»Liam, du gibst ihm auch nicht –«

»Ich habe ihm alle Chancen der Welt gegeben«, unterbrach er sie. »Außerdem sollte er selbst hier sein, wenn ich ihm wichtig wäre.«

Resigniert ließ sie ihre Schultern tiefer sacken. »Bald ist Weihnachten.«

Liam wartete ein paar Herzschläge ab, sein Blick glitt zu der zusammengewürfelten Dekoration in seinem Bücherregal. »Du kannst mich besuchen, wenn du willst. Aber nicht mehr, um über ihn zu reden.« Eine bleierne Schwere lag auf seiner Stimme und brach mir das Herz.

Frau Pettersen öffnete den Mund, um in der nächsten Sekunde den Blick zu senken. »Ich möchte mich mit dir allein unterhalten.«

»Ich gehe lieber«, sagte ich und strich sanft über seinen Arm. Keine Ahnung, warum Liam mich nicht gehen lassen wollte, aber jetzt hierzubleiben, tat keinem von uns gut.

»Du musst nicht –«

»Es ist schon in Ordnung«, unterbrach ich ihn, schnappte mir meinen Schal und schaute seine Mutter an. »Es hat mich gefreut.«

Sie erwiderte nichts und Liam hielt mich diesmal nicht zurück. Deshalb schlüpfte ich in meine Stiefel und ging aus der Wohnung, mit Jacke, Schal und Mütze noch in den Händen. Während ich mich im Treppenhaus anzog, ließ mich das Gefühl nicht los, dass ich nicht in Liams Leben passte.

Kapitel 15

Eine Herde Einhörner saß am Esstisch des Nachtclubs und ich war ein Bestandteil davon. Eigentlich hatte ich mich darauf gefreut, das Partykleid, das ich gestern gekauft hatte, anzuziehen. Doch Anja hatte die brillante Idee gehabt, zwölf Einhorn-Onesies zu kaufen und ihren Gästen, mich eingeschlossen, auf ihrer Geburtstagsparty zum Anziehen zu geben. Somit erwähnte ich nicht, dass ich Liam für die Party eingeladen hatte, und hoffte, sie würde ihn nicht darauf ansprechen, wenn er zu uns stieß.

»Die nächste Runde!« Die Kellnerin schob ein Tablett voller Biergläser über den Tisch, verteilte die Getränke und machte uns allen ein Kompliment.

Ich nickte, rang mir ein Lächeln ab und ließ meinen Blick über die Tanzfläche schweifen. Der Bass vibrierte unter meinen Füßen und Schweiß rann mir über den Rücken.

»Wen suchst du?«, brüllte Angely an meinem Ohr, um die Musik zu übertönen.

Ich sah sie an, nahm einen großen Schluck Bier und schüttelte den Kopf. »Niemanden.«

Keiner musste wissen, dass ich Liam gestern eine Nachricht geschickt hatte. In Wahrheit war das Gespräch ganz merkwürdig verlaufen. Ich hatte ihm geschrieben, dass meine Schwester heute volljährig werden würde und wir im Club feiern würden. Er hatte einen Satz zurückgeschrieben und bestätigt, dass er den Club kannte.

Doch er hatte nicht gesagt, dass er kommen würde. Ich konnte nur hoffen, dass er mich wiedersehen wollte. Der Wunschstand war heute geschlossen geblieben und unsere letzte Begegnung lag ein paar Tage zurück. Momente, die mir immer noch eine wunderschöne Gänsehaut schenkten.

Sie verengte die Augen, kaufte mir meine Antwort keine Sekunde ab.

Ich seufzte und lehnte meine Lippen an ihre Ohrmuschel, sodass nur sie meine Antwort hören konnte. »Liam.«

Angelys Blick glitt kurz über Anja, Jonna und Anjas Freundinnen, die sich über den Teller Pommes hermachten und sich versprachen, gleich wieder über die Tanzfläche zu gleiten.

»Hat deine Schwester ihn eingeladen?«

Ich schüttelte den Kopf.

»Du?«

Ich nickte.

»Warum?«

Weil die Art, mit der wir in seiner Wohnung auseinandergegangen waren, noch immer wie Blei in meinem Magen lag. Ich musste kein Genie sein, um zu wissen, dass ich nicht zu der Vorstellung der perfekten Schwiegertochter für den Rest der Familie Pettersen passte. Saxa hatte immer davon gesprochen, wie gut sie sich mit Liams Mutter verstanden hatte und wie oft diese über eine zukünftige Hochzeit zwischen Saxa und ihrem Sohn geredet hatte. Ich war aber nicht Saxa und Liams Mutter hatte es mir deutlich genug zu spüren gegeben.

»Wir haben uns geküsst«, formte ich mit den Lippen, in der Hoffnung, ich musste es nicht aussprechen.

Angely riss die Augen auf, trank ihr Bier aus und griff nach meiner Hand. Anja fragte uns, wo wir hingehen wollten, wobei ich mit den Schultern zuckte und mich von meiner besten Freundin mitziehen ließ. Obwohl Angely einen Kopf kleiner als ich war, boxte sie sich mit dem Ellenbogen durch die Menge, bis sie die Tür aufstieß, die zum Lounge-Bereich führte. Die Musik drang nur dumpf zu uns und der Raum duftete nach Kaugummi. Ein Pärchen knutschte auf einer Couch rum, drei Männer unterhielten sich an der Bar und ich fragte mich, woher Angely überhaupt wusste, dass es diesen Bereich im Club gab. Sie deutete auf eine Ecke, in der zwei pinkfarbene Sessel unter einem Glasdach standen und von Neonlichtern beleuchtet wurden. Ich setzte mich auf das Polster, strich meine Kapuze nach hinten und ließ eine kühle Brise, die durch einen Fensterspalt floss, mein erhitztes Gesicht liebkosen.

»Gut. Anja ist nicht hinterhergekommen und du kannst mir alles erzählen.« Angely nahm ihre Kapuze ebenfalls ab und legte ein breites Grinsen auf die Lippen. »War er gut?«

Gut? Allein wenn ich mich an Liams Mund auf meinem erinnerte, pochte Hitze durch meine Adern. »Er war perfekt.«

Sie quietschte, klatschte sich in die Hände und stapfte mit den Füßen. »Aber wieso siehst du so aus, als hätte jemand einen Welpen abgeschossen?«

Ich holte ein Gummiband aus der Tasche meines Einteilers, band meine Haare zu einem lockeren Dutt und lehnte mich in dem Polster zurück. Mit dem Kopf an die Rücklehne gestützt betrachtete ich kurz den Sternenhimmel und wühlte in meiner Seele nach den wahren Gründen für meine Laune. Es lag nicht an gestern und auch nicht daran, wie Frau Pettersen mich behandelt hatte. Aber etwas an unserem letzten Abend fühlte sich einfach nicht richtig an. »Seine Mutter ist aufgetaucht.«

»Das hat die Stimmung also zerstört.« Keine Frage, sondern eine Feststellung.

»Ich habe nichts gegen sie«, erwiderte ich schulterzuckend. »Eigentlich wollte ich sie kennenlernen, aber sie scheint mich nicht besonders zu mögen.«

»Na und?« Angely rollte mit den Augen, rutschte auf die Sesselkante. »Ich war noch nie mit einem Typen zusammen, dessen Mutter mich mochte.«

»Aber Liam ist so was wichtig. Er ist ein Familienmensch und –«

»Was ist wirklich los, Eira?« Sie sah mir in die Augen und jegliche Belustigung oder Gleichgültigkeit war verschwunden. Vielleicht lag es daran, dass wir beide Psychologie studierten und dazu tendierten, Menschen zu analysieren. Jedenfalls schien Angely zu merken, dass ich nicht mit der ganzen Wahrheit rausrückte.

»Ich weiß nicht, warum ich mir so viele Gedanken mache. Es war nur ein Kuss. Wahrscheinlich hat er ihm nichts bedeutet.«

Oder ich hatte eher Angst davor, dass es nicht so war. Liam war der zweite Mann, den ich geküsst hatte. Es war der erste Kuss, nachdem ich mit Fenris Schluss gemacht hatte. Doch diese Tatsache würde ich keinem erzählen. Nicht einmal Angely.

»Also, ich kenne ihn zwar nicht, aber nach allem, was du mir über ihn erzählt hast, denke ich nicht, dass er der Typ Mann ist, der bedeutungslose Küsse verteilt.«

»Das meine ich nicht«, sagte ich kopfschüttelnd. Ein Teil von mir wünschte sich, dass Liam mehr von mir wollte als nur eine Affäre. Dieser Teil fragte sich, wo er gerade steckte, ob seine Mutter ihn davon überzeugt hatte, dass wir beide niemals zusammenpassen würden. Aber da war auch der andere Teil, der sich keine Beziehung mehr wünschte, die Verletzungen von früher nicht wieder erleben wollte. Es sollte mir egal sein, wenn er nichts mehr von mir wollte, denn es war genau das, was ich mir wünschte. Oder nicht?

»Was meinst du dann?«

»Scheiße! Mein Gehirn ist ein verdammtes Riskrem.« Ich vergrub mein Gesicht in den Händen.

»Ein was?«

»Milchreis.« Meine Stimme klang gedämpft und so erbärmlich.

»Klingt lecker. Aber auch schräg.«

Seufzend schaute ich erst auf, als Angely meine Hände vom Gesicht zog und mich mitleidig ansah.

»Wann hast du gesagt, dass er hier sein sollte?«, fragte sie.

»Um zehn.«

Sie schaute auf ihre Armbanduhr. »Vor zwei Stunden also.«

»Er kommt nicht.« Ich sagte nichts, was ich nicht schon längst wusste, doch es brach mir trotzdem das Herz, es auszusprechen.

»Du musst nicht gleich pessimistisch sein. In Hamburg fangen wir erst um Mitternacht mit dem Vorglühen an.«

Ich lächelte, war einfach froh, sie bei mir zu haben. »Wir sind nicht in Hamburg.«

»Aber –«

»Weißt du was?« Ich atmete tief durch, lockerte meine Schultern und stand auf. »Genau das wollte ich nicht. Ich wollte nicht an einen Mann denken, der meine Gefühle durcheinanderwirbelt und von dem ich eigentlich nichts will.«

»Du willst also nichts von ihm.« Angely stand ebenfalls auf und schaute mich mit hochgezogenen Augenbrauen an.

»Der Kuss war gut, aber in drei Wochen fliege ich zurück nach Hamburg und konzentriere mich wieder auf mein Studium.«

»Du hast gesagt, dass der Kuss perfekt gewesen ist. Jetzt ist er nur gut?«

»Scheiß drauf!« Ich zog das Gummiband aus meinen Haaren und wuschelte durch meine Locken. »Lass uns tanzen gehen. Meine kleine Schwester hat Geburtstag und es ist unhöflich, sie jetzt allein zu lassen.«

»Okay.« Sie zog das Wort in die Länge, schob die Lippen vor und wackelte mit dem Kopf nach rechts und links. »Jetzt klingst du so königlich wie Beyoncé. Es gefällt mir.«

Ich nahm Angely an die Hand und zog sie hinter mir her. Egal, ob Liam auftauchen würde oder nicht. Ich hatte mir versprochen, mich nicht so behandelt zu lassen, und es war an der Zeit zu reagieren. »Mir auch.«

Kapitel 16

Ich ließ eine Aspirin-Tablette in das Glas Wasser ploppen und allein das Rauschen der Flüssigkeit hörte sich an, als würde ein Rentier auf meinem Kopf strampeln. Stöhnend legte ich meine Arme auf den Esstisch, lehnte meine Stirn auf die Handrücken und wartete, bis sich die Tablette auflöste.

»Geht es dir gut?« Sorge schwang in Mamas Stimme mit.

Diese Frage sollte verboten sein, wenn man einen Kater hatte. Langsam hob ich den Kopf, blinzelte und hätte schwören können, meinen eigenen Wimpernschlag gehört zu haben. Oder war es die Schneefräse, die klang, als würde sie voller Betrieb im Wohnzimmer stehen?

»Nein«, jammerte ich, griff nach dem Glas, in dem sich mein Aspirin aufgelöst hatte und trank die bittere Brause aus.

Mama hob die Brauen, schwang die Hüften bis zum Kühlschrank und holte einen mit Frischhaltefolie bedeckten Teller heraus. »Hier. Das hilft gegen den Kater.« Sobald sie die Folie abgemacht hatte, stieg ein säuerlicher, fischiger Geruch in die Luft.

Ich würgte und schmeckte bereits Galle, obwohl ich wusste, dass absolut nichts mehr in meinem Magen lag. Seit wir wieder vom Club zurück waren, hatte ich meine Zeit über der Toilettenschüssel gebeugt verbracht.

»Eingelegte Heringe«, erwiderte Mama und eine Note Zufriedenheit legte sich auf ihre Stimme. »Ein Stück davon und du fühlst dich in ein paar Minuten wie neu. Versprochen.«

Ich lachte freudlos. Ein Stück davon und ich würde erst im neuen Jahr das Badezimmer verlassen können. »Nein danke.«

»Das musst du wissen.« Sie zuckte mit den Schultern, schob den Teller wieder in den Kühlschrank und polierte weiter die Gläser mit einem Geschirrtuch. »Habt ihr heute etwas vor?«

Die Übernachtungen im Green Lights Village, die ich von Frau Sandvik geschenkt bekommen hatte, galten ab dem heutigen Abend. Wenn ich hinwollte, müsste ich heute Mittag aufbrechen. Mit dem Mietwagen würde ich zweieinhalb Stunden fahren und es schaffen, noch vor der Abenddämmerung anzukommen. Es war eine beschissene Idee, so viel Gin Tonic zu trinken, wenn ich wusste, dass ich heute Auto fahren musste. Aber ich hatte meine Gedanken an Liam betäuben wollen. Zweifel, die immer wieder zurückkehrten, wenn ich auf mein Handy schaute und keine Nachricht von ihm entdeckte. Er war nicht nur nicht im Club aufgetaucht, sondern hatte mir auch keine Absage geschickt.

Es soll dir egal sein, Eira.

Er ist nicht dein Freund.

Du willst auch keinen Freund haben.

»Angely und ich fahren nach Finnland. Vielleicht haben wir Glück und erwischen die Nordlichter heute.«

»Habe ich meinen Namen gehört oder halluziniere ich?« Angely schleppte sich in das Esszimmer und sah wie das perfekte Zombie-Cosplay aus. Sie trug meinen orangenen Bademantel, ihre Augen lagen in tiefen Höhlen und ihre Haare waren ein zotteliges Durcheinander.

»Ich habe Mama gerade gesagt, dass wir nach Finnland fahren, um die Nordlichter zu sehen.«

Sie stieß ein Lachen aus, das eher wie ein Grunzen klang. »Ich sterbe, Eira. Und das ist echt das erste Mal, das ich überhaupt nicht übertreibe.«

»Aber wenn wir heute nicht hinfahren, verfällt die Buchung. Das

Paket darf nur ab dem ersten Tag genutzt werden, sonst vergeben sie unsere Hütte weiter.«

Angely zog einen Stuhl unter dem Tisch hervor, ließ sich darauf fallen und beugte sich über die Tischplatte. »Wenn ich mich in ein Auto setze, kotze ich im Strahl. Und das meine ich nicht im figurativen Sinn.«

Seufzend vergrub ich mein Gesicht in meinen Handflächen. Mir ging es ähnlich, nicht so dreckig wie Angely, aber ich konnte mir nicht vorstellen, eine Minute hinter dem Steuer zu sitzen. Anja war noch im Club geblieben, als wir unsere Namen schon nicht mehr aussprechen konnten, und ich glaubte nicht, dass sie vor dem Abendessen aufwachen würde. »Schade.«

»Das finde ich auch«, erwiderte sie.

»Geht es deiner Freundin auch nicht gut?«, fragte Mama, die beiläufig an uns vorbeischlenderte.

»Das kann man sehen, oder?«

»Eingelegte Heringe«, trällerte sie die Worte, als würde sie einen Zauberspruch gegen Kater aufsagen.

Ich verdrehte die Augen.

»Was hat deine Mutter gesagt?«, wollte Angely wissen.

»Sie hat ein Heilmittel gegen Kater.«

»Schlimm?«

»Schlimmer, als Elbwasser zu trinken.«

Angely lehnte sich schulterzuckend auf ihrem Stuhl zurück. »Ich versuche alles, wenn wir dadurch bis zum Nachmittag fit sind.«

Was könnte schiefgehen? Im schlimmsten Fall übergaben wir uns ein weiteres Mal und gaben dann die Hoffnung auf. Zumindest hatten wir dann alles versucht, um Frau Sandvik alle Ehre zu machen. »Okay, Mama. Bring uns den Fisch.«

***

Ein Weihnachtswunder war geschehen. Zehn Minuten, nachdem

ich den ekelhaften Hering meiner Mutter gegessen hatte, ging es mir viel besser. Ich hatte sogar Hunger und kein Anzeichen eines Kopfschmerzes war geblieben. Blöd nur, dass das Wundermittel nur bei meiner Familie funktionierte. Angely würgte erneut, klammerte sich an den Eimer auf ihrem Schoß und legte den Kopf nach hinten. Nichts kam heraus und ich fragte mich, ob das ein gutes Zeichen war.

»Es tut mir leid«, murmelte ich und strich ihr dabei über den Rücken.

Sie schüttelte den Kopf, stellte den leeren Eimer auf den Boden und legte sich auf mein Bett. »Es ist nicht deine Schuld. Ich habe nur gedacht, dass ich durch das ecuadorianische Essen abgehärtet bin, kann aber doch nicht mit eurem Wikingermagen mithalten.«

Ich würde auf Glück tippen, würde es nicht Anja ebenfalls besser gehen. Sie war sogar schmatzend mit einem Teller voller Waffeln zu uns gekommen. Ich hatte sie aus dem Zimmer verscheucht, obwohl ich jetzt töten würde, um Frühstück zu bekommen. »Ich rufe das Hotel an, sage ab und komme mit Kamillentee wieder.«

Angely nickte, schaute aber an mir vorbei und zog schlagartig die Bettdecke über den Kopf.

Ich blinzelte. »Was ist los?«

»Du hast Besuch«, erwiderte sie gedämpft.

Ein kalter Schauer lief meinen Rücken hinunter und ich betete zu Gott, dass sie eine meiner Schwestern meinte. Doch als ich mich zur Tür meines Zimmers umdrehte, blickte ich in goldbraune Augen. Liam stand im Türrahmen.

Verflucht sei Odin! Ich rappelte mich auf, schlang meinen Morgenmantel enger um mich und räusperte mich. »Was machst du hier?«

Er fuhr sich durch die dunklen Haare und verzog entschuldigend die Lippen. »Ich verspreche, ich werde nie wieder deinen Schwestern glauben, wenn sie sagen, dass du in deinem Zimmer auf mich wartest.«

»Wer war es diesmal? Jonna oder Anja?«

»Anja.«

Ich überlegte bereits, wie ich sie umbringen würde. Vielleicht könnte ich Gift auf ihre Bruchschokolade streuen anstatt Marshmallows. Wut brodelte in meinem Bauch, meine Locken waren ein rotes Vogelnest und ich roch bestimmt nach Erbrochenem. Die perfekte Aufmachung, um den Kerl wiederzusehen, in den ich verknallt war und der mich gestern sitzen gelassen hatte. Ich verknotete den Stoffgürtel meines Morgenmantels und schlüpfte an Liam vorbei. »Komm mit.«

Er folgte mir bis zu Anjas Zimmer, das wir ohne ihre Erlaubnis betraten, und ich schloss die Tür hinter uns ab. Mir war es eh egal, ob sie einen Anfall bekommen würde, denn sie hätte Liam nicht zu mir schicken sollen.

»Was willst du hier?«, fragte ich und kreuzte die Arme vor der Brust. Zumindest war ich mir sicher, mein Gesicht gewaschen und keinen Schlaf in den Augen zu haben. Als würde ich trotzdem nicht wie eine Ausgeburt der Hölle aussehen.

Liam ließ seinen Blick kurz über Anjas pinkes Zimmer streifen und räusperte sich. »Ich wollte mich für gestern entschuldigen.«

Zu spät.

»Warum?« Meine Stimme klang eine Oktave zu hoch.

Er senkte den Blick, presste die Lippen kurz aufeinander und steckte seine Hände in die Hosentaschen. »Ich wollte dir gestern erklären, warum ich nicht zu Anjas Party kommen konnte, habe gefühlt tausendmal eine Nachricht geschrieben und sie immer wieder gelöscht.«

»Ist das so schwer zu schreiben, dass du keine Lust oder keine Zeit hast?« Meine Hände zitterten, während ich mir die Haare hinters Ohr strich. »Hallo, Eira. Ich habe dir gesagt, dass ich mitkommen würde, aber das ist mir zu blöd. Wir sehen uns im Wunschstand.«

Er schüttelte den Kopf. »Ich habe nie gesagt, dass ich hingehen würde.«

Ich öffnete den Mund, schloss ihn aber wieder. Das ganze Gespräch mit Liam an dem Abend vor der Party lief mir durch den Kopf. Er hatte echt nicht geschrieben, dass er kommen würde, sondern meinte nur, den Club zu kennen. »Stimmt. Du hast recht. Mein Fehler. Es ist alles okay und wird nie wieder vorkommen.« Vielleicht klang ich trotzig. Aber er hatte mich in dem Glauben gelassen, er würde kommen. Oder war es nicht so?

Sein Blick hielt meinem stand und er trat näher, bis nur eine Armeslänge uns trennte. »Ist wirklich alles okay?«

Nein. Ich würde gerne wissen, was das zwischen uns war, ohne dass ich klang, als würde ich etwas von ihm wollen. War das verwirrend? Definitiv. »Warum konntest du gestern nicht kommen?«

Liam senkte den Blick und befeuchtete seine Lippen. »Ich gehe nie in Clubs.«

»Nie?«

Er schüttelte den Kopf. »Warst du schon mal am Strand, wolltest ins Wasser gehen und wurdest von einer Welle überrascht?«

Ich erinnerte mich an meine letzte Reise nach Spanien mit Angely und nickte.

»So fühle ich mich in Menschenmengen.« Er holte einen tiefen Atemzug, traute sich aber immer noch nicht, mir in die Augen zu sehen. »Es klingt schräg, aber ich fühle mich, als wäre ich in einem Wasserstrudel gefangen und bekäme keine Luft.«

Er schämte sich, mir das zu sagen. Das stand ihm ins Gesicht geschrieben. Aber warum empfand er es als so schlimm? Ich kannte unzählige Menschen, die keine Partys mochten. Es war doch kein großes Ding, oder? »Warum hast du mir nichts gesagt?«

Er zuckte mit den Schultern.

Ich fühlte mich albern und schob meine Hände in die Tasche meines Bademantels, als es an der Türklinke rüttelte.

»Eira, bist du da drin?« Anja donnerte so hart gegen die Tür, dass der Boden vibrierte. »Ich weiß, dass du da drin bist. Raus aus meinem Zimmer!«

Ich verdrehte die Augen, schlängelte um Liam herum und öffnete die Tür. »Ich hasse dich.«

»Blöde Kuh«, erwiderte sie trotzig und schaute mir über die Schulter. »Musst du nicht los, Eira?«

»Wohin?«

»Nach Finnland.«

Ich schüttelte den Kopf. »Angely fühlt sich nicht gut, mit dir fahre ich nirgendwohin und allein macht das keinen Spaß.«

»Fahr doch mit ihm.« Sie deutete mit dem Kinn zu Liam.

Ich warf ihm einen Blick über die Schulter zu und sah deutlich, wie Verwirrung sich in seine Züge stahl.

»Worüber sprecht ihr?«, fragte er und schaute zwischen meiner Schwester und mir hin und her.

»Eira hat drei Übernachtungen in Finnland geschenkt bekommen und braucht eine Begleitung. Glasiglu mitten im Nirgendwo und die Möglichkeit, Nordlichter zu sehen. Würdest du mitfahren?«

»Hey!«, protestierte ich.

»Also, ich …«, erwiderte Liam und rieb sich den Hinterkopf.

»Nein!«, unterbrach ich ihn, bevor er etwas sagen konnte, was mich die letzten Minuten bereuen lassen würde.

Was geht hier vor?

»Ich kann Angely nicht einfach allein lassen«, sagte ich.

»Mir geht es besser!« Angelys Stimme erklang gefolgt von einem Poltern und sie streckte den Kopf in Anjas Zimmer. »Verzieh dich nach Finnland.«

»Du weißt gar nicht, wovon wir reden«, erwiderte ich auf Deutsch und warf die Hände in die Luft. »Außerdem warst du gerade kurz vorm Krepieren!«

Sie glitt auf den Flur, schob aber den Eimer hinter sich. »Ich habe meinen Namen und das Wort Finnland verstanden. Anja war gerade in deinem Zimmer und hat gesagt, dass sie vorschlagen würde, dass ihr beide hinfahrt. Ich finde die Idee toll und du wirst mich nicht als Ausrede nutzen, um nicht Richtung Nordpol zu fahren.«

»Dir ist schon bewusst, dass Finnland nicht am Nordpol liegt, oder?«

»Es ist Jacke wie Stiefel«, sagte sie schulterzuckend. »Es wird nicht das erste Mal sein, dass ich einen Kater überlebe. Heute Abend fühle ich mich bestimmt wie neu und stopfe meinen Magen mit Chips voll.«

Ich war mir sicher, dass sie den deutschen Spruch falsch verwendet hatte, sagte aber nichts, denn Anja wollte unbedingt wissen, was Angely gerade gesagt hatte. Seufzend rieb ich mir die Schläfe, senkte den Kopf und wollte schon einen Schlaganfall vortäuschen, als sich schwere Hände auf meine Schultern legten. Ich hob den Kopf, legte ihn in den Nacken und blickte in Liams Gesicht, der sich vor mich gestellt hatte. Sein herber Duft stieg mir in die Nase und etwas in seinem ernsten Ausdruck beruhigte meine kreisenden Gedanken. »Lass dich von niemandem unter Druck setzen. Du musst nirgendwohin fahren und mich auch nicht dabeihaben. Aber wenn du möchtest, komme ich gerne mit.« Seine Stimme rollte sanft über meine Lippen und sein Atem roch angenehm nach Zimt.

»Ich möchte es«, wisperte ich.

Liam lächelte auf diese Weise, die ich so sehr vermisst hatte. »Dann lass uns nach Finnland fahren.«

Kapitel 17

Ich zog die Ärmel meines Pullovers über die Finger, lehnte meine Stirn gegen die Fensterscheibe der Beifahrertür und starrte die Schneeberge an, die sich am weiß bepuderten Fahrbahnrand auftürmten. Das Rauschen der Autoreifen drang monoton an meine Ohren und eigentlich hätte diese wunderschöne Aussicht mir Ruhe schenken sollen, doch stattdessen pochte Aufregung durch meine Adern und meine Wangen brannten, als würde Hitze mich verzehren. Der Grund hieß Liam. Seit Stunden saßen wir in einem gemieteten VW Golf und ich atmete seinen Duft nach Sandelholz und Schnee ein. Seit Stunden strengte ich mich an, um nicht daran zu denken, wie sexy er den Wagen fuhr und wie perfekt seine Kinnlinie war. Seit Stunden redete ich mir ein, dass es nicht merkwürdig war, jemandes Fahrweise attraktiv zu finden oder sich von einer Kinnlinie so angezogen zu fühlen. Doch die Stille im Auto brachte mich eher dazu, noch mehr an das alles zu denken, als ich es sowieso schon tat.

Nachdem wir uns einig geworden waren, den Wunschstand für zwei Tage zu schließen, anstatt Angely und Anja ihn öffnen zu lassen, waren wir ins Auto gestiegen und losgefahren. Seitdem herrschte Stille und mein Nacken schmerzte bereits, so angespannt war ich.

Nach einem tiefen Atemzug schloss ich die Lider und versuchte zu schlafen, um die Erholung zu bekommen, die ich nach Anjas

Party brauchte. Doch schon wenige Minuten später blieb das Auto stehen und ich öffnete blinzelnd die Augen. Dichte Dunkelheit umhüllte den Wald, der das Resort säumte, und allein die Beleuchtung des Hotelhauptgebäudes ließ uns von hier aus erahnen, dass wir nicht mitten im Nirgendwo standen. Ich schaute Liam an. »Sind wir schon da?«

Ne, Eira. Wir sind noch unterwegs.

Das Schlimmste daran, mich wie eine Idiotin in Liams Gegenwart zu benehmen, war, dass ich wusste, ich konnte es besser. Dazu musste ich nur zugeben, dass das hier nichts Besonderes war. Wir hatten nur das Geschenk einer Kundin aus dem Wunschstand angenommen und würden es uns für ein paar Tage gut gehen lassen. Es war nicht so, dass Liam und ich zusammen waren.

Hatten wir uns schon geküsst? Ja.

Würden wir das wiederholen? Sehr wahrscheinlich.

Verursachte diese Vorstellung ein Kribbeln in meinem Bauch? Klar!

Aber wir waren nicht zusammen und das würde sich nach einem romantischen Wochenende auch nicht ändern, denn in ein paar Tagen musste ich zurück nach Hamburg. Wenn mir schon eine gewöhnliche Beziehung mehr Angst einjagte, als einem wütenden Bären zu begegnen. Allein die Idee einer Fernbeziehung fühlte sich so unmöglich für mich an, wie noch lebendig Walhalla zu betreten.

Sein Mundwinkel bog sich nach oben. »Das hoffe ich, denn ich habe einen Mordshunger.«

Ich nickte, zog meinen Rucksack vom Wagenboden auf meinen Schoß und legte meine Hand auf den Türgriff, als Liam mich an der Schulter berührte. Als ich ihn wieder ansah, fing er meinen Blick ernst auf.

»Es tut mir leid, dass ich gestern nicht in den Club gegangen bin.«

Etwas in seinem Ausdruck versetzte die Schmetterlinge in meinem Bauch in Aufruhr. Ich schluckte. »Können wir Anjas Geburtstagsparty einfach vergessen?«

Liam schnallte sich ab, beugte sich ein wenig zu mir und sein Blick glitt zu meinen Lippen. »Ich hasse es, Menschen, die mir etwas bedeuten, zu enttäuschen.«

»Du ... Du hast mich nicht enttäuscht.«

Menschen, die ihm etwas bedeuten. Ich wollte seinen Worten keine große Bedeutung beimessen, konnte aber nicht aufhören, mich zu fragen, wie viel ich ihm bedeutete. Ich richtete mich auf, sodass unsere Gesichter nur wenige Zentimeter voreinander schwebten und mein Herz schneller schlug. Ich wollte mehr über ihn wissen, gleichzeitig wünschte ich mir, von ihm nur geküsst zu werden. Bevor ich aber etwas sagen oder tun konnte, rollte das Scheinwerferlicht eines Autos über unsere Gesichter und ich sah hinaus.

»Wir müssen einchecken, sonst denken sie, dass wir doch nicht kommen«, sagte ich und schnallte mich ebenfalls ab.

Liam brummte zustimmend und stieg aus dem Auto.

Eisiger Wind strich über meine Wange und ich atmete tief die frische Luft ein, streckte meine Arme über den Kopf und wartete ab, bis Liam zu mir stieß. Zusammen stapften wir über glänzenden Neuschnee auf ein Blockhausgebäude zu, dessen Fassade von unzähligen Lichterketten beleuchtet wurde. Davor standen zwei riesige schneebepuderte Tannenbäume, die mit LED-Kugeln und jeweils einem Stern glänzten. Wir gingen hinein, ließen uns von der Wärme und dem Kaminduft umhüllen und steuerten auf den Empfangstresen zu. In der Lobby des Hotels hielt sich kaum jemand auf und ich vermutete, dass die meisten Gäste schon am frühen Nachmittag eingecheckt hatten, wie es auch mein ursprünglicher Plan gewesen war. Während ich die Formulare ausfüllte und darüber informiert wurde, was im Resort erlaubt und verboten war, tippte Liam auf seinem Handy und presste dabei die Lippen aufeinander.

Für eine Sekunde fragte ich mich, ob er eine Nachricht von Saxa erhalten hatte, schob aber den Gedanken schnell beiseite. Ein paar Minuten später erhielten wir die Schlüssel zu unserer Hütte, holten das Gepäck aus dem Auto und stapften auf watteweichem Schnee bis zur Hütte 70. Die Berghütte befand sich am Waldrand, war die letzte der Anlage und von außen waren nur das Glasdach und die Tür unter der Schneemasse zu erkennen. Ich blieb stehen, während Liam die Hütte aufschloss und zur Seite trat.

»Ladies first«, sagte Liam und deutete mit der Hand zu der offenen Tür.

Ich hob den Blick, mein Lächeln zitterte und ich schaute rasch weg, bevor ich hineinging. Liam folgte mir. Mit jedem Schritt spürte ich seine Anwesenheit und seine Wärme und vor Aufregung wurde mir langsam schlecht. Drinnen empfing mich der Geruch von nordischen Fichten und Wärme beruhigte die Schmetterlinge in meinem Bauch. Mein Blick strich über den grauen Holzboden, auf dem ein flauschiger Teppich in Anthrazit lag, und über die dunkelbraune Couch an der Wand links vor mir. Das Zimmer endete mit einem Bett, das unter schräg gelegten Glasscheiben stand. Nicht das ganze Dach bestand aus Glas, sondern nur die Stelle über der Schlafecke, welche mich an eine abgerundete Glaspyramide erinnerte. Neben der Tür, die zum Bad führte, entdeckte ich einen Minikühlschrank, einen Kamin und eine Kommode aus Espenholz. In der Hütte war alles sehr eng eingerichtet, sodass ich mit ausgebreiteten Armen an den Möbeln rechts und links von mir stoßen würde. Das Bett nahm fast den ganzen Raum in Anspruch, was mich kurz vermuten ließ, dass die meisten Leute mehr Zeit darauf verbrachten als woanders in der Hütte. Der direkte Blick in den weiten Himmel und auf den verschneiten Wald machten aus diesem Ort den gemütlichsten, an dem ich je gewesen war.

»Gefällt es –« Liam unterbrach sich selbst, als sein Blick meinem begegnete. »Ist alles in Ordnung?«

Liam und ich würden zwei Nächte im selben Bett unter dem Sternenhimmel und aneinandergekuschelt übernachten. War alles in Ordnung bei mir? Überhaupt nicht.

Ich zog meine Mütze herunter und ließ den Rucksack schallend auf den Boden fallen. »Ich habe dir nicht gesagt, dass es nur ein Bett gibt.« Meine Feststellung klang fast wie eine Frage und ich schaute an ihm vorbei. »Zwar habe ich versucht, kurz bevor wir losgefahren sind, eine Hütte mit zwei Einzelbetten zu bekommen, aber so was gibt es hier nicht.«

Er sollte nicht denken, dass ich von ihm etwas erwartete.

Liam warf dem Bett einen kurzen Blick über die Schulter zu. »Ich kann auf der Couch oder auf dem Boden schlafen.«

Seine Miene blieb ernst. Keine spielerische Anmerkung, kein zweideutiges Lächeln. Ich rechnete nicht damit, dass Liam mir jetzt sagte, dass er Sex mit mir wollte. Dennoch erwartete ich spätestens eine klare Ansage darüber, was wir überhaupt voneinander wünschten. Im Auto hatte es so ausgesehen, als wollte er mich küssen. Doch jetzt nicht mehr. Vielleicht verglich ich ihn doch ungewollt mit Fenris, der immer überdeutlich gesagt hatte, was er brauchte. War es aber nicht ein positives Zeichen, dass Liam sich überhaupt nicht wie mein Ex verhielt?

Ich kaute auf der Unterlippe herum, stellte mich auf die Zehenspitzen und warf dem Wald durch das igluartige Glasdach einen Blick zu. »Nein. Das ist doof. Wenn die Nordlichter auftauchen, könntest du es verpassen.«

Ich selbst glaubte nicht daran, dass ich mir die Polarlichter anschauen würde, wenn Liam neben mir läge.

Er legte seinen Rucksack auf dem Boden ab und schlich vorsichtig auf mich zu, bis ich den Kopf in den Nacken legen musste, um ihm in die Augen zu sehen. »Mir sind die Lichter egal«, setzte er an. »Ich habe dich in deinem Zuhause überrascht, deine Schwester und Angely haben dich überrumpelt und ich habe nicht nachgedacht.

Wenn du nicht bedacht hast, dass wir nur ein Bett haben und dir jetzt nicht wohl dabei ist, können wir die Reise abbrechen. Ich kann auch versuchen, ein anderes Zimmer zu bekommen, oder du bleibst und ich fahre zurück. Vielleicht geht es Angely besser und ich –«

Rasch schüttelte ich den Kopf, wobei meine Locken um mein Gesicht tanzten. »Das will ich nicht. Ich möchte, dass du bleibst.«

»Bist du dir sicher?«

Ich saugte meine Unterlippe zwischen die Zähne und kaute ein paar Sekunden darauf herum. »Ich habe noch nie neben einem Mann geschlafen.«

Woher habe ich den Mut genommen, ihm das zu beichten?

»Noch nie?«

Ich schüttelte den Kopf.

Erneut dachte ich an Fenris, sprach aber seinen Namen nicht aus. Hiermit erklärte ich gedanklich Finnland zu einer Fenris- und Saxa-freien Zone.

»Und wovor hast du Angst?«, fragte Liam.

Ich zuckte mit den Schultern. »Dass ich im Schlaf rede? Dass ich sabbere oder schnarche?«

Er grinste, streckte die Hand aus und strich mit dem Daumen sachte über meine Wange. »Wenn du redest, rede ich mit dir. Wenn du sabberst, ist es mir egal, und wenn du schnarchst, schubse ich dich vom Bett runter.«

Ich lachte und eine Tonnenlast schien von meinen Schultern abzufallen. »Jetzt habe ich Hunger.«

Ein Glanz tanzte in seinen hellbraunen Augen. Doch Liam trat einfach einen Schritt zurück. »Dann lass uns ins Restaurant gehen.«

Kapitel 18

Nachdem ich Vorspeise, Hauptspeise und Nachtisch verputzt hatte, fing ich an, Angelys Wikingermagen-Theorie Glauben zu schenken. Mein Körper vergaß komplett, wie viel Gin Tonic ich gestern Nacht in mich reingewürgt und wie oft ich mich danach übergeben hatte. Stattdessen verlangte ich nach Essen wie der Donnergott nach Bier. Zum Glück waren wir, trotz der zweistündigen Verspätung, rechtzeitig fürs Abendessen angekommen. Ich hatte nicht einmal versucht, damenhaft auszusehen, während ich mich über die Bratkartoffeln und das Roastbeef hergemacht hatte. Liam hatte mir flüchtige Blicke zugeworfen und seine Mundwinkel ab und zu hochgezogen.

Erst auf dem Weg wieder zurück in die Hütte fiel mir das Gespräch bei unserem Ankommen wieder ein. Ich hatte mich wie ein unerfahrener Teenager benommen, als ich mit Liam über das Bett gesprochen hatte. Die Reise war ursprünglich für Frau Sandvik und ihren Mann geplant und ein Ehepaar schlief für gewöhnlich nicht getrennt. Liam hatte schon wissen müssen, dass es so ablaufen würde, und wahrscheinlich hätte er die Situation cool hingenommen und nicht einmal erwähnt, dass es nur ein Bett gab. Stattdessen hatte ich ihm gebeichtet, dass ich noch nie neben einem Mann geschlafen hatte. Ich könnte mich jetzt dafür ohrfeigen. Stattdessen konzentrierte ich mich darauf, wie der Schnee unter meinen Stiefeln knirschte, fummelte mit den Fingerspitzen im Inneren meiner Jackentaschen und atmete die reine Nachtluft ein.

Liam zog die Schlüssel der Hütte aus seiner Tasche hervor und blieb vor der Tür stehen. »Willst du noch ein wenig spazieren gehen oder vielleicht –«

Ich schüttelte den Kopf. Es war meine Schuld, dass er sich jetzt übervorsichtig benahm. Wahrscheinlich fühlte er sich sogar schuldig, der Idee zugestimmt zu haben, mit mir hierherzufahren. »Ich bin echt kaputt von gestern Nacht und auch wenn ich den ganzen Weg hierher geschlafen habe, würde ich gerne ins Bett gehen.«

Bett. Das Wort schwebte wie dichter Nebel zwischen uns, doch ich tat so, als hätte ich über das Abendessen gesprochen, zog den Schlüssel aus seinen Fingern und schloss die Tür auf.

Wärme empfing mich wie eine Wolldecke. In der Hütte war es so, als wäre der Frühling ausgebrochen, doch ich fühlte mich nicht in der Lage, den Ausflug zu genießen. Stattdessen fragte ich mich, was als Nächstes passiere würde, und mein Puls schlug so schnell, dass es nicht mehr gesund sein konnte.

Stille breitete sich zwischen uns aus. Es war aber nicht die angenehme Ruhe, die uns hierher oder während des Essens begleitet hatte, sondern eine, die sich in meine Ohren bohrte. Ich zog meine Schuhe, die Mütze, die Jacke und den Schal aus, bevor ich mir meinen Rucksack schnappte und im Bad verschwand. Wahrscheinlich fragte sich Liam gerade, ob Aliens mich entführt hatten, so schnell war ich gewesen.

Nachdem ich die Tür abgeschlossen hatte, zog ich mich um und putzte mir ordentlich die Zähne. Meine Hände zitterten und in meinem Bauch flatterte es so heftig, dass ich bereute, den Nachtisch gegessen zu haben. Zwar hatte ich meine Sachen bereits vor Anjas Party gepackt und nicht genau darauf geachtet, was ich zum Schlafen anziehen würde, doch ich freute mich, keinen peinlichen Schlafanzug in den Rucksack gestopft zu haben. Mein schwarz-rot karierter Pyjama bestand aus einer lockeren kurzen Hose und einem Flanell-Langarmshirt. Schlicht, hatte keine Löcher und damit sah ich nicht so aus, als würde ich Liam verführen wollen.

Will ich das?

Nach einem letzten Blick in den Spiegel überlegte ich, ob ich im Badezimmer schlafen sollte, da mein Gesicht röter als Rudolphs Nase aussah. Ich stützte mich auf dem Waschbecken ab, ließ den Kopf für einen Atemzug zwischen meinen Schultern hängen und holte tief Luft.

Dreh nicht durch, Eira.

Es ist nur Liam und –

»Eira!«

Ich blinzelte und wartete eine Sekunde ab, doch als Liam meinen Namen erneut rief, stürmte ich aus dem Bad.

»Nordlichter!« Liam kniete auf der Matratze, zeigte zu der Glasscheibe über seinem Kopf und seine Augen strahlten weit aufgerissen.

Ich eilte zu ihm und stolperte über den Teppich, fing mich aber wieder auf, sodass ich auf das Bett krabbeln konnte und den Kopf in den Nacken legte. Über uns verliefen grüne, violette und rote Schleier, die sich flimmernd mit dem sternbesetzten Nachthimmel verwoben. Die Lichtbögen tanzten, formten einen Strudel und erstreckten sich wieder zu Bänden. Ich hielt den Atem an und wünschte mir, diesen Moment in ein Einmachglas einzuschließen und für immer zu behalten.

»Magisch«, hauchte Liam, stützte sich mit den Ellenbogen ab und ließ sich langsam nach hinten fallen, bis er mit dem Rücken auf dem Bett lag.

Mein Blick glitt über ihn und erst jetzt merkte ich, dass er kein T-Shirt mehr anhatte. Liam war wahrscheinlich dabei gewesen, sich umzuziehen, und hatte auf der halben Strecke aufgehört, als er die Polarlichter gesehen hatte. Weißer Stoff klemmte zerknüllt zwischen seinen Fingern und er trug nur eine schwarze Pyjamahose, die ihm viel zu tief auf den Hüften saß. Ich schluckte. Liams sehnige Muskeln wölbten sich unter seiner blassen Haut, während er einen Arm hinter seinen Kopf schob, und direkt unter seinem Schlüsselbein zierte ein kleines Muttermal seine Brust. Ich folgte mit dem Blick der schmalen Haarlinie, die von seinem Nabel bis zum Bund seiner Pyjamahose verlief, und Hitze pochte in meinem ganzen Körper.

Magisch.

Mein Herz hämmerte wild gegen meine Brust, mein Mund fühlte sich furchtbar trocken an und ich legte mich ebenfalls hin und kämpfte gegen den Drang an, ihn weiter anzusehen. Wir lagen da, Schulter an Schulter und die angenehme Stille war zurückgekehrt.

»Was denkst du, was es ist?«, fragte er und klang leicht verträumt.

»Angeregte Stickstoff- und Sauerstoffatome.«

Er lachte, schüttelte leicht den Kopf und schob seine Finger zwischen meine. »Hast du vielleicht eine nicht wissenschaftliche Erklärung dafür?«

Obwohl ich mir zu gerne eine Entstehungsgeschichte für die Polarlichter ausdenken wollte, erlitten meine Hirnzellen einen Kurzschluss, da ich nur an Liams Hand, die mit meiner verschränkt war, denken konnte. Ich sog seine Wärme in mich ein, atmete schwer. »Ich weiß nicht.«

»Mein Opa hatte immer gesagt, dass sie aus Träumen bestehen.« Er ließ meine Hand los, drehte sich auf die Seite und stützte sich mit dem Ellenbogen auf der Matratze ab, sodass sein Gesicht nur wenige Zentimeter über meinem schwebte.

»Aus Träumen?« Meine Stimme war weniger als ein Flüstern und mein Blick huschte von den Polarlichtern zu Liams Augen.

Nickend strich er mir eine Locke von der Stirn. »Wenn du sie siehst und dir etwas wünschst, geht der Wunsch in Erfüllung.«

»Hast du dir etwas gewünscht?«

»Ja.«

Ich sah an ihm vorbei, die Polarlichter schwanden beinahe, doch bevor sie komplett verblassten, wünschte ich mir, mein Herz nicht wieder dem falschen Mann zu schenken. »Liam«, sagte ich heiser.

»Eira.«

»Ich habe ein wenig Angst.«

Sein Blick glitt über meine Augen, meine Nase und blieb auf meinen Lippen hängen. »Wovor?«

»Ich habe Angst, dass es zwischen uns zu schnell geht, weil wir in dieser Hütte mitten im Nirgendwo sind und es nur ein Bett gibt.«

Liam lehnte sich ein wenig zurück, suchte meinen Augenkontakt und runzelte die Stirn. »Ich habe dir gesagt, dass ich auf der Couch schlafen kann.«

»Nein.« Ich schloss kurz die Lieder und ließ die Luft langsam aus meinen Lungen weichen. »Das will ich nicht.«

»Was möchtest du dann, Eira?«

Meine Gefühle klangen so albern, so dumm. Aber sie waren wichtig und nach allem, was mir passiert war, hatte ich mir versprochen, sie nie wieder zu ignorieren oder zu unterschätzen. »Ich möchte keinen Sex. Das ist alles. Vielleicht erwartest du es von mir, weil ich keine Jungfrau mehr bin und ich –«

»Ich erwarte überhaupt nichts von dir.« Liam setzte sich auf und reichte mir die Hand, um mir beim Aufsetzen zu helfen. »Ich mag dich, Eira. Es mag sein, dass ich nicht der spontane Typ bin, aber ich habe die Reise zugesagt, weil es bedeutet, dass ich Zeit mit dir verbringen möchte.«

In meiner Brust schien sich ein Stein zu heben. »Heißt das, dass du auch keinen Sex mit mir willst?«

Liam schmunzelte, rieb sich das Gesicht und ein schelmischer Glanz stahl sich in seine Augen. »Ich würde lügen, wenn ich sage, dass ich nicht daran denke. Ich denke daran, mit dir zu schlafen, seitdem wir uns geküsst haben. Aber es soll passieren, wenn wir uns beide dabei wohlfühlen. Nur, wenn wir beide es wollen.«

»Ich werde aber nach Silvester wieder nach Hamburg fliegen.« Die Worte schmeckten säuerlich auf meiner Zunge. Ich freute mich auf mein Studium und darauf, in einer Großstadt zu leben. Gleichzeitig wollte ich zum ersten Mal länger bleiben. Ich wollte nicht, dass die Tage mit Liam vergingen, wünschte mir mehr Zeit mit ihm, um herauszufinden, was das zwischen uns wirklich war.

Liam lächelte mich sanft an. »Willst du jetzt darüber reden? Willst du schon planen, was wir machen werden, wenn du zurückfliegen musst?«

Ich wollte es wissen, hatte aber Angst vor seiner Antwort. »Küss mich.«

Liam wartete keine weitere Sekunde ab, nahm mein Gesicht in die Hände und legte seine Lippen auf meine. Seine Zunge strich sachte über meine, schmeckte nach der Eiscreme, die wir zum Nachtisch hatten. »Ich mag dich auch«, flüsterte ich an seinem Mund.

»Das ist das Einzige, was jetzt eine Rolle spielt.«

Vielleicht hatte er recht. Oder vielleicht traf ich wieder eine falsche Entscheidung. So oder so wollte ich in diesem Moment nicht darüber nachdenken. Ich wünschte mir nur, dass die Polarlichter zurückkehrten, um mir noch etwas zu wünschen. Ich wünschte mir mehr Zeit.

»Wie wäre es, wenn ich am Empfang anrufe und nach einer aufblasbaren Matratze frage?«, fragte er und küsste meine Nasenspitze. »Ich habe echt kein Problem damit, darauf zu schlafen.«

Kopfschüttelnd drückte ich seine Schulter so, dass Liam sich wieder hinlegte. Die ganze Zeit hielt er Blickkontakt mit mir, schien in meinen Augen nach Antworten zu suchen. Ich schob meine Beine unter die Decke, legte meinen Kopf auf seine Schulter und kuschelte mich an seine Brust. »Geht es dir auch so gut?«

Lächelnd küsste er meine Stirn, vergrub seine Finger in meinen Haaren und hob mein Kinn an, damit ich ihm in die Augen schaute. »So ist es perfekt.«

Kapitel 19

Der eisige Wind peitschte erbarmungslos gegen meine Schutzbrille, warf Schneeflocken auf das Glas und mein heißer Atem wölbte sich in meiner Skimaske. Der Motor des Schneemobils dröhnte gedämpft durch meinen Helm, der vereiste Wald raste an mir vorbei und meterhoher Schnee türmte sich rechts und links des Fahrwegs. Einmal war ich in Hamburg Motorrad gefahren, obwohl ich eigentlich keine Fahrerlaubnis dafür hatte, trotzdem war die Aufregung, die unter meiner Haut gekribbelt hatte, nicht mit dem Gefühl vergleichbar, das jetzt durch mich strömte. Vielleicht lag es daran, dass Liam vor mir fuhr, ab und zu kurze Blicke über die Schulter warf und in seinem Schneeanzug unglaublich scharf aussah.

Im Stehen drückte ich aufs Gas, beschleunigte auf achtzig Kilometer pro Stunde und überholte Liam, der einen Arm in die Luft warf. Unter der Skimaske grinste ich triumphierend, blickte auf die Piste, die sich wie eine Unendlichkeit in Weiß vor mir erstreckte, und steuerte auf den Horizont zu, hinter dem die Sonne langsam versank. Der Himmel färbte sich zuckerwatterosa, die ersten Sterne zeigten sich am Firmament, Adrenalin pulsierte durch meine Adern und brachte mein Herz dazu, unnatürlich schnell zu schlagen, bis ich den Sammelpunkt erreichte und das Schneemobil zum Stehen brachte. Meine Beine fühlten sich noch butterweich an und mein Puls dröhnte in meinen Ohren, während ich von der Maschine abstieg, meinen Helm und die Maske abnahm. Liam kam ein paar

Minuten nach mir zum Stehen und mein Herz ließ sich nicht beruhigen. Nicht wegen der aufregenden Fahrt, sondern wegen Liams whiskeyfarbenen Augen, die mich gefangen hielten, während er seinen Helm und die Schutzbrille auszog. Mein Atem stockte und mein Herz schien sich aus meiner Brust befreien zu wollen, je näher er kam.

»Das war unfair«, sagte er.

Doch bevor ich etwas erwidern konnte, schlang er seinen Arm um meine Taille, hob mich leicht hoch und küsste mich. Meine Überraschung verflog nach einer Sekunde, ich ließ meinen Helm samt Skimaske auf den weichen Schnee fallen und vergrub meine Finger in seinen Haaren. Liam schmeckte nach Schnee, Zimt und Verlangen, sein Hinterkopf fühlte sich schweißnass an und sein herber Duft raubte mir den Verstand.

»Und heiß«, fügte er hinzu.

Ich schluckte, glitt wieder auf die Fußspitzen und war unfähig, meinen Blick von ihm zu lösen. Ich liebte es, wie sich seine dunklen Haare an der Schläfe lockten, wenn sie feucht waren. Ich liebte es, wie warm und geborgen ich mich gefühlt hatte, als ich in seinen Armen eingeschlafen war. Ich liebte das Gefühl, das er in mir auslöste, wenn er mich anlächelte, und wollte nicht, dass es irgendwann verging.

Das Dröhnen eines Motors riss mich aus meiner Trance und ich räusperte mich. Liam ließ mich los und wich einen Schritt zurück, doch ein Schmunzeln hockte auf seinem Mundwinkel. Als würde es ihm amüsieren, wie sehr er mich durcheinanderbrachte. Als wüsste er, dass ich kurz davor war zu bereuen, noch nicht mit ihm geschlafen zu haben. Aber wir hatten doch alle Zeit der Welt, oder?

»Die anderen sind da.« Meine Stimme klang heiser und ich deutete zu den Schneemobilen, die nach und nach zum Stillstand kamen. Das Hotel hatte uns den Ausflug mit dem Schneemobil vorgeschlagen, da ich bereits mal in Rolig Elv in einem Schlitten gesessen hatte, der von Rentieren gezogen worden war. Liam war nicht wohl dabei, die Husky-Schlittenfahrt zu machen, da er Angst vor Hunden hatte. Etwas, was er nur nach einer halben Stunde um den heißen Brei herumreden und mit vorgehaltener Hand zugegeben hatte. Wir waren dann am Mittag losgefahren und wenn ich jetzt den Horizont anschaute, hoffte ich, bald die Polarlichter wiederzusehen. Der Tourguide stapfte durch den Neuschnee zu uns und zeigte zu einem Tipi, in dem wir uns wärmen und Tee trinken konnten, bis es dunkel genug war, um die Lichter zu sehen. Liam verschränkte seine Hand mit meiner, brachte die Feenwesen in meinem Bauch dazu, *Joik* zu tanzen und wir gingen gemeinsam in das Tipi hinein. Der Duft von Äpfeln und Hagebutten schwebte in der Luft und die Wärme des knisternden Kamins liebkoste meine steif gefrorenen Finger. Liam blieb an meiner Seite stehen, ließ mich nur los, um mir Tee zu holen, und behielt selbst eine Tasse in der Hand. Wir setzten uns ans Lagerfeuer und lauschten den Gesprächen einer Gruppe von Freundinnen aus Schweden und Touristenmärchen des Reisebegleiters. Während ich meinen Schal lockerte, gesellte sich eine Frau zu uns.

»Darf ich fragen, wie lange ihr zusammen seid?« Sie sprach auf Englisch, warf ihr schwarzes Haar über die Schulter und warf ihrem Partner einen kurzen Blick zu. »Mein Mann und ich haben gewettet, dass ihr gerade geheiratet habt und in den Flitterwochen seid.«

Die Frage schlug wie eine Bombe in meinen Magen und ich beugte mich zu Liam, der blinzelnd zwischen mir und der Frau hin und her sah.

Zusammen? Ich hatte keine Ahnung, wie wir das zwischen uns nennen sollten. Aber mit Sicherheit waren wir nicht zusammen. Wollte ich das? Ich wollte bei Liam bleiben und würde ich auch nach den Feiertagen in Rolig Elv bleiben, würde ich selbst darüber reden wollen, was unsere Küsse und die vergangene Nacht bedeutet hatten. Aber ich würde nicht bleiben, wollte Liam zu keiner übereilten Entscheidung drängen und nach allem, was bei meiner ersten Beziehung passiert war, würde ich mich niemals im Leben auf eine Fernbeziehung einlassen. Ich schluckte die Panik herunter, die in mir ausbrechen wollte, und holte Luft, um zu antworten.

»Zehn Jahre«, mischte sich Liam ein und schenkte mir ein schiefes Lächeln. »Wir haben uns in der Schule kennengelernt und ich habe ein bisschen gebraucht, um zu fragen, ob sie mit mir ausgehen wollte. Man sagt immer, dass Rothaarige feurig sind, und diese hier hat mein Herz in Brand gesteckt.« Theatralisch legte er sich eine Hand auf die Brust.

Ich presste meine Lippen fest aufeinander, um mein Lächeln zu verbergen, wandte mich aber der Frau wieder zu. »Er hat mich eingeladen, einen Thriller im Kino zu schauen, und wusste, dass ich Angst vor solchen Filmen habe. Aus diesem Grund habe ich mich die ganze Zeit an ihn geklammert und er hat es ausgenutzt, um mich zu küssen.«

»Oh, das klingt aber romantisch«, sagte sie und legte verträumt beide Handflächen an die Wangen. »Und habt ihr euch in zehn Jahren nie getrennt?«

Liam machte ein betroffenes Gesicht. »Einmal. Sie hat sich in meinen besten Freund verliebt und mit mir Schluss gemacht. Aber nach seinem Tod merkte sie, dass wir zusammengehören.«

Blinzelnd lehnte sich die fremde Frau zurück. »Das klingt aber traurig.«

»Ach was.« Er machte eine wegwerfende Bewegung. »So ist das Leben. Eine aufregende Achterbahn. Jetzt sind wir verheiratet und genießen jede Sekunde unserer Flitterwochen.«

Die Frau klatschte in die Hände und streckte die Hand nach ihrem Begleiter aus, der ihr einen Geldschein hineinlegte. »Ha! Ich wusste, dass ihr in Flitterwochen seid.«

Ich lächelte, trank einen Schluck meines Tees und lehnte meinen

Kopf auf Liams Schulter, der mich daraufhin näher an sich heranzog. Auch wenn das alles, was er gesagt hatte, nur als Spaß gedacht war, fragte ich mich wieder, wie es gewesen wäre, wenn ich nie mit Fenris ausgegangen wäre und Liam mich damals zu einem Date eingeladen hätte. Die Entscheidungen, die ich aus Angst getroffen hatte, hatten mich zu einer Zukunft geführt, in der ich sehr viel bereute. Ein schweres Gefühl legte sich um mein Herz und ich fragte mich, ob ich immer noch Entscheidungen aus Angst traf.

Kapitel 20

Eiskalter Wind strich mir über die Haut, mein Atem ging gepresst aus dem Mund und meine Schenkel brannten, als würde ich einen Marathon laufen. Trotzdem schwoll die Freude in meiner Brust mit jeder Sekunde noch mehr an und ich glitt mit höchster Geschwindigkeit übers Eis. Um den gefrorenen See herum hingen unzählige Lichterketten, die schneebepuderte Fichten schmückten und wie ein gigantischer Adventskranz aussahen. Der schwarze Himmel spannte sich sternübersät über meinem Kopf und obwohl keine Nordlichter aufgetaucht waren, bot uns der Abend ein leuchtendes Spektakel.

»Das ist unfair!«, schrie Liam, der am Ufer des gefrorenen Sees stehen geblieben war und sich die Schlittschuhe auszog. Neben ihm saß auf einer Parkbank ein Pärchen, das sich unter einer roten Wolldecke einkuschelte und aus dampfenden Tassen trank.

»Ich kann nichts dafür, dass du nicht auf dem Eis stehen kannst!«, brüllte ich.

»Komm zurück!«

Ich lachte und sprang, sodass mir eine halbe Umdrehung gelang, und fuhr weiter rückwärts. Das kratzende Geräusch des Runners auf dem Eis spornte meinen Herzschlag an und mein Herz pochte so hart gegen meine Rippen, dass ich kaum noch atmen konnte. Warum war ich so verdammt glücklich? Kopfschüttelnd verbannte ich die Frage aus meinem Kopf, lief auf das Ufer zu und bremste scharf, sodass ich Eisstaub hochwirbelte.

Liam lächelte schief und seine Augen glänzten wie polierte Bernsteine. Und das, obwohl er sich nach zwei Minuten in den Schlittschuhen auf die Nase gelegt hatte und mich dafür hätte hassen müssen. In dem Moment, als wir am See stehen geblieben waren und ich mit einem breiten Grinsen die vereiste Oberfläche betrachtet hatte, hatte er mir gesagt, dass er nicht darauf gehen würde. Doch ich hatte wie ein Kind geschmollt und er war in die Hotellobby gegangen, um uns Schlittschuhe zu holen.

»Willst du es nicht noch einmal versuchen?«, keuchte ich und deutete mit einer Handbewegung auf den See hinter mir. Meine Atemwege brannten, als hätte ich eine Fackel geschluckt, und meine Schultern hoben und senkten sich bebend vor Kälte.

Liam schüttelte kurz den Kopf, trat unbeholfen wie ein neugeborenes Reh aufs Eis und ging in derselben Sekunde wieder zurück auf festen Boden. »Lieber fresse ich eine Luciakrone.«

Lachend schaute ich zu den Schneemännern, die auf dem Weg zu der Hotellobby standen und auf ihren Köpfen Kränze mit Kerzen geschmückt trugen, die für den Luciatag so typisch waren. Das Luciafest war einer der Gründe, warum ich mich so freute, kurz vor Weihnachten nach Hause zu kommen. Monate lang hatte ich in Hamburg davon geträumt, mit meinem Papa Lucialieder zu singen, mir die Vorstellungen der Kindergartenkinder in der Kirche anzuschauen und Mamas traditionelle Lussekatt zu essen. Allein beim Gedanken an ihr Safrangebäck lief mir das Wasser im Mund zusammen und das war nur der Anfang des Banketts, das sie immer an dem festlichen Tag vorbereitete. Heute verzichtete ich zum ersten Mal im Leben darauf, den Luciatag mit meiner Familie zu verbringen. Doch während ich Liam betrachtete, der mich zu sich winkte und mich ansah, als würde er nirgendwo anders auf der Welt sein wollen, bereute ich meine Entscheidung, nicht zu Hause geblieben zu sein, keinesfalls.

»Warum hast du dann Schlittschuhe für dich geholt?«, fragte ich noch immer aus der Puste.

Liam ließ seinen Blick langsam über mich gleiten, betrachtete eine Sekunde länger meine Lippen und schaute mir wieder in die Augen. Sein Mundwinkel bog sich nach oben. »Ich weiß nicht warum. Du bringst mich einfach dazu, neue Dinge auszuprobieren. Auch wenn ich meine Entscheidung in der nächsten Sekunde bereue.«

Wärme legte sich um mein Herz und ich schob meinen Wollschal hoch, sodass ich meine glühenden Wangen bedecken konnte. »Wir können jetzt etwas tun, was dir auch gefällt.«

»Wie wäre es mit Essen?«

Zur Antwort knurrte mir der Magen. Heute Morgen waren wir, in der Hoffnung, erneut die Polarlichter zu sehen, mit dem Schneemobil in den Wald gefahren. Schon früh am Nachmittag wurde es so dunkel, dass wir sie hätten betrachten können. Doch bis spät abends hatten sich die Lichter nicht gezeigt und dort hatte es nichts außer Tee und Kekse gegeben, um meinen Hunger im Zaum zu halten. Jetzt könnte ich einen Elch bei lebendigem Leib auffressen. »Das klingt nicht schlecht.«

Ich ging ein paar Schritte vorwärts und stützte mich an Liams Schulter ab, um mir die Schlittschuhe auszuziehen, als das turtelnde Pärchen von der Parkbank aufstand und auf uns zukam.

»Hey, ihr wart auch im Tipi im Wald, oder?«, fragte die blonde Frau, die die rote Wolldecke um den Arm wickelte. Der Mann neben ihr, dessen Mütze ihm so tief im Gesicht saß, dass ich seine Augen kaum sehen konnte, hielt die leeren Tonbecher in der Hand.

Liam nickte. »Hoffentlich können wir die Nordlichter heute Nacht von unserer Hütte aus sehen. Morgen fahren wir nach Hause zurück.«

»Oh.« Sie klemmte sich eine wehende Strähne hinters Ohr. »Ich weiß nicht, wie schnell ihr in eure Hütte zurückgehen wollt. Aber hinter der Hotellobby ist eine Glashalle und in einer Stunde fängt ein Luciafest an. Ich habe gehört, dass fast alle Hotelgäste zugesagt haben. Es wird eine Liveband, eine –«

»Wir gehen nicht hin«, schnitt Liam ihr das Wort ab.

Rasch schaute ich ihn an und zog die Augenbrauen zusammen. Zum einen irritierte es mich, dass er für mich sprach, und zum anderen verhielt er sich verdammt unhöflich.

»Ähm …«, stotterte die Blonde und sah mich verdattert an.

»Ich habe von der Party noch nichts gehört. Aber vielleicht sehen wir uns dort«, erwiderte ich und ignorierte Liam, der seinen Blick auf seine Stiefel senkte und die Hände in die Tasche seines Mantels steckte.

»Komm, Schatz. Wir sollten uns etwas zum Essen holen, um die Shots auf der Party zu ertragen.« Der Mann nahm die Hand der Blonden in seine und zog sie hinter sich her. Aber nicht, ohne Liam einen missbilligenden Blick zuzuwerfen.

Er beachtete das Pärchen nicht mehr und presste stattdessen seine Zähne so fest aufeinander, dass sein Kiefermuskel zuckte. »Wenn du auf die Party gehen willst, kannst du es gerne machen. Ich gehe wieder in die Hütte.«

Wut vermischte sich mit meiner Verwirrung und ich betrachtete Liam, der mich in Schlittschuhen stehen ließ und davonging.

Kapitel 21

Mein Herz fühlte sich schwer an, während ich meine Stiefel in den kniehohen Schnee versenkte und zur Hütte stapfte. Weiße Flocken tanzten um mich herum und ich lauschte der dumpfen Musik, die sich leise von der Glashalle hinter der Lobby des Hotels befreite und sich mit dem Knirschen des Schnees unter mir vermischte. Mein heißer Atem stieß gegen meinen Wollschal und wärmte meine Wangen. Doch er schaffte es nicht, die Kälte zu vertreiben, die sich in meiner Brust eingenistet hatte. In meinen Händen hielt ich zwei Lussekatter, die noch herrlich warm nach Safran und Zucker dufteten. Ich hatte mit ein paar Fremden zu Abend im Hotelrestaurant gegessen und vergeblich gehofft, dass Liam auftauchen würde. Allein, weil er zu den Leuten am See unhöflich gewesen war, hätte ich auf ihn sauer sein dürfen. Trotzdem hatte ich mir zwei Gebäcke geschnappt und mitgenommen, denn der Gedanke, dass er in der Hütte mit leerem Magen saß, machte mich so verdammt traurig.

Mit meiner freien Hand zog ich den Schlüssel aus meiner Jackentasche heraus und öffnete die Tür. Wärme umhüllte mich, noch bevor ich einen Schritt hineinwagte, und das Knistern des Kamins war das einzige Geräusch, das ich wahrnehmen konnte. Langsam zog ich meine Jacke, den Schal und die Stiefel aus. Ich fragte mich, ob Liam vielleicht rausgegangen war und vergessen hatte, den Kamin auszumachen, als er aus dem Bad kam.

Mein Atem stockte und ich schluckte schwer. Er trug seine Pyjamahose und sowohl sein Oberkörper als auch seine Füße waren nackt. Mein Blick glitt über seine feuchten Haare, über seine whiskeyfarbenen Augen und seinen Mund. Mein Herz pochte heftig und mit jedem gepressten Atemzug wurde mir noch heißer.

»Du bist schon wieder da«, sagte Liam mit rauer Stimme und warf sein Handtuch über den Sessel.

Mit zitternden Händen hob ich die Gebäckstücke hoch und biss mir kurz auf die Unterlippe. »Wo sollte ich hingehen?«

Liam befeuchtete die Lippen, rieb sich den Hinterkopf und wandte den Blick von mir ab. »Ich dachte, dass du auf die Party gehen wolltest.«

Eine Mischung aus Wut und Enttäuschung keimte in mir auf und ich legte die Gebäckstücke auf den kleinen Kaffeetisch an der Wand. »Was ist los mit dir? Du bist verdammt unhöflich zu der Frau am See gewesen, lässt mich allein in der Kälte stehen und kommst nicht einmal zurück, um zu sehen, ob ich mich in einen Eisblock verwandelt habe!«

»So bin ich nun mal. Ein Idiot, der keine Ahnung hat, wie er mit Menschen umgehen soll.« Seine Stimme klang kontrollierter und er ging auf das Bett zu, setzte sich darauf und vergrub das Gesicht in den Händen.

Ich wollte ihn verstehen, wissen, welche Sicherung bei ihm durchgebrannt war und warum. Gleichzeitig schnürten mir die Erinnerungen daran, wie meine Beziehung mit Fenris gewesen war, die Kehle zu. Ich erstickte bei dem Gedanken, dass Liam mir genauso verbieten wollen würde, mit Freuden auszugehen oder Spaß zu haben. Ich fragte mich, ob ich etwas getan oder gesagt hatte, was ihn gekränkt hatte, und gab mir insgeheim die Schuld für sein Verhalten. Solche Gedanken gehörten jedoch nicht mehr zu mir. Liam war nicht Fenris und ich hatte mir geschworen, mich von keinem Mann mehr übergriffig behandeln zu lassen. War das dann, was am See passiert war, nicht eine rote Flagge gewesen? Sollte ich nicht die Augen und all meine Sinne jetzt schärfen, um zu merken, ob Liam der Falsche war, bevor ich ihn nicht mehr einfach so verlassen konnte? Abermals schluckte ich das ungute Gefühl hinunter, das immer höher in meine Luftröhre stieg, und ging auf ihn zu, bis uns nur eine Armeslänge trennte und sein Duft nach herbem Duschgel mich umgab.

»Wenn du ein Idiot wärst, hätte ich dich nicht eingeladen, mit mir mitzukommen. Der Liam, den ich kenne, ist zwar verschlossen, aber auch nett, verständnisvoll und ein sehr talentierter Künstler.«

Liam hob den Kopf und senkrechte Falten gruben sich zwischen seine Augenbrauen. »Warum tust du das?«

»Was tue ich?« Ich trat einen weiteren Schritt näher, ließ kaum noch Abstand zwischen uns und tauchte in die Traurigkeit in seinen Augen ein.

Seine Hände bebten, während er sie zögernd von meinen Oberschenkeln bis zu meinen Hüften gleiten ließ. »Du bist lieb zu mir, obwohl ich mich wie ein Arschloch verhalte.«

Ich sog die Luft stockend ein, vergrub meine Finger in seinen feuchten Haaren und strich mit dem Daumen über seine Wangen. Die Berührung hatte etwas Vertrautes an sich. Ein intimeres Gefühl, als in seinen Armen einzuschlafen. »Ich möchte glauben, dass du einen guten Grund hast, dich so zu benehmen. Aber wenn du mir nicht erklärst, was passiert ist, gebe ich dir auch keine neue Chance, mich zu verletzen.«

Liam stand auf, sein Oberkörper berührte meinen und er umfasste mein Gesicht. »Ich will es dir erzählen.«

»Aber?«

»Aber ich will nicht, dass du wegläufst oder mich anders ansiehst.«

»Und wenn ich dir verspreche, nichts davon zu machen?«

»Ich werde immer noch Angst haben.«

»Warum?«

»Weil Saxa gesagt hat, dass du so reagieren würdest.«

Ein Stich der Eifersucht durchfuhr mein Herz und ein Knoten steckte in meinem Hals fest. Doch ich hatte nicht das Recht, mich so zu fühlen. Saxa und Liam waren jahrelang zusammen gewesen. Es war doch selbstverständlich, dass sie seine Geheimnisse kannte. Es war doch klar, dass er ihr mehr vertraute als mir. Ich trat einen Schritt zurück, wobei Liams Hände an mir heruntterglitten und schlaff an seinem Körper hängen blieben.

»Ich gehe doch lieber auf die Party.« Ich trat einen weiteren Schritt zurück. »Vielleicht komme ich erst morgen früh wieder und wir können dann –«

»Wenn ich sage, dass ich merkwürdig bin, tue ich es nicht, um Mitleid zu ernten«, schnitt er mir das Wort ab und kam auf mich zu. »Ich bin einfach so ehrlich zu dir, wie ich zu keinem Menschen gewesen bin.«

»Du bist aber nicht –«

»Mein Vater wünscht sich, ich wäre nicht so. Jeder, der mich wirklich kennt, wünscht sich, ich wäre nicht so.« Schmerz legte sich auf seine Miene und Liam kam näher, bis nur eine Handbreite uns trennte. »Ich komme nicht mit Menschen klar und das nicht auf die romantisierte Art, die wir im Internet oder in Büchern sehen. Es ist nicht so, dass ich bevorzuge, allein zu sein. Ich kann es einfach nicht. Für mich ist fast alles zu laut, zu grell, zu voll.«

»Liam ...«

Er nahm meine Hand in seine und legte sie auf seine Brust. Sein Herz pochte so schnell, dass ich es unter meiner Handfläche spürte.

»Normale Menschen gehen auf Partys und nehmen die Musik, die Stimmung und vielleicht andere Nuancen wahr.« Er presste die Lider fest aufeinander. »Ich nehme jeden Geruch, jede verdammte Farbe, jedes verfluchte Geräusch wahr. Rot, Grün, Gelb, Schwarz, laut und lauter. Eine Großstadt ist für mich die Hölle. Nach einer Minute in einem Nachtclub habe ich das Gefühl, mein Kopf würde explodieren, meine Hände werden schweißnass und ich fühle mich so erschöpft, dass ich nur noch schlafen will. Mein Therapeut hat gesagt, dass ich hochsensibel bin. Nicht etwas, das sich heilen lässt. Glaub mir. Mein Vater hat es versucht.«

»Ich …« Mir fehlten die Worte und ich fragte mich, warum ich nichts davon wusste, obwohl ich ihn schon so lange kannte.

»Aus diesem Grund rede ich nicht mehr mit ihm.« Liam holte tief Luft. »Er will, dass ich vor Leuten stehe und rede. Er will, dass ich anders bin. Er will, dass ich sein Abziehbild bin. Aber ich bin eine Enttäuschung.«

»Sag das bitte nicht.«

»Aber es gibt gute Empfindungen, die mich beruhigen und die ich gerne immer wieder erleben will.«

»Welche?«

Liam nahm erneut mein Gesicht in die Hände und neigte seinen Kopf so, dass seine Nasenspitze über meine streifte. »Ich liebe es, dich zu berühren und zu spüren, wie weich deine Haut ist.«

Hitze strömte in meine Adern, pochte tiefer in meinem Körper und ich atmete stockend ein.

»Du duftest nach Zimt und Zucker, nach Weihnachten und Träumen«, fuhr er fort.

Ich lächelte. »Das klingt nicht nach dem Parfüm, das Mama mir gekauft hat.«

Seine Mundwinkel bogen sich nach oben und Liam legte seine Lippen sanft auf meine. »Du schmeckst süß und fühlst dich so warm an, dass es mir schwerfällt, dich loszulassen.«

»Dann lass mich nicht los«, wisperte ich.

Ein leises Lachen entschlüpfte seinem Mund, bevor Liam mich küsste. Seine Zunge glitt über meine Unterlippe, bat andächtig darum, mit meiner zu tanzen, und sein Geschmack nach Pfefferminze und Verlangen schenkte mir weiche Knie.

»Es tut mir leid, dass ich mich am See wie ein Idiot benommen habe«, sagte er atemlos und lehnte seine Stirn an meine. »Ich wollte nur nicht, dass du herausfindest, wie merkwürdig ich bin.«

Ich stellte mich auf die Zehenspitzen und küsste ihn. »Sag das bitte nie wieder über dich, okay?«

»Darf ich nicht die Wahrheit sagen?«

Kopfschüttelnd trat ich einen Schritt zurück, hielt seinen Blick gefangen und zog mir den Pullover über den Kopf. »Das ist nicht die Wahrheit.«

»Eira ...« Liam stoppte sich, während ich meinen BH auszog und auf den Boden fallen ließ. Seine Augen verdunkelten sich und sein lodernder Blick liebkoste meinen nackten Oberkörper.

»Die Wahrheit ist, dass ich dich mag, genau so, wie du bist, und du mich weder anlügen noch dich verstellen musst«, versicherte ich ihm.

Ich legte meine Fingerspitzen auf den Bund meiner Hose und mein Puls schlug so hart, dass mir schwindlig wurde. Doch Liam kam rasch auf mich zu und hielt mich an den Handgelenken fest.

»Du musst nicht ...«

Ich suchte seinen Blickkontakt, berührte seine Wangen und zwang ihn so dazu, mir in die Augen zu sehen. »Willst du mich?«

»Ist das eine ernsthafte Frage?« Sein Lächeln zitterte.

Ich nickte.

Liam hielt mich mit einer Hand an der Taille fest und die andere schob er in mein Haar, bevor er mich küsste. Seine Zunge strich sanft über meine, sein durchtrainierter Oberkörper schmiegte sich an meinen und seine Wärme umfing mich wie ein sonniger Tag. Die Sicherheit, am richtigen Ort, mit der richtigen Person zu sein, schlug in meinem Herz stärker denn je. Ich schlang meine Arme um seinen Hals und hob mich auf die Zehenspitzen, um ihn noch mehr zu spüren. Jede Zelle meines Körpers sehnte sich nach seiner Berührung, seinem Geschmack.

»Ich will dich, Eira«, keuchte er und küsste die Stelle unter meinem Ohrläppchen. »Ich will von jedem Zentimeter deines Körpers kosten, deinen Duft in mich aufsaugen und dich meinen Namen stöhnen hören.«

Seine Worte jagten einen wohligen Schauer über meinen Rücken und ich schloss die Lider. »Warum hältst du mich dann zurück?«

»Als wir angekommen sind, hast du mir deutlich gemacht, dass du für Sex noch nicht bereit warst. Was hat sich geändert? Ich will nur sicher sein, dass du es nicht aus Mitleid tust.«

Ich lehnte mich zurück, um ihm tief in die Augen zu sehen. »Seit der Schulzeit bin ich in dich ...« Hitze stieg mir in die Wangen und ich rieb mir kurz das Gesicht. »Ich wollte auch sicher sein, dass du nicht aus Mitleid mit mir hier bist.«

Sein Mundwinkel zuckte nach oben und Liam zog mich an der Hand bis zum Bett. Sanft küsste er mich, schob mich genauso behutsam auf die Matratze und legte seine Lippen an mein Ohr. »Das hier ist für mich irgendwie auch zu viel. Aber es ist auf eine sehr gute Weise zu viel.«

Schmetterlinge flatterten in meinem Bauch und ich grub meine Finger in seine Haare. Mir war es zu wenig, zu langsam. Ich wollte ihn jetzt. Dringender denn je.

Liam küsste aber meinen Hals, mein Schlüsselbein, meine Brüste. Er ließ sich bei jedem Teil meines Körpers Zeit zum Erkunden und seine Berührungen hinterließen eine Feuerspur auf meiner Haut. Als er mit den Lippen über meinen Bauch glitt und meine Jeans öffnete, hob ich die Hüfte an, damit er mich auszog.

»Du bist so wunderschön«, sagte er andächtig, verschlang mich aber mit seinem lodernden Blick.

Ich streckte meine Arme nach ihm aus und wimmerte beinahe vor Verlangen, ihn wieder zu berühren.

Liam wartete keine weitere Sekunde ab, küsste mich zwischen meinen Schenkeln, hoch und höher, bis ich den Rücken durchbog und keuchend nach Luft schnappte. »Bitte«, flehte ich ihn an.

»Sieh mich an, Eira.« Er stützte sich mit dem Ellenbogen neben meinem Kopf ab.

Ich sammelte all meine Kräfte, um die Lider zu öffnen und mich noch nicht endgültig in den Empfindungen zu verlieren, die Liam in mir auslöste. »Bitte«, wisperte ich dieses Mal mit geöffneten Augen.

»Sag mir, dass du es ebenso möchtest wie ich«, bat er mich ernst.

»Ich will dich, Liam. Jetzt.«

Er stand auf, holte seine Brieftasche vom Kaffeetisch und zog ein Päckchen heraus. Während er wieder auf mich zukam, hielt mich sein Blick gefangen. Liam küsste mich erneut, zog sich dabei aus und ohne den Kuss zu unterbrechen, streifte er das Kondom über. Sehnsucht pochte tief in mir und Hitze ergoss sich zwischen meinen Beinen, während Liam in mich glitt. In meinem Bauch flatterte es heftiger und ich keuchte seinen Namen, wollte mehr, mehr, viel mehr. Er nahm mich leidenschaftlich, bewegte sich schneller, küsste meinen Hals und hielt mich fest in seinen Armen. Als die Lust in mir explodierte, kam auch er zum Höhepunkt und wir atmeten ein paar Sekunden im selben Atemrhythmus. Mein Herz schlug so wild wie noch nie, meine Zunge, meine Beine und meine Arme fühlten sich taub an und ich war noch nie so glücklich wie in diesem Moment. Doch die Frage, wie kompliziert es jetzt zwischen uns werden würde, hallte in meinem Kopf wider. In ein paar Tagen würde ich nach Hamburg zurückkehren müssen und mein Leben war alles, was sich Liam nicht für sich wünschte.

Kapitel 22

»Darf ich mir noch etwas wünschen?«, fragte ein junger Mann und trat näher an den Stand heran.

Liam und ich waren heute Morgen zurück nach Rolig Elv gefahren. Da Weihnachten näher rückte, wollte ich den Wunschstand keinen weiteren Tag geschlossen halten und so viele Wünsche wie möglich selbst erfüllen. Dass jemand schon um acht Uhr morgens kommen würde, hätte ich aber nicht gedacht.

Ich zog die Brauen zusammen. »Kennen wir uns?«

»Das glaube ich nicht.« Er fuhr sich durch die blonden Locken und schenkte mir ein hinreißendes Lächeln. »Ich bin erst seit gestern da.«

»Okay.« Ich hätte nicht so neugierig sein sollen, doch die Frage, wer er überhaupt war und was er in Rolig Elv machte, brannte wie trockenes Eis auf meiner Zunge. Mein Herz war zwar vergeben, aber ich müsste blind sein, um nicht zu merken, wie attraktiv er aussah. Wie eine Mischung aus Chris Hemsworth und Dylan Sprouse. Wenn er schon länger als eine Woche im Dorf leben würde, hätte sicher jemand aus meiner ehemaligen Schule mit mir über ihn gesprochen.

»Normalerweise –«

»Hallo.« Liam schloss die Hintertür des Stands hinter sich und kam auf mich zu. Sein Blick war auf den fremden Mann gerichtet und er reckte das Kinn, bevor er seine Hand auf mein Kreuz legte. »Ist alles in Ordnung?«

Ich presste die Lippen zusammen, um mir ein Grinsen zu verkneifen, und sagte auch nichts weiter.

»Hi, ich bin Klaus und eindeutig verzweifelt.«

»Warum?«, fragte Liam und strich sachte mit den Fingerspitzen über meinen Rücken.

»Meine Ausstellung wird am ersten Januar eröffnet und ich brauche Hilfe mit der Lichtinstallation. Leider haben alle im Dorf genug zu tun oder sie wollen nur im neuen Jahr wieder arbeiten.«

»Eine Ausstellung? Das klingt sehr interessant«, sagte ich. Meine Schwester und ich mussten immer nach Oslo fahren, wenn es darum, ging eine Vernissage zu besuchen. Überhaupt einen Künstler in unserem Dorf zu haben, kam mir wie ein Weihnachtswunder vor.

»Nur wenn ich das Chaos im Museum beseitige.«

»Und deswegen hast du einen Wunsch?«

»Genau.« Er lehnte sich vor und legte die Handfläche auf den Tresen. »Eine nette Dame in der Bäckerei hat mir gesagt, dass ich hier vielleicht die Lösung für mein Problem finden kann.«

»Ich glaube nicht, dass sich jemand so schnell freiwillig meldet, um dir dabei zu helfen. Aber ich kann selbst –«

»Ich gehe hin«, fiel Liam mir ins Wort. Seine Hand ballte sich und presste sich hart gegen meinen Rücken.

Stirnrunzelnd sah ich zu ihm auf. »Sicher?«

»Klar.« Er sah mich an und befeuchtete die Lippen. »Der Stand war viel zu lang geschlossen. Ich gehe hin und du kannst hier weitermachen.«

Ich war mir ziemlich sicher, dass sein Vorschlag nichts damit zu tun hatte, dass der Stand übers Wochenende geschlossen geblieben war. Doch mir gefiel das kleine Platzhirschgehabe und bei einer Lichtinstallation würde Liam wahrscheinlich viel mehr helfen können als ich. »Okay.«

Er beugte sich zu mir, nahm mein Gesicht in die Hände und küsste mich. Seine Lippen schmiegten sich hart an meine und er ließ eine Hand bis zu meinem Kreuz wandern, um mich dann enger an sich heranzuziehen. Seine Wärme verband sich mit meiner und zündete ein Feuer in meiner Brust, das einen Eisberg zum Schmelzen bringen konnte. »Bis später.«

Meine Wangen glühten und mein Herz raste. Keine Ahnung, wofür ich diesen Kuss verdiente hatte, aber heute Abend würde ich mich dafür revanchieren.

***

Der Wind wirbelte Schneeflocken in den Stand und ich schloss das doppelflügelige Fenster. Das Schreibmaterial verstaute ich in einem Pappkarton, als die hintere Holztür geöffnet wurde. Ich warf einen kurzen Blick über die Schulter und sah Liam. Er hatte die Arme vor der Brust verschränkt, lehnte an der offenen Tür und das schiefe Grinsen auf seinen Lippen versetzte die Schmetterlinge in meinem Bauch in Aufruhr.

»Schon fertig?«, fragte ich und schloss den Karton.

Er kam näher, legte seine Arme um meine Taille und den Mund auf meinen Nacken. »Was hast du jetzt vor?«

Seine raue Stimme jagte mir eine wohlige Gänsehaut ein und ich schmiegte meinen Rücken an seine starke Brust. »Nach Hause gehen und Angely mit Informationen über unseren Ausflug versorgen.«

»Kann das warten?« Er hauchte einen zarten Kuss unter mein Ohrläppchen.

»Wieso?«

»Ich will dir etwas zeigen.«

Meine Knie fühlten sich bereits butterweich an und ich war mir nicht sicher, ob ich in der Lage war, mit ihm irgendwohin zu gehen, ohne ihn anzufallen. »Okay.«

Liam drehte mich langsam zu ihm um und sah mir eindringlich in die Augen, bevor er mir einen zarten Kuss auf die Lippen presste.

Die Frage, warum seine Augen wie Polarlichter leuchteten, brannte auf meiner Zunge. Doch er gab mir keine Zeit, sie zu stellen. Stattdessen zog er seinen Schlüssel aus seinem Mantel, zog mich aus dem Wunschstand und schloss die Tür. Er schien die dichten Schneeflocken nicht einmal wahrzunehmen, während wir durch den Schnee stapften und in sein Auto stiegen. Mein Puls schlug bereits schneller und sein Schweigen machte mich verrückt. Doch nach bereits fünf Minuten waren wir an unserem Ziel angekommen. Sobald der Motor seines Autos erstarb, stieg er aus und öffnete mir die Beifahrertür. Erst vor der Tür des kleinen Kunstmuseums blieb er stehen und sah mich an.

»Vertraust du mir?«

Seine Frage schlug tiefer, als ich erwartet hätte, und ein Zittern durchlief mich. Es gab so viele Ebenen, auf denen man vertrauen konnte. Aber Liam stand vor mir, schaute mich an, als wäre ich seine Welt, und mein Herz ließ nicht zu, dass ich ihm eine andere Antwort gab. »Das tue ich.«

Seine Mundwinkel bogen sich leicht nach oben und er zog ein schwarzes Seidentuch aus der Manteltasche.

Kurz hob ich die Brauen, schloss aber seufzend die Lider und ließ zu, dass er mir die Augen bedeckte. Das Klicken des Türschlosses stieg in die Luft, mein Puls raste und mein Mund fühlte sich bereits trocken an. Es war albern. Immerhin ging es nur darum, dass Liam mir etwas im Museum zeigen wollte. Wahrscheinlich ging es um die Lichtinstallation, mit der er Klaus geholfen hatte. Aber nach jedem Schritt fühlte es sich an, als würde ich mich nach Jahren fallen lassen.

»Bleib hier stehen und bewege dich nicht«, sagte er und seine Lippen strichen federleicht über meine Ohrmuschel.

Ich rang mir ein Lächeln ab, denn es war lächerlich, so schwer zu atmen. Das Geräusch einer Lüftung, vielleicht eines Ventilators, wirbelte um mich herum und ein intensiver Rosenduft stieg mir in die Nase. Mit den Fingerspitzen berührte ich das Seidentuch, zog es aber nicht herunter.

»Noch nicht.« Liams Schritte klangen dichter, bis seine Wärme mich umgab und er den Knoten an meinem Hinterkopf löste.

Mein Blick glitt automatisch nach unten und um meine Winterstiefel herum spross Kunstrasen vom Boden. Sanfte Pianomusik erklang aus der Decke und ich schaute mich im Raum um. Sattgrüne Parkbänke standen in den Raumecken und an den Wänden erzeugten Projektionen rauschende Farbwelten: Blumen in Lila-, Gelb- und Rosatönen. Die Bilder sahen so atemberaubend aus, dass ich regelrecht reinspringen wollte. Eigentlich sah es bereits schon so aus, als wäre ich im Gemälde drinnen.

»Wunderschön«, wisperte ich und legte den Kopf in den Nacken, um die grün belaubten Bäume zu betrachten, die an die Decke projektiert wie ein buschiger Tunnel aussahen.

»So sieht es in meinem Kopf aus.« Liam umarmte mich von hinten und legte sein Kinn auf meine Schulter. »Zu viel, zu wenig, zu wunderschön.«

Ich runzelte die Stirn. »Zu wenig? Zu viel?«

Er zog eine Fernbedingung aus der Tasche und drückte auf einen Knopf. Die Lüftung wurde lauter, die Bäume begannen sich zu bewegen, als wären sie mitten in einem Sturm. Ich hatte das Gefühl, in einem hinreißenden Chaos zu versinken.

»Okay«, sagte ich und drehte mich in seinen Armen um, sodass ich ihm in die Augen sehen konnte. »Vielleicht bin ich doch nicht so gut für dich, wie ich dachte.«

Er schüttelte den Kopf. »In meinen Augen ist die Welt die ganze Zeit unübersichtlich. Bei dir fühle mich wie in einem Garten. Es muss nicht alles organisiert sein und Sinn machen, damit man sich darin wohlfühlt.«

»Fühlst du dich bei mir wohl?«

»Bei dir fühle ich mich verstanden, angenommen und vor allem respektiert.« Er drückte auf die Fernbedingung, sodass die Bäume sich nur noch leicht bewegten. »Es kann sein, dass wir uns nicht verstehen werden. Aber es muss deswegen nicht weniger schön sein.«

»Warum sollten wir uns nicht verstehen?«

Er hob eine Hand und strich mit dem Daumen über meine Wange. »Ich weiß, dass ich anstrengend bin. Es wäre viel einfacher für dich, mit jemandem zusammen zu sein, der nicht so introvertiert und eigenartig ist wie ich. Aber ich wollte dir zeigen, dass es auch mit mir schön sein kann.«

Zusammen sein. Wollte Liam, dass wir ganz offiziell ein Paar wurden? Keine Ahnung, wie ich das interpretieren sollte. Doch hier, mitten in diesem atemberaubenden Garten, wünschte ich mir niemand anderen an meiner Seite.

Ich stellte mich auf die Zehenspitzen, nahm sein Gesicht in die Hände und küsste ihn. Seine Lippen fühlten sich kühl an, schmeckten nach seiner eigenen Süße und raubten mir den Atem. Liam zog mich enger an sich heran, vertiefte den Kuss und ließ mich nach einigen Sekunden zögerlich los.

»Du bist überhaupt nicht anstrengend«, wisperte ich.

Er behielt seine Augen geschlossen und lehnte seine Stirn gegen meine. »Ich habe Angst, dass du meinetwegen zu viel aufgibst und es bereust, deine Zeit mit mir zu verschwenden.«

»Ich gebe deinetwegen nichts auf.« Ich trat einen Schritt zurück und wartete ab, dass er seine Augen öffnete. »Ich nehme Rücksicht auf dich, weil du mir wichtig bist.«

Seine Augenbrauen zuckten hoch. »Bin ich das?«

Mir wurde gleichzeitig heiß und kalt. Ich wollte ihm viel mehr sagen als nur das. Aber die Schatten meiner Vergangenheit hielten mich zurück. Das Einzige, was ich jetzt schon wusste, war, dass das zwischen uns sehr besonders war und ich es nicht verlieren wollte. »Das bist du.«

»Du mir auch«, erwiderte er, ohne zu zögern, und hauchte einen zarten Kuss auf meine Lippen. »Genau jemanden wie dich habe ich mir gewünscht.«

Kapitel 23

»Einzelheiten!«, forderte Angely und beugte sich über den Tresen des Wunschstands.

Seufzend atmete ich den Duft ihres dampfenden Gløggs ein, den sie zwischen ihren behandschuhten Händen hielt, und schüttelte den Kopf. »Nicht hier.«

»Er versteht uns nicht und hört sowieso nicht zu.« Sie sah kurz an mir vorbei.

Seit gestern sagte Angely, dass ich ihren Fragen auswich. Aber das stimmte nicht. Zum einen waren Liam und ich direkt aus Finnland auf den Weihnachtsmarkt gekommen, um den Stand wieder zu eröffnen. Zum anderen hatte sie schon geschlafen, nachdem wir einen magischen Abend im Museum verbracht hatten.

»Es ist nicht weniger unhöflich, über ihn zu reden, nur weil er kein Deutsch kann.« An meinem Hinterkopf keimte Hitze auf und ich wollte Liam ansehen, ihn in unser Gespräch einbeziehen. Aber ich traute mich nicht, ihm einen Blick zuzuwerfen. Nicht, wenn jemand in der Nähe war. Vielleicht lag mein ungutes Gefühl daran, weil ich noch nicht wusste, was wir miteinander hatten. Liam und ich hatten unsere Beziehung in keine Schublade gesteckt und ich war auch nicht bereit, darüber zu reden, wie es zwischen uns nach Weihnachten weitergehen würde.

Angely verdrehte die Augen. »Na gut, dann warte ich eben auf dich in deinem Zimmer mit Bauchschmerzen, bis du mir endlich erzählst, was passiert ist.«

Ich lachte leise und wollte ihr sagen, dass sie weniger Seifenopern schauen sollte, als sich ein vertrauter Duft um mich legte.

»Hey, Angely«, sagte Liam, schlang seine Arme um meine Taille und zog mich eng an sich heran, sodass mein Rücken sich an seinen starken Oberkörper schmiegte.

Meine beste Freundin blinzelte verwirrt, bevor ein schwaches »Hey« aus ihrem Mund kam. Sie kannte Liam nicht so lange, doch ihr war sicher aufgefallen, dass er sie am Stand nie begrüßt hatte. Ich hatte gehofft, er hätte eher früher ein Lebenszeichen gegeben. Immerhin redeten Angely und ich seit gut zehn Minuten miteinander, während Liam auf dem Klappstuhl gesessen hatte und in ein Buch vertieft gewesen war.

»Wenn du gehen und etwas mit deiner Freundin unternehmen möchtest, übernehme ich den Stand.« Seine Lippen berührten beim Sprechen mein Ohrläppchen und sein warmer Atem strich über meine Wange.

Eine wohlige Gänsehaut überzog mich und ich unterdrückte den Drang, meine Augen zu schließen und meinen Kopf an seine Schulter zu lehnen. Egal, wie sehr ich Angely mochte und ihr all die weihnachtlichen Sehenswürdigkeiten in *Rolig Elv* zeigen wollte, jetzt wünschte ich mir nur, mit Liam allein zu sein und ihn zu küssen.

»Ich ...«

»Bis später, Eira«, unterbrach mich Angely und verschwand schneller, als ich blinzeln konnte.

Ich drehte mich um, woraufhin Liam seine Hände links und rechts von mir legte.

»Ich wollte deine Freundin nicht verjagen.« Seine Stimme klang rau und sein Blick senkte sich tief in meinen. »Aber ich kann nicht sagen, dass ich enttäuscht bin, wieder allein mit dir zu sein.«

Hitze schlängelte sich meine Wirbelsäule hinauf und ich bereute es, meinen dicksten Pullover angezogen zu haben. »Wir waren fast vier Tage lang allein. Drei in Finnland und gestern hier im Stand.«

Sein rechter Mundwinkel bog sich nach oben, er schaute meinen Mund kurz an und lehnte seine Wange an meine. »Schade, dass du gestern nicht bei mir schlafen wolltest.«

»Ich war richtig müde und wir hätten nicht geschlafen.«

»Es hätte sich aber gelohnt.«

Erinnerungen daran, wie Liam von jeder Kurve meines Körpers gekostet hatte, ertranken meine Vernunft und ich sog die Luft stockend in mich ein. »Ich … Ich denke, dass keiner sich noch etwas wünschen wird. Wir könnten dann zu dir fahren, wenn keiner in den nächsten Minuten kommt.«

»Wenn jemand sich jetzt an diesen Stand heranwagt, verjage ich diese Person höchstpersönlich.« Federleicht streifte er mit seinen Lippen über meine Wange bis zu meinem Mund und ihm schien es egal zu sein, ob die Weihnachtsmarktbesucher uns über das offene Schaufenster sehen konnten. Liams Kuss fühlte sich warm und so süß an, dass ich nicht mehr aufhören wollte, ihn zu schmecken.

»Es sieht nicht so aus, als wärst du beschäftigt«, donnerte eine tiefe Stimme hinter mir.

Liam zuckte kaum merklich zusammen und lehnte sich zurück. Er sah aber nicht an mir vorbei, sondern mahlte stattdessen mit dem Kiefer und wich einen Schritt rückwärts.

Langsam drehte ich mich um und erblickte die dunkelsten Augen, die ich je gesehen hatte. »Bürgermeister Pettersen.«

Liams Vater sah mich an und ein zaghaftes Lächeln huschte ihm über das Gesicht. »Du musst Eira sein. Papa hat viel über dich gesprochen.«

Liams verächtliches Schnauben untergrub meinen Wunsch, dem Bürgermeister die Hand entgegenzustrecken. Als ich ihn ansah, schaute er die Stapel Umschläge auf dem Tresen an und sein Kiefermuskel zuckte abermals.

»Können wir einen Moment allein reden, mein Sohn?«, fuhr Herr Pettersen fort, ohne auf eine Erwiderung von mir zu warten.

»Wir haben nichts zu besprechen und das weißt du.«

»Bitte.«

Liam hob die Augenbrauen und das falscheste Lächeln, das ich je gesehen hatte, umspielte seine Lippen. »Der Bürgermeister kennt das Wort.«

»Du bist kein Kind mehr.« Herr Pettersen machte eine wegwerfende Geste mit der Hand. »Warum das infantile Verhalten?«

»Genau.« Liams Schultern hoben und senkten sich schneller, seine Nasenflügel blähten sich auf. »Ich bin nicht mehr zehn und du kannst mich weder kontrollieren noch dazu zwingen, etwas zu tun, was ich nicht tun will.«

»Du nimmst es mir immer noch übel.« Herr Pettersen entließ die Luft hörbar aus den Lungen, sodass eine weiße Wolke vor seinem Mund entstand. »Ich wollte nur, dass du über dich hinauswächst.«

»Ich war ein schüchterner Zehnjähriger, der panische Angst hatte, vor Menschen zu reden. Du hast mich bedroht und bedrängt, bis ich geweint habe.«

In Rolig Elv blieb kaum etwas ein Geheimnis. Deshalb musste ich nicht lange grübeln, um zu wissen, worüber sie gerade sprachen. Die Erinnerungen, wie Herr Pettersen Liam in der Schule über die Bühne geschliffen und ihm beim Buchstabierwettbewerb zugesehen hatte, war auch in meinem Gedächtnis eingraviert geblieben. Ich erinnerte mich zwar nicht mehr an alles, doch die Art, wie er seinen eigenen Sohn mit so viel Wut in den Augen angeschaut hatte, vergaß man nicht. Welcher Vater drohte seinem Kind, das wegen einer Schulveranstaltung eh schon nervös war? Da ich jetzt wusste, dass Liam alles um sich herum anders wahrnahm, stellte ich mir vor, wie traumatisierend es für ihn gewesen war, nicht nur auf der Bühne zu stehen, sondern auch von anderen Kindern ausgelacht zu werden. Danach hörte man in jeder Ecke, wie sehr sich Herr Pettersen für seinen Sohn schämte, der kein einfaches Wort buchstabieren konnte und wie ein Schwächling geweint hatte.

»Das ist zwölf Jahre her!«, argumentierte Liams Vater und warf genervt die Hände hoch.

»Ich muss keine weitere Sekunde mit dir verbringen.« Er trat einen Schritt zurück und distanzierte sich nicht nur von seinem Vater, sondern auch von mir. »Wenn ich auf deine Weihnachtsfeste in den letzten Jahren gegangen bin, dann nur Opa zuliebe. Jetzt hast du nur Mama und wenn sie klug ist, bleibt sie auch nicht mehr lange bei dir.«

»Liam.« Steile Falten gruben sich zwischen Herrn Pettersens Augenbrauen. »Es ist unser erstes Weihnachten ohne meinen Vater. Bitte, ich …«

Liam zuckte zusammen. Es war auch ein Schlag unter die Gürtellinie, den Tod eines Familienmitglieds zu nutzen, um das zu bekommen, was er wollte.

»Du verschwendest deine kostbare Zeit.«

Herr Pettersen schüttelte den Kopf und kniff sich in den Nasenrücken, bevor er mich ansah. »Gut, dass mein Vater dich darum gebeten hat, die Weihnachtszeit mit ihm zu verbringen.«

Mist!

Eiseskälte sickerte in meinen Magen und ich schaute rasch Liam an, der seine Augenbrauen zusammenzog.

»Wenn du so weitermachst, werden Menschen nur in deiner Nähe bleiben, wenn sie dazu gezwungen werden. Wie Eira«, sagte Herr Pettersen, bevor er mit der Faust auf den Verkaufstresen klopfte und davonging.

Stille breitete sich zwischen uns aus und mein Herz bohrte beinahe ein Loch in meine Brust, so schnell schlug es.

»Wovon hat er geredet?«, fragte Liam.

Ich atmete tief durch. Warum hatte ich es ihm nicht früher erzählt? Wie konnte ich es verdammt noch mal vergessen?! »Erik hat mir einen Brief geschrieben, bevor er gestorben ist.«

»Ich weiß …« Liam vergrößerte den Abstand zwischen uns und in seinen Augen erkannte ich Skepsis. »Er hat mich darum gebeten, ihn dir zu überreichen. Aber ich habe mich nicht getraut, es zu tun, und habe ihn durch den Türspalt des Wunschstands an deinem ersten Tag in der Stadt geschoben.«

»Weißt du, was drinstand?«, fragte ich vorsichtig.

»Das hast du mir doch gesagt. Er wollte, dass wir zusammenarbeiten.«

Ich schüttelte den Kopf und verdrängte die Ängste, die mein Herz zerquetschten. »Er hat mich darum gebeten, dich nicht an Weihnachten allein zu lassen. Das mit dem Wunschstand war meine Idee.«

»Du hast Mitleid mit mir.« Keine Frage, sondern eine Feststellung.

»Nein. Ich ...«

»Du brauchst meine Hilfe nicht mehr.« Seine Stimme klang hart und so eiskalt, dass mir ein Schauer über den Rücken lief. »Eigentlich hast du mich nie gebraucht.«

Kopfschüttelnd ging ich einen Schritt auf ihn zu. »Ich will dich nicht brauchen, Liam. Ich will dich bei mir haben, weil ich dich mag. Sehr sogar.«

Er wartete ein paar Sekunden ab und sein trauriger Blick brachte mich um. Ich musste mich entschuldigen, es wiedergutmachen. Doch bevor ich ein weiteres Wort sagen konnte, drehte er sich um und ging.

Kapitel 24

Auf dem Kopf jedes Mitglieds meiner Familie thronte ein goldener Stern aus Schaumstoff und dazu trugen wir Neoprenanzüge, an denen Abertausende Weihnachtsbäume klebten.

»Hey, Anja. Du siehst aber heiß aus!«, brüllte Mark und stieg in sein Auto, das am gefrorenen See geparkt war.

Meine jüngere Schwester streckte ihm die Zunge aus, grinste jedoch ihren Schulfreund in der nächsten Sekunde an.

Meine Wangen brannten und ich sandte ein stummes Gebet zu Gott, dass niemand anderes hier auftauchen würde.

»Warum haben wir dieser blödsinnigen Aktion zugesagt?«, fragte Jonna in einem missmutigen Ton und nahm neben mir auf dem Baumstamm Platz.

Ich schaute zu Angely, die lachend die Weihnachtsbäume an Anjas Neoprenanzug zählte, und zu Dad, der ein Foto von Mamas Outfit mit seinem Handy schoss. Wärme legte sich um mein Herz und meine Mundwinkel zuckten. »Zum einen wurden wir überstimmt.«

»Sogar deine Freundin fand die Idee, in den peinlichen Anzügen Eisbaden zu gehen, gut.«

Ich verschwieg die Tatsache, dass Angely sich für ziemlich alles, was verrückt war, begeistern ließ. »Außerdem sind wir weit weg von der Stadt und Mark war wahrscheinlich der Einzige, der um die Zeit hier auftauchen wird.«

»Dann solltest du nicht so böse gucken.« Jonna drehte sich zu mir, zupfte an ihrer Schwimmhaube mit dem Schaumstoffstern darauf und sog scharf die eisige Luft ein. »Eigentlich gehörst du zum Weihnachtsverrückten-Team und nicht zum Ich-bleibe-auf-dem-Baumsitzen-Team. So wie ich.«

Ich kaute auf der Unterlippe herum und ließ meinen Blick über die schneebedeckte Oberfläche des Sees und zu meiner Familie gleiten, die aufgeregt den besten Platz suchte, um ein Loch ins Eis zu bohren. »Es war kurz unschön zwischen Liam und mir.«

»Was ist passiert? Könnt ihr das noch regeln oder muss ich ihn umbringen?«

»Es war meine Schuld. Ich war nicht ehrlich zu ihm, als ich ihn überzeugt habe, am Wunschstand zu helfen.«

»Lügen ist nie eine gute Idee.«

»Ich weiß.«

»Lass ihm Zeit. Er wird schon merken, dass du trotz deines Fehlers verdammt in Ordnung bist.«

»Lass uns unserer verrückten Familie helfen. Papa hat eine gute Stelle gefunden.«

»Ich mache die Heizung im Van an und hole die Badetücher.«

***

Eine niedliche Dankeschön-Nachricht von Herrn Olsen traf auf meinem Handy ein und meine Lippen verzogen sich zu einem Lächeln. Ich tat das, was ich tat, nicht, weil ich gelobt werden und Geschenke bekommen wollte. Dennoch erwärmte es mein Herz, ein wenig Dankbarkeit zu erfahren. Vor allem, nachdem Liam und ich uns gestritten hatten, sehnte ich mich nach liebevollen Worten.

»Du hast es geschafft.«

Die bekannte weibliche Stimme schlug mir wie eine Brechstange in die Magengrube und ich sah von meinem Handy auf. »Saxa.«

Unter dem Lichtkegel der Laterne sah sie so verdammt perfekt aus. Ihre schwarzen Haare reichten ihr bis zur Taille, sie war so geschminkt, als käme sie gerade von einem Fotoshooting, und ihr schneeweißer Mantel lieferte einen perfekten Kontrast zu ihrer dunkelbraunen Haut. Sie sah so makellos aus, dass ich manchmal dachte, Saxa wäre unecht. Aber ich wusste es besser. Ich wusste, dass Schönheit nichts mit Charakter zu tun hatte.

»Seit der Schulzeit wolltest du mir den Freund stehlen und das hast du endlich geschafft«, fuhr sie fort und hob das spitze Kinn an.

Wut pulsierte in meinen Adern und ich steckte mein Handy in meine Gesäßtasche, bevor ich ebenfalls das Kinn hob. »Wovon redest du verdammt noch mal?!«

»Vom süßesten Paar der Stadt, natürlich«, sagte sie zuckersüß und verneigte sich in einer theatralischen Geste. »Alle sprechen darüber, dass Liam und Eira nicht besser zueinanderpassen könnten. Glückwunsch!«

Ich schluckte und grub meine Fingernägel in die Handballen. »Wenn ich mich richtig daran erinnere, bist du diejenige gewesen, die mit meinem Freund geschlafen hat.«

»Fenris und du wart damals kein Paar.«

Alles in mir zog sich zusammen. Wie konnte ich jahrelang mit so einer Schlange befreundet sein? Zum einen waren wir noch beste Freundinnen, als sie mit meinem Ex geschlafen hatte, was jetzt nicht der Fall war. Abgesehen davon war ich mir ziemlich sicher, dass sie gewollt hatte, dass ich die beiden erwischte. Warum würde sie mich in ihr Haus einladen, jemanden mir die Tür öffnen lassen und währenddessen mit Fenris unter die Dusche springen? Saxa war ein narzisstisches Miststück und wollte keinen Menschen glücklich sehen. »Wir waren keinen vollen Tag getrennt, du schläfst mit meinem Ex und willst noch, dass ich euch dabei zusehe.« Ich legte beide Hände flach auf den Tresen, ignorierte meinen wilden Herzschlag und funkelte sie an. »Du gibst dir Mühe, um hübsch auszusehen. Aber sobald man in deine verdorbene Seele blickt, sieht man, wie hässlich du wirklich bist.«

»Wenn ich hässlich bin, weil ich mit Fenris geschlafen habe, bist du nicht besser, Eira.« Sie zuckte nicht einmal zusammen, strich sich stattdessen eine glatte Haarsträhne hinters Ohr. »Du tust so, als wärst du ein braves Mädchen, aber hast du nicht auch mit meinem Ex-Freund geschlafen?«

Vielleicht hatte man ihr zu oft gesagt, dass sie perfekt war. Jetzt dachte Saxa wahrscheinlich, dass sie alles tun konnte, was sie wollte, und würde nie die Konsequenzen dafür tragen müssen. Ich hatte es aber satt, so zu tun, als hätte sie mich nicht verletzt, als wären ihre Fehler verzeihbarer, nur weil sie Saxa hieß. Sie war nicht mehr meine Freundin und verdiente nicht einmal meinen Respekt. »Ihr wart jahrelang getrennt.«

»Ist das so?« Sie kreuzte die Arme vor der Brust.

»Worauf willst du hinaus?«

»Du kennst Liam nicht und es spielt keine Rolle, wie viele Stunden ihr in dieser lächerlichen Bude hockt. Ich werde ihn immer besser kennen als du.«

Galle stieg in mir hoch und ich wollte einen Schild vor mich halten, um mich vor ihren messerscharfen Worten zu schützen. Aber das war leider nicht möglich. »Fühlst du dich besser, wenn du so denkst?«

»Ich weiß, dass er dir nicht nach Hamburg folgen kann.« Ein süffisantes Lächeln legte sich auf ihre Lippen. »Liam würde nie in einer Großstadt klarkommen.«

Bisher hatte ich nicht darüber nachgedacht. Ehrlich gesagt wusste ich, dass Liam zu bitten, mich oft in Hamburg zu besuchen, keine Option war. Aber nur Saxa brachte mich dazu, mich jetzt mit Fragen zu plagen, die später mein Herz brechen würden. »Wer hat dir gesagt, dass ich das von ihm verlangen will?«

»Hast du vor, dein Studium abzubrechen?« Sie lachte und es

klang nach purer Bosheit. »Du wirst auch nicht vor dem Ende deines Studiums zurückkommen. Auch danach wolltest du in Hamburg bleiben. Oder willst du etwa deine Träume seinetwegen aufgeben? Eine Fernbeziehung vielleicht?«

Seitdem es mit Fenris vorbei war, hatte ich mir versprochen, mich selbst wegen keines Mannes zu vergessen. Aber Liam war anders, oder nicht? Doch auch, wenn er nicht wie mein Ex war, konnte ich mein Studium nicht abbrechen. Von dem Sturm, der in meinem Herzen wütete, musste Saxa jedoch nichts wissen. Sie würde meine Zeit mit Liam und Weihnachten nicht verderben. »Es geht dich überhaupt nichts an!«, sagte ich entschlossen.

Kopfschüttelnd lachte sie. »Tatsache ist, dass ich ein Bestandteil seines Lebens bin. Ich werde immer für ihn da sein und wenn er sich einsam fühlt, sucht er mich.«

Die Angst, der ich schon längst abgeschworen hatte, fraß sich in meine Knochen. Angst, nicht gut genug zu sein. Angst, dass Saxa immer besser, schöner und begehrenswerter sein würde als ich. Liam war anders als andere Menschen, die ich kannte. Er bevorzugte die Einsamkeit, denn er nahm viel mehr wahr, als er verarbeiten konnte. Ein Leben in einer Großstadt kam für ihn nicht infrage. »Ich schließe den Stand jetzt und wenn du dableibst, knallt das Fenster gegen deine hübsche Nase.«

Saxas Grinsen verrutschte kein bisschen, denn sie wusste, dass sie schon erreicht hatte, was sie wollte. »Er gehört mir, Eira. So war es immer und so wird es immer sein.«

Ich widersprach ihr nicht und sah einfach zu, wie sie mir den Rücken zudrehte und in die Menge auf dem Weihnachtsmarkt lief. Ihre Freundinnen begrüßten sie lächelnd und drückten ihr einen dampfenden Becher in die Hände. Mir war eiskalt. Ich wusste, dass Saxa nicht recht hatte. Dennoch glaubte ein Teil meines Herzens ihr und fürchtete, Liam würde es genauso gehen.

Kapitel 25

Das Wohnzimmer duftete nach der heißen Schokolade, die Mama auf den Couchtisch stellte. Daneben thronte bereits ein Berg Weihnachtsplätzchen, die wir heute am Nachmittag verziert hatten. Anja redete mit Angely darüber, uns im neuen Jahr in Hamburg zu besuchen, und Jonna las im Sessel einen historischen Liebesroman. Mama kam aus der Küche, setzte sich zu Papa und kuschelte sich auf der Couch an ihn heran. Behaglichkeit legte sich um mein Herz und die Szene beschrieb alles, was mich an Weihnachten so begeisterte. Ich liebte das Beisammensein, ohne Pflichten und To-dos. Ich liebte den Geruch von Mamas Essen und den Klang von Papas uralten Weihnachtsliedern, die auf Dauerschleife aus der Anlage echoten. Ich brauchte Anjas lautes Gemüt und Jonnas Zurückhaltung um mich und es beruhigte mich, ihre Stimmen zu hören. Trotzdem pochte eine Unruhe in meiner Brust und ich gab mir Mühe, normal zu atmen. Von Mamas Fischgericht hatte ich kaum etwas gegessen und die heiße Schokolade interessierte mich nicht. Ich wollte Saxa die schönsten Tage des Jahres nicht ruinieren lassen, doch ihre Worte tauchten erneut in meinem Kopf auf. Liam und sie hatten eine langjährige Beziehung gehabt und sie musste ihm wichtig gewesen sein. Vielleicht hatte sie noch immer eine große Bedeutung in seinem Leben und ich lebte in einem anderen Land.

Seufzend zog ich die karierte Wolldecke enger um mich. Wahrscheinlich spielte es eh keine Rolle, denn Liam suchte mich schon seit zwei Tagen nicht mehr. Seitdem er die Wahrheit herausgefunden hatte, hatten wir nicht mehr miteinander geredet. Ich fischte mein Handy aus meiner Pyjamahose und schaute mir seine Nummer an. Vielleicht musste ich die Initiative ergreifen. Immerhin war ich diejenige, die ihn angelogen hatte. Ich steckte jedoch mein Handy ein, als es an der Tür klingelte. Es bedurfte drei Sekunden, um festzustellen, dass sich kaum jemand darum kümmerte. Nur Mama warf mir einen kurzen Blick zu, was mich aufstehen und zum Eingangsflur gehen ließ. Meine Antriebslosigkeit verflog jedoch in der Sekunde, in der ich die Tür öffnete.

»Hey.« Liams Stimme klang heiser, in seinen dunklen Haaren hatten sich Schneeflocken verfangen und er hielt den Kopf leicht gesenkt, sodass ich seine Augen nicht sehen konnte.

»Ich habe nicht damit gerechnet, dich so bald wiederzusehen.« Mit vor der Brust verschränkten Armen versuchte ich mein wild pochendes Herz in den Griff zu bekommen. »Eigentlich habe ich nicht geglaubt, dass ich dich dieses Jahr wiedersehe.«

Langsam hob er den Blick und entblößte die Traurigkeit, die darin lag. »Ist das das, was du willst?«

Nein. Ich wollte ihn in die Arme nehmen, sagen, dass ich nur mit ihm zusammen sein wollte und alles andere mir egal war. Aber ich durfte nicht mehr nach meinen Gefühlen handeln. Ich hatte einen Studienplatz, für den ich hart gearbeitet hatte, und konnte nicht wegen Liam in der Stadt bleiben. Außerdem hatte er mich verletzt, indem er verschwunden war, anstatt das zwischen uns zu regeln. »Was meinst du?«

»Möchtest du mich nicht mehr sehen?«, fragte er zögerlich.

»Doch«, erwiderte ich viel zu schnell. Scheinbar übernahm mein Herz die Kontrolle über meine Worte. Oder mein Verstand, denn ich wusste, dass ich nicht so unschuldig war. »Ich habe aber einen großen Fehler gemacht.«

»Ich auch.« Er fuhr sich durch die Haare und holte tief Luft. »Du hattest recht. Ich wäre nicht in den Stand gegangen, wenn du mir die Wahrheit erzählt hättest. Ich hätte die schönsten Tage meines Lebens verpasst und dich nicht geküsst.«

Die Schmetterlinge in meinem Bauch flatterten aufgeregt. »Wenn es so ist, warum hast du nicht mit mir geredet? Warum bist du einfach verschwunden und hast mich mit so einem schlechten Gefühl alleingelassen?«

Liam kam näher und schloss den Abstand zwischen uns, sodass sich das gelbliche Licht der Veranda auf seine Züge legte und ich seinen vertrauten Duft nach Sandelholz und Schnee einatmen konnte. Hitze kroch meine Wirbelsäule hinauf. Es war fast unfair, wie attraktiv er aussah. Seine Wangen waren glatt rasiert und ein leicht roter Ton schimmerte darauf. Seine vollen Lippen hatten die gleiche Farbe. Ich wollte ihn küssen, ihn schmecken, überall spüren. Aber es würde so viel mehr wehtun, wenn wir das zwischen uns nicht jetzt beendeten.

»Manchmal brauche ich Ruhe. Ich brauche Zeit mit mir allein, um das Chaos in meinem Kopf zu ordnen.« Er seufzte und sein Blick glitt zu meinen Lippen. »Ich weiß, dass ich merkwürdig bin und man viel Geduld mit mir haben muss.«

»Es hat mich aber verletzt, dass du weg warst.«

»Es tut mir sehr leid. Ich …« Er atmete tief durch. »Es wird nicht wieder vorkommen.«

Er brauchte Ruhe. Etwas, was Liam in Rolig Elv fand. Aber würde er seinen Frieden auch in Hamburg finden? Brauchte ich nicht mehr als das, was die Stadt mir bieten konnte? »Heißt es, dass du mir vergibst?«

Liam hob langsam die Hand, strich mir eine Haarsträhne hinters Ohr und ruhte eine Sekunde länger als nötig mit dem Daumen auf meiner Wange. »Du musst mir vergeben, weil ich ein Idiot bin, der nicht weiß, wohin mit seiner Wut, wenn sein Vater in der Nähe ist.«

»Er bringt mich auch aus der Fassung.« Ich fuhr mit meinen Händen über seinen Mantel, ließ mich von ihm in die Arme nehmen.

Sein Mundwinkel zuckte und er sah mir wieder in die Augen. »Das finde ich irgendwie beruhigend.«

»Ich habe dich vermisst«, gestand ich und jedes Wort fühlte sich richtig an. Wieso tat es trotzdem so weh, sie auszusprechen?

»Wir waren erst einen Tag getrennt«, erwiderte er sanft und presste seine warmen Lippen gegen meine Schläfe.

»Genau deswegen habe ich Angst.« Ich strich ihm eine schneefeuchte Strähne von der Stirn. »Du bist mir wichtig geworden und ich will das hier zwischen uns nicht aufgeben.«

Er schüttelte den Kopf. »Wir müssen nichts aufgeben.«

Vielleicht würde er anders darüber nachdenken, wenn er wüsste, dass ich mit Saxa gesprochen hatte. Vor allem wollte ich wissen, was er davon hielt, dass sie dachte, er würde immer wieder zu ihr zurückkommen. »Ich fahre aber in ein paar Tagen zurück nach Hamburg.«

»Ich weiß.«

»Liam …« Ich befeuchtete die Lippen. »Vielleicht ist es besser, das zwischen uns zu beenden, bevor wir einander zu sehr verletzen.«

Er schwieg ein paar Sekunden, atmete stockend durch. »Ich will mit dir zusammen sein, Eira.«

»Ich …«

Auch.

Warum sagte ich es dann nicht?

»Lass uns nach Weihnachten darüber reden, okay?«, schlug er vor.

»Warum erst danach?«

Liam lächelte verhalten und zuckte mit den Schultern. »Opa hat irgendwie gedacht, dass wir an den Feiertagen einander guttun würden. Warum sollten wir ihn enttäuschen?«

Erik hatte das Leben viel unkomplizierter gesehen. Oder vielleicht verkomplizierte ich einfach alles.

»Willst du reinkommen?«, fragte ich, stellte mich auf die Zehenspitzen und küsste ihn. Er schmeckte bittersüß.

»Sehr gerne.«

Kapitel 26

Nachdem er sich von seinem schneefeuchten Mantel und der restlichen Wintermontur befreit hatte, verschränkte Liam seine Finger mit meinen und ließ sich von mir ins Wohnzimmer ziehen. Trotz des Klangs der aufgeheiterten Gespräche zwischen meinen Schwestern und Angely und der Stimme meines Vaters, der mit schlechtem Englisch leise *Jingle Bell Rock* von Bobby Helms sang, entging mir nicht, wie angespannt Liam war. Mit jedem Schritt drückte er meine Hand fester und mit seiner freien Hand suchte er Halt an meiner Taille. Ich konnte das heftige Flattern in meinem Bauch nicht ignorieren, wenn er mich berührte. Gleichzeitig fragte ich mich, wie er sich wohl in einer Umgebung fühlen würde, in der er keinen einzigen Menschen kannte.

»Hey, Leute«, sagte ich und blieb mit ihm an meiner Seite im Türrahmen des Wohnzimmers stehen. »Wir haben Besuch.«

Alle schnellten mit ihren Blicken zu uns, schauten gleichzeitig zu unseren ineinander verschränkten Händen und schwiegen. Nur der Klang des englischen Songs schwebte zwischen uns. Wenn ich an Liams Stelle wäre, würde ich mich auch unbehaglich fühlen. Er konnte nicht wissen, wem ich alles von unserem Streit erzählt hatte.

»Okay. Das ist unheimlich«, murmelte ich und kaute auf der Unterlippe herum.

»Liam«, sagte Mama mit ihrer besonders fröhlichen Stimme und sprang vom Sofa, das sie mit Papa geteilt hatte. »Schön, dass du uns besuchst!«

Es sah aber gerade nicht so aus. Vielleicht hätte ich sie davor warnen sollen, dass etwas zwischen uns lief. Doch nicht einmal ich wusste, was wir miteinander hatten. Ich schielte zu Jonna, die ihre Nase wieder in ihr Buch grub. Gut so. Es war ihre Art zu sagen, dass sie sich nicht einmischen würde. Nicht, bevor wir allein darüber sprachen.

»Hey, Liam«, sagte Anja und stand auf. »Hast du Lust auf ein Ratespiel? Das Thema könnte Hamburg sein. Ich finde die Stadt so verdammt aufregend. Die Reeperbahn, St. Pauli, der Hafen. So viele interessante Menschen, so viel mehr Farbe als in dieser langweiligen Stadt. Eira und Angely könnten Rätsel über Hamburg machen und wir versuchen herauszufinden, über welche Sehenswürdigkeit sie reden.«

Ich schluckte und war nicht nur beeindruckt über die Geschwindigkeit, in der Anja sprach, sondern hatte Angst, was Liam gerade über ihre Worte dachte. Nach einigen Jahren war Hamburg wie ein zweites Zuhause für mich geworden und ich konnte die Aufregung meiner Schwester zu gut nachvollziehen. Immerhin war ich aus dem Grund in ein anderes Land gezogen. Mich hatte die Vorstellung gereizt, in einer Stadt zu leben, die nie schlief. Aber jetzt wusste ich, was so viele Eindrücke mit einer Person wie Liam machten. Je mehr ich darüber nachdachte und den Druck spürte, mit dem er meine Hand festhielt, desto unmöglicher schien es mir, dass er mich in Hamburg besuchte oder mir gar dorthin folgte.

»Oder du hilfst mir, den Schneemann im Garten aufzustellen«, schlug Papa vor und stand ächzend vom Sofa auf. Kurz warf er mir einen Blick zu und zog seine buschigen Augenbrauen hoch.

In unserem Vorgarten hatten wir mehr als zwanzig LED-Figuren. Nach dem gigantischen Weihnachtsmann, den Papa und Liam letztes Mal aufgestellt hatten, war ich mir sicher, dass es keine freie Fläche mehr im Garten gab. Seine Absicht war aber vermutlich, Liam von Anjas Ausbrüchen fernzuhalten. Ich formte ein stummes »Danke« mit den Lippen.

Liam nickte, ließ meine Hand zögernd los und folgte meinem Vater wieder nach draußen.

Anja seufzte enttäuscht, bevor sie mich mit strahlenden Augen ansah. »Wir können aber ohne Liam spielen.«

Lächelnd setzte ich mich zu ihr. Manchmal benahm sie sich eher wie ein Kind als wie eine Achtzehnjährige. Aber ich liebte meine Schwester, genau so, wie sie war.

Nach drei Runden Ratespiel hatte Anja noch nicht genug Information über das Leben in einer Großstadt in sich aufgesogen. Sie schlug dann vor, zusammen mit ihr im Internet nach Praktikumsstellen in Hamburg zu schauen, als die Haustür sich öffnete und eine kühle Brise hineinfegte. Liam kam nach ein paar Sekunden ins Wohnzimmer, ein friedlicher Ausdruck lag auf seinem Gesicht und sobald sein Blick meinen einfing, zog sich sein Mundwinkel kaum merklich nach oben.

»Sorry, Liam«, sagte Anja und stand auf. »Du hast eine Menge nützliche Infos verpasst. Jetzt haben wir andere Pläne. Eira, kommst du mit nach oben?«

Jonna schnaubte und klappte ihr Buch geräuschvoll zu. »Ich glaube nicht, dass ihn das interessiert. Jetzt lass Eira in Ruhe. Ich kann dir ein paar interessante Stellen in London zeigen.«

»Seit wann hilfst du mir?«

»Seit jetzt! Kommst du oder nicht?«

Anja hielt die Luft an und schaute Liam und mich kurz an, bevor sie aufstand und Jonna nach oben folgte. Auch Angely stand auf und schenkte mir ein vielsagendes Lächeln, bevor sie den Weg in Jonnas Zimmer ging. Mama und Papa verschwanden in Richtung Küche und im Wohnzimmer blieben nur Liam und ich.

»Vielleicht sollte ich nach Hause gehen«, sagte er.

Ich ging zu ihm, legte meine Hände auf seinen schwarzen Hoodie und sah ihm in die Augen. »Willst du gehen?«

Liam schlang seine Hände um meine Taille und lehnte seine Stirn gegen meine. »Ich will dich die ganze Nacht bei mir haben. Aber nicht unbedingt den Rest deiner Familie.«

Lächelnd küsste ich ihn. »Dann lass uns zu dir.«

***

Liams Duft und die Wärme seines Zuhauses umgaben mich, während ich meinen Mantel aufhängte und die Schneestiefel auszog. Mein Blick glitt über sein Wohnzimmer und ein behagliches Gefühl machte sich in meiner Brust breit.

»Wir können uns einen Film anschauen. Heute läuft Weihnachtskitsch in Dauerschleife im Fernsehen, aber wir können uns auch eine Serie auf Netflix reinziehen«, sagte Liam und kam auf mich zu. »Es sei denn, du magst Weihnachtskitsch. Dann mache ich uns eine heiße Schokolade.«

Ich drehte mich um und sah ihm ernst in die Augen. »Vertraust du mir?«

Er hielt für einige Sekunden die Luft an, nickte aber und zog mich an der Taille an sich heran. »Ich denke, dass ich nie jemandem so vertraut habe wie dir.«

Ich wollte es auch. Ich würde nicht wieder zulassen, dass Saxas Wörter mich vergifteten, und musste gegen die Ängste kämpfen, dass das, was zwischen Liam und mir war, wie bei meiner Beziehung mit Fenris enden könnte. Es kam zwar nicht infrage, dass Liam mir nach Hamburg folgte, aber wenn er sich auf eine Fernbeziehung einlassen wollte, würde ich uns eine Chance geben. »Saxa war heute Morgen bei mir am Stand.«

»Und was hat sie gewollt?«

Meine Kehle schnürte sich zu, doch ich atmete tief durch. »Sie hat gesagt, dass das, was zwischen euch war, noch nicht zu Ende ist.«

»Hast du ihr geglaubt?«

»Sie sagt, dass du sie wieder suchen wirst, sobald ich weg bin und du dich einsam fühlst.«

Liam zog die Augenbrauen hoch. »Glaubst du ihr?«

Ich wollte einen Schritt zurückweichen, doch Liam hielt mich fest in seiner Umarmung. »Wir kennen uns so wenig und ich wurde schon so sehr verletzt. Zwei Personen, denen ich zutiefst vertraut habe, haben mich enttäuscht. Ich habe einfach Angst, dass es wieder passiert.«

»Saxa ist ein Teil meiner Vergangenheit. Aber sie ist nicht meine Zukunft.« Er nahm mein Gesicht in die Hände und hauchte einen sanften Kuss auf meine Stirn. »Ich will, dass du meine Zukunft bist, Eira.«

Mein Puls spielte verrückt und ich war mir absolut sicher, dass er zu schnell schlug, um noch gesund zu sein. »Versprichst du mir, dass du immer ehrlich zu mir sein wirst? Egal, ob es mich verletzen wird, oder nicht?«

Er nickte, umarmte mich fester und küsste meinen Scheitel. »Ich verheimliche dir nichts. Versprochen.«

Eine Weile blieben wir so, in den Armen des anderen, und ich lauschte Liams Herzschlägen. Als er mich losließ, legte ich den Kopf in den Nacken, um ihm in die Augen zu sehen.

»Heute bei deiner Familie hat es mir wehgetan«, sagte er mit kratziger Stimme.

»War es dir zu viel, zu laut?«

Er schüttelte den Kopf und vergrub daraufhin die Finger in meinen Haaren. »Es ist das zweite Mal, dass ich mit deinem Vater etwas aufgebaut habe. Eigentlich ganz simpel und ich sollte auch keine große Sache daraus machen.«

»Aber?«

»Dein Papa hat keine Fragen gestellt, hat mir einfach gezeigt, wie wir die LED-Figuren im Vorgarten aufstellen sollten, und geschwiegen. Er hat mich weder kritisiert noch gefragt, warum ich so nervös aussah.«

Ich lächelte. »Ich habe das Gefühl, Papa versteht alle Lebewesen. Einfach so. Ohne Worte.«

»Ich habe mir gewünscht, meine Beziehung mit meinen Eltern wäre auch so unkompliziert und wir würden uns unterstützen, anstatt die ganze Zeit zu streiten.«

Die Traurigkeit in seinen Augen brach mir das Herz und ich stellte mich auf die Zehenspitzen, um ihn sachte zu küssen. »Warum redest du nicht mit deinen Eltern?«

»Du hast gesehen, was passiert, wenn wir miteinander reden. Er will, dass ich eine andere Person bin, und ich will, dass er mich akzeptiert.«

Eine verrückte Idee schlich sich in meinen Kopf. Vielleicht hatte Erik sie von Walhalla aus geschickt. »Du musst ihn nicht davon überzeugen, dass du toll bist. Ich weiß, dass du wunderbar bist, genau so, wie du bist, und das musst du auch endlich verstehen. Was andere über dich denken, ist egal.«

Liams Mundwinkel bogen sich nach oben und er umfasste erneut mein Gesicht und küsste mich so leidenschaftlich, dass Hitze durch meinen ganzen Körper pochte. »Ich liebe es, wenn du so redest«, keuchte er an meinen Lippen.

»Aber du musst deine Eltern nicht aus deinem Leben ausschließen. Verbringe nur so viel Zeit wie nötig mit ihnen und nutze die Sicherheit, dass du toll bist, als einen Schild, um deine Gefühle zu schützen.«

»Ich weiß nicht, ob es eine gute Idee ist«, sagte er und wickelte eine meiner Locken um den Finger. »Außerdem möchte ich sie weder in meine Wohnung einladen und deren Kritik in meinen eigenen vier Wände ertragen noch möchte ich zu ihnen gehen und mich in meinem alten Zuhause gefangen fühlen.«

»Wie wäre es, wenn wir alle bei meiner Familie Heiligabend verbringen? Ich kann mir vorstellen, dass dein Vater seine unpassenden Gedanken bei sich behält, wenn meine Eltern dabei sind. Ich frage Mom. Sie ist bestimmt froh, noch mehr Leute dabeizuhaben.«

Er wartete einige Sekunden ab, seine Schultern hoben und senkten sich in einem tiefen Atemzug. »Ich weiß nicht. Papa ...«

»Für deinen Opa«, fiel ich ihm ins Wort. »Erik wollte, dass ihr euch versöhnt.«

Liam presste die Lippen fest aufeinander, bevor er schließlich nickte. »Okay.«

Ich war mir nicht wirklich sicher, ob es eine gute Idee war. Aber ich wollte, dass Liam sich mit seiner Familie verstand, und würde alles tun, damit er glücklich war. Außerdem war Weihnachten magisch und nichts konnte an so einem märchenhaften Tag schiefgehen.

Er verschränkte seine Finger mit meinen und zog mich zur Couch, auf die wir uns dann setzten. Seine Lippen verzogen sich, während er mit seiner freien Hand sein Handy aus der Hosentasche zog und das Display entsperrte. Mein Blick fiel ungewollt auf die Nachricht, die darauf leuchtete, und mein Herz zog sich zusammen. Saxa hatte ihm geschrieben. Mein Puls schlug schneller, doch Liam verband seine Finger noch fester mit meinem, löschte ihre Nachricht, ohne sie zu öffnen, und wählte die Nummer seines Vaters.

Ich strengte mich so sehr an, mich auf sein Gespräch mit seinem Vater zu konzentrieren, denn ich wusste, dass Liam mich an diesem Moment teilhaben lassen wollte. Er brauchte mich. Stattdessen hörte ich nur mit einem halben Ohr zu, wie er seinen Vater zu Weihnachten bei meiner Familie einlud. Meine Gedanken waren jedoch bei Saxas Nachricht und ich fragte mich, ob Liam ihre Annäherungsversuche genauso abwehren würde, wenn ich nicht mehr hier war.

Kapitel 27

»Das hat Spaß gemacht«, sagte Angely mit einem Lächeln auf der Stimme und legte den Pappdeckel auf den braunen Karton.

Ich ließ meinen Blick über den leeren Wunschstand streifen und Wehmut stahl sich in mein Herz. Es war eine neue Erfahrung gewesen, den Stand ohne Erik zu führen. Doch irgendwie hatte ich immer das Gefühl, dass er mir zur Seite stand. Sei es, als ich gedacht hatte, ich würde niemanden finden, der einen bestimmten Wunsch erfüllen konnte, und auf den letzten Drücker doch eine Lösung fand. Oder jedes Mal, wenn Liam mich angesehen hatte. Einsamkeit hatte viele Gesichter und kaum jemand dachte, dass ich mich allein fühlte. Über dieses Gefühl hatte ich auch nie mit jemandem gesprochen. Auch nicht mit meinen Schwestern. Doch Erik war weise genug gewesen, um zu wissen, dass Liam und ich zwei Seelen waren, die nacheinander gierten.

»Danke für deine Hilfe«, sagte ich und schaute Angely an, die drei Kartons aufeinander balancierte.

Sie grinste. »Nächstes Jahr komme ich wieder und kann dann ein paar Wörter mehr auf Norwegisch.«

»Sorry für die Verspätung.« Liams Stimme hallte an den nackten Wänden des Stands wider und ich drehte mich um.

Mein Herz ließ einen Schlag aus und die Wärme, die sich in mir nur durch seine Anwesenheit entfachte, breitete sich bis zu meinen Zehenspitzen aus. »Ich habe dir geschrieben, dass du heute nicht kommen musst. Die paar Kisten können Angely und ich tragen.«

Kopfschüttelnd nahm Liam Angely einen Karton ab. »Warum sollte ich die Damen die ganze Arbeit machen lassen?«

Meine beste Freundin bedankte sich auf Norwegisch, was Liam mit einem herzlichen Lachen quittierte, und wir schlossen den Stand. Das Rasseln von Glöckchen vermischte sich mit dem Klang des Weihnachtslieds, das aus der Kirche kam, während ich ein paar mit Kram gepackte Stofftaschen ins Auto trug. Liam belud den Kofferraum und versuchte Angely ein paar neue Worte beizubringen. Mein Herz fühlte sich an, als würde es jeden Moment explodieren, so glücklich war ich zu sehen, dass Liam ein Teil meines Lebens sein wollte. Dennoch wusste ich, wie viel es ihn kostete, sich zu öffnen. Vor allem am heutigen Tag wollte ich ihm so viel Freiraum wie möglich geben. Seine Eltern würden uns zum ersten Mal besuchen, das Haus würde voll sein und ein unglaublicher Druck musste jetzt schon auf seinen Schultern lasten.

Nach einer fünfminütigen Fahrt stiegen wir bei mir aus, brachten die Sachen aus dem Stand auf den Dachboden und Angely verschwand im Badezimmer.

Gespräche erfüllten mein Zuhause und der Duft von Schokolade, Zimt und Gebäck schwebte in der Luft. Mama atmete schwer, raste von A nach B und klang bei jedem Wort so aufgeregt, dass sie mir leidtat. Es sah fast so aus, als würde nicht die Familie Pettersen Heiligabend bei uns verbringen, sondern die Königin Sonja von Norwegen und der ganze Hof.

»Die Kartoffeln«, schrie Mama und lief in die Küche.

Jonna warf mir einen flehenden Blick zu, verdrehte aber in der nächsten Sekunde die Augen und verscheuchte mich. »Geh nach oben mit ihm oder Mama lässt dich nicht mehr in Ruhe, bis seine Eltern da sind.«

Anja und Papa folgten meiner Mutter grinsend, tanzten im Rhythmus von *O Tannenbaum* und beachteten uns nicht.

»Sollten wir nicht lieber helfen?«, fragte Liam.

Ich sah ihn an, haderte mit meinem Gewissen und ließ eine Sekunde später die Unvernunft siegen. Ich verband meine Finger mit seinen, zog ihn bis zu meinem Zimmer und schloss die Tür hinter uns. Die ganze Aufregung da draußen war meine Schuld und eigentlich hätte ich meiner Mutter helfen sollen. Doch ich hatte auch das Gefühl, nicht mehr viel Zeit mit Liam zu haben, und wollte jede Sekunde davon kosten. »Gleich«, wisperte ich und kam auf ihn zu.

»Was hast du vor?«

Ich ging auf ihn zu, stellte mich auf die Zehenspitzen und schlang meine Arme um seinen Hals. Sein vertrauter Duft umgab mich und mein Puls schlug so schnell wie das Flattern der Schmetterlinge in meinem Bauch. Aber ich schenkte nichts davon meine Aufmerksamkeit. »Wie geht es dir?«

Liam holte tief Luft, ließ sie jedoch in der nächsten Sekunde aus seiner Lunge weichen und schob mir eine Locke aus der Stirn. Ein sanfter Ausdruck legte sich auf sein Gesicht und sein Mundwinkel zuckte. »Machst du dir Sorgen um mich?«

»Seit du mir erzählt hast, wie du alles um dich herum wahrnimmst, ist es unmöglich, sich keine Sorgen zu machen.«

»Genau das wollte ich nicht.« Er seufzte und presste einen sachten Kuss auf meine Nasenspitze. »Ich weiß, dass du es nicht böse meinst. Aber ich mag es nicht, wie ein Pflegefall behandelt zu werden.«

Kopfschüttelnd trat ich einen Schritt zurück. »Ich wollte dir nicht dieses Gefühl geben. Du sollst dich nur … wohlfühlen.«

Liam schloss den Abstand zwischen uns, nahm mein Gesicht in seine Hände und legte behutsam seine Lippen auf meine. Sein Kuss fühlte sich weich, warm und so unglaublich intensiv an. Als würde ich heiße Schokolade zum ersten Mal schmecken und pures Glück mein Herz erwärmen. »Ich weiß«, hauchte er an meinen Lippen.

»Bei dir fühle ich mich wohl. Aber wenn du willst, dass ich mich mitten in einer Weihnachtsfeier mit mehr als einer Person wohlfühle, wird das niemals passieren. Es liegt aber nicht an deiner Familie oder an dir, sondern nur an mir.«

Ich wollte ihn verstehen, mir nicht gleich das schlimmste Szenario vorstellen. Aber diese verdammte Angst, die mich davon abhielt, mich fallen zu lassen, schnürte mir immer noch die Kehle zu. »Okay.«

»Ich möchte nur nicht, dass du ...« Liam hielt inne und verzog das Gesicht.

»Was möchtest du nicht?«

Er schüttelte leicht den Kopf. »Vergessen wir es.«

Die Neugier, nicht zu wissen, was sich hinter seinen ungesagten Worten verbarg, wuchs immer weiter in meiner Brust. Aber heute sollten nicht meine Anliegen im Vordergrund stehen. Ich hatte Liam und seine Eltern eingeladen, Heiligabend bei meiner Familie zu verbringen, weil ich Eriks Wunsch erfüllen und Liam glücklich sehen wollte. Er sollte sich bei mir wohlfühlen, soweit es nun möglich war, und sich wieder mit seiner Familie vertragen. Wenn ich jetzt nachbohrte oder weiterhin darüber sprach, würde ich eher die gegenteilige Wirkung erzielen. »Okay.«

»Okay?«

Ich hauchte einen zärtlichen Kuss auf seine Schulter, seinen Hals, sein Kinn. »Wie wäre es, wenn wir etwas tun, um uns ein bisschen auf andere Gedanken zu bringen, bevor deine Eltern da sind?«

Liam lachte und das Geräusch verursachte mir eine wohlige Gänsehaut. »Was hast du im Sinn?«

»Ich weiß nicht«, wisperte ich, zog seinen Mund auf meinen und küsste ihn.

Er schlang seine Arme um mich, als wäre ich das Weihnachtsgeschenk, auf das er gewartet hatte, und vertiefte den Kuss. Seine Zunge tanzte mit meiner und sein betörender Geschmack benebelte meinen Verstand.

»Ich habe eher daran gedacht, Weihnachtsplätzchen zu verzieren«, keuchte ich an seinen Lippen.

»Bist du sicher? Du bist nämlich wie Schokolade. Wenn ich von dir koste, will ich dich ganz aufessen.« Belustigung schwang in seiner Stimme mit, doch pure Lust entfachte sich in jeder seiner Berührungen. Liam vergrub eine Hand in meinen Locken und mit der anderen zog er mich enger an sich heran.

Ich schlich rückwärts, bis meine Fersen gegen das Bett stießen, und überlegte, ob es eine gute Idee war, mit ihm zu schlafen, während meine ganze Familie im Erdgeschoss das Abendessen vorbereitete. »Liam, ich ...«

»Ich weiß«, unterbrach er mich außer Atem und lehnte die Stirn gegen meine. »Wir sollten uns beherrschen.«

Mein Blut pochte noch heiß in meinen Adern, denn Liams Berührungen machten mich auf eine ganz besonders gute Weise wahnsinnig. »Wir können nach dem Abendessen zu dir gehen.«

»Das musst du nicht.« Er sah mir eindringlich in die Augen. »Du musst nichts tun, damit ich mich besser fühle, denn allein, wenn ich in deiner Nähe bin, geht es mir gut.«

Seine Worte liebkosten meine Seele und fegten all die Zweifel, an denen ich noch festhielt, weg. »Ich will aber zu dir gehen, die Nacht wieder in deinen Armen verbringen und dich mich auffressen lassen.«

Langsam breitete sich ein strahlendes Lächeln auf seinem Gesicht aus und mit einem Ruck zog Liam mich in seine Arme, ließ sachte Küsse auf meine Halsbeuge regnen und umarmte mich so fest, wie ich noch nie von einem Mann umarmt worden war. »Du bist alles, was ich will, Eira Johansen.«

Ich kicherte und bemühte mich, das Glück in meiner Brust unter Kontrolle zu halten, um ihm sagen zu können, dass er auch alles war, was ich mir wünschte. Doch bevor ich etwas sagen konnte, hämmerte jemand gegen die Tür und Liam ließ mich abrupt los.

»Eira, Jonna hat gesagt, dass du da bist! Komm sofort runter und hilf uns! Ich werde nicht zum zehnten Mal Zwiebeln schälen, während du im Zimmer rumknutschst!« Anjas Stimme ließ sogar die Wände beben.

Ich vergrub mein heißes Gesicht in Liams Pullover, um ein Lachen zu unterdrücken. Zwar hatte meine Schwester recht und ich hatte sowieso vor zu helfen. Doch sie zu ärgern, verschaffte mir jedes Mal eine kleine Geschwistergenugtuung. »Wir kommen!«, erwiderte ich noch immer lachend.

»Gleich!«, fügte Liam hinzu.

»Sofort!«, schrie Anja ein letztes Mal, bevor sie so laut davonstapfte, dass ihre Schritte sogar das Weihnachtslied aus der Anlage übertönten.

»Ich denke, wir sollten ...« Mein Blick richtete sich auf Liams Lippen und der Drang, ihn wieder zu küssen, erstickte meine Vernunft. »Aber wir müssen nicht sofort nach unten gehen.«

Er schüttelte den Kopf. »Wir fangen nicht wieder damit an.«

»Womit?«

Lächelnd nahm er meine Hand in seine und wirbelte mich herum. »Weihnachtsplätzchen, Eira. Sie warten darauf, dekoriert zu werden.«

Schmunzelnd ging ich zur Tür, öffnete sie und wartete darauf, dass Liam mir nach unten folgte. Wenn ich ein paar Minuten länger mit ihm in diesem Zimmer geblieben wäre, hätte ich wahrscheinlich darauf gepfiffen, dass meine ganze Familie noch im Haus war. Mein Körper sehnte sich immer noch nach ihm und das würde sich für eine Weile nicht ändern. Aber noch wichtiger war es, jetzt sicher zu sein, dass er viel mehr als Sex von mir wollte. Liam und ich gehörten zusammen und diese Sicherheit würde weder Fenris noch Saxa oder irgendjemand anderes mir nehmen.

Kapitel 28

An Liams Wange klebte Zuckerguss. Anja hatte sich absichtlich grüne Glasur auf die Nase gestrichen und Angely kaute an der Chilischote, die wir ihr verboten hatten, im Keksteig zu verstecken. Ich lächelte, als würde ich im schönsten Traum meines Lebens feststecken, brachte einen Teller voller Weihnachtsplätzchen ins Wohnzimmer und legte sie neben Mamas Sessel, auf dem sie seit ein paar Minuten saß. Jonna und ich hatten ihr verboten, noch irgendetwas zu machen oder gar den Fuß in die Küche zu setzen. Papa nutzte dann die Gelegenheit, ihr die Füße zu massieren.

»Iss etwas, Mama«, sagte ich und deutete zu den Keksen.

Sie schüttelte den Kopf, wobei sich eine blonde Strähne aus ihrem zerzausten Dutt befreite und vor ihrer Nase tanzte. »Ich habe so viele Gerichte gerochen, dass ich keinen Hunger mehr habe. Jetzt möchte ich nur lange duschen, bevor die Pettersens kommen.«

Ich fragte mich, warum diese Technik nicht bei mir funktionierte, wenn ich abnehmen wollte – was immer nach Weihnachten zutraf –, ließ aber Mama in Ruhe ins Bad gehen. Mein Blick wanderte zu der Küche, in der Liam konzentriert einen Keks im Weihnachtsmützenformat dekorierte und mit Angely redete, ohne sie anzusehen. Manchmal vergaß ich, dass ihm gewöhnliche Aktivitäten viel bedeuteten. Vielleicht hatte Erik aus dem Grund gemeint, dass Liam nie zugeben würde, dass es ihm allein nicht gut ging. Er liebte Weihnachten, zeigte es aber auf eine andere Weise als ich. Aber warum mussten die Menschen immer alles kritisieren, was sie nicht verstanden? Ich mochte Liam so, wie er war. Vielleicht liebte ich ihn sogar.

Der Gedanke schlug hart gegen meinen Magen und die Erkenntnis ließ mich schwer schlucken. Ich liebte ihn, seine zarte Seele, seine sanfte Art zu zeigen, was er fühlte. Er posaunte seine Gefühle nicht heraus und das war sowohl eine Herausforderung für ihn als auch eine Gabe. Die Frage war nur, ob ich dem gewachsen war. Ich fragte mich, ob ich mich noch wohlfühlen würde, wenn ich auf Partys ging und er zu Hause blieb. Was würde passieren, wenn ich auf das Hurricane Festival gehen wollte? In einer Beziehung mit Liam würde ich eine Menge Kompromisse machen müssen. Aber wäre es mit einem anderen Mann anders?

Die Klingel ließ mich zusammenzucken und Liam löste seinen Blick vom Gebäck. Ein unruhiger Ausdruck legte sich auf seine Miene und eine steile Falte grub sich zwischen seine Augenbrauen. Ich schluckte schwer, rang mir ein Lächeln ab und ging zur Tür. Nervosität durchströmte meinen Körper und mein Herz bohrte ein Loch in meine Brust, so schnell schlug es. Aber hier ging es nicht um mich oder darum, was Liams Eltern über meine Beziehung mit ihm dachten. Es ging nicht darum, ob das Geschirr meiner Eltern zu abgenutzt aussah und nicht den Pettersens würdig war. Wahrscheinlich beachtete seine Mutter mich noch weniger als eine Eintagsfliege. Liams Eltern waren aber nicht meinetwegen oder wegen meiner Familie gekommen, sondern um Frieden zu schließen. Das war auch für mich das Wichtigste. Ich sog die nach Zucker duftende Luft in mich ein und öffnete die Tür.

Kälte und der Geruch vom Schnee wirbelten um mich herum. Doch sie fühlten sich nicht annähernd so frostig an, wie der Blick, den Lilly Pettersen mir zuwarf. Ihr schneeweißer Mantel schmiegte sich an ihre zierliche Figur und ihre rotbraunen Haare waren zu einem strengen Dutt gebunden.

»Ich hoffe, Sie haben den Weg zu uns sicher gefunden«, sagte ich sowohl zu Lilly als auch zu Bürgermeister Pettersen, der seinen schwarzen Hut abnahm und den Schnee darauf abklopfte.

Sie schluckte, als würde eine gebratene Mandel in ihrem Hals stecken, und ihre Lippen verzogen sich zu einem aufgesetzten Lächeln. »Nun. Rolig Elv ist nicht gerade groß.«

Großartig. Wenn unsere Unterhaltungen alle so abliefen, konnte ich gleich Eriks Wunsch, seine Familie wieder zu versöhnen, aufgeben.

»Furchtbar, diese nervige weiße Masse.« Mit einer Handbewegung deutete der Bürgermeister auf die Straßen, auf denen sich die Schneeberge türmten.

Sie mochte keinen Kakao. Ihm gefiel kein Schnee. Wenn sie sich gegen Geschenke und Weihnachtslieder wehrten, hatte ich es wahrscheinlich mit der Grinch-Familie zu tun. Die Ähnlichkeiten zwischen Liam und Erik wurden immer offensichtlicher, während alle Gemeinsamkeiten mit seinen Eltern wie Wasser im Kamin verdampften. Ich trat aber zur Seite, ließ Liams Eltern an mir vorbeigehen und nahm den beiden deren Mäntel, Schals und Handschuhe ab.

»Frau Pettersen. Bürgermeister Pettersen«, sagte Mama und kam auf uns zu, um die Gäste zu begrüßen. Ihre Wangen leuchteten rot und ihre Haarspitzen waren noch vom Duschen feucht. Ich war mir sicher, dass sie die Klingel gehört und sich in Rekordzeit angezogen hatte.

Liams Mutter nickte nur. Kein freundliches Lächeln und kein Dankeschön für die Einladung. Nicht einmal ein kleines Geschenk oder etwas zum Essen hielt sie in den Händen. Zwar hatte meine Mutter für eine ganze Handballmannschaft gekocht, doch es gehörte zum guten Ton, etwas mitzubringen, wenn man eingeladen wurde.

»Danke, dass Sie sich die Mühe geben, uns zu empfangen«, sagte Bürgermeister Pettersen stattdessen und reichte Mama die Hand.

Meine Mutter errötete noch mehr, was ich als unmöglich erachtet hatte, nahm seine restlichen Sachen und hängte sie an der Garderobe auf.

Die frostige Stimmung, die nichts mit dem weihnachtlichen Wetter draußen zu tun hatte, nahmen sie bis ins Wohnzimmer mit. Lilly Pettersen ließ ihren Blick über die Dekoration und die eng aneinandergestellten Möbel schweifen und blieb am Weihnachtsbaum hängen. Sie streckte ihre Hand aus, umfasste eine Glaskugel und betrachtete die Fotos aus meiner Kindheit, Erinnerungen an jedes glückliche Weihnachten in diesem Haus. Eine Mischung aus Traurigkeit und Wärme flackerte in ihren Augen auf und ich bildete mir ein, zu sehen, dass sie feucht geworden waren.

»Mama«, sagte Liam und brachte sie dazu, zusammenzuzucken.

Frau Pettersen drehte sich um und zog ihren Sohn in eine innige Umarmung. Er ließ jedoch seine Arme schlaff an seinen Seiten hängen, als wäre ihr Gefühlsausbruch so gewohnt wie Weihnachtstee bei vierzig Grad.

»Du siehst«, sagte sie und schaute an Liam hinauf und herunter, »gut aus.«

Obwohl mir der Moment fremd vorkam, konnte ich mein Lächeln nicht verbergen. Liam hatte Anjas Weihnachtspullover angezogen. Es war nicht der peinlichste, den sie besaß. Auf dem tannengrünen Pullover waren einfach das Bild einer verhedderten Lichterkette und der Satz »Alles ist okay« abgebildet. Wann er ihn angezogen hatte, wusste ich nicht. Wahrscheinlich hatte meine Schwester ihn davon überzeugt, während ich damit beschäftigt war, nicht von der Eiskönigin in einen Eisblock verwandelt zu werden. Auf jeden Fall stand ihm ein Hauch von Farbe und ich wünschte mir, wir könnten jetzt allein sein, Kakao trinken und Weihnachtsgebäck essen. Stattdessen musste ich die ganze Nacht auf rohen Eiern laufen und hoffen, dass keine Bombe platzte.

»Danke«, erwiderte Liam verlegen und zupfte am Saum seines

Pullovers. Im nächsten Augenblick schaute er zu seinem Vater und Härte legte sich auf seine Züge.

»Frohe Weihnachten, Sohn«, sagte der Bürgermeister und zuckte mit seiner Hand, als wäre er nicht sicher, wie er seinen eigenen Sohn begrüßen sollte.

Liam bewegte sich nicht und wenn ich gedacht hatte, dass seine Mutter für die eisige Stimmung sorgte, war ich mir jetzt sicher, dass diese beiden die Sahara in den Nordpol verwandeln konnten.

»Essen!«, schrie Anja aus dem Essensbereich und brachte mich vor Schreck beinahe um.

Ich legte eine Hand auf mein rasendes Herz und betrachtete, wie Liam, ohne seine Eltern, zum Tisch ging. Sein Blick klebte auf der Tischdecke, während ich und alle anderen ebenfalls Platz nahmen.

Unbehagliche Stille breitete sich zwischen uns aus, während alle sich hinsetzten. Angely schaute abwechselnd zwischen mir und Liam hin und her, zog die Augenbrauen zusammen und fragte stumm, was überhaupt los war. Ich zuckte kaum merklich mit den Schultern, betete, dass jemand mit einem unverfänglichen Gespräch anfing. Mama reichte aber die Kartoffeln herum, schluckte schwer und presste die Lippen fest aufeinander.

»Wann gehen wir los?«, setzte Jonna an und stopfte sich ein Stück Fleisch in den Mund.

Ich runzelte die Stirn, denn von meiner älteren Schwester erwartete ich als Letztes, dass sie sich dafür einsetzte, die Stimmung aufzulockern. Vor allem, wenn es um den Bürgermeister ging.

»Gehen? Wohin?«, wollte Liams Mutter wissen.

Ich fragte mich, ob sie Interesse vortäuschte, da ihr Blick noch immer über den gedeckten Tisch schweifte, als würde sie sich fragen, was sie essen durfte und was nicht. Jemand mit ihrer zierlichen Figur erlaubte sich bestimmt nicht, mehr als die Kalorien eines Eiswürfels zu sich zu nehmen.

»Es ist Tradition in unserer Familie, uns Heiligabend als Weihnachtsmann zu verkleiden und selbst gebackene Kekse unterwegs zu verteilen«, erwiderte Jonna schulterzuckend.

»Das klingt speziell.« Lilly Pettersen hielt ihre leere Gabel in die Luft, als wäre sie eine Eisskulptur.

»Wollen Sie auch mitkommen?«

Ich hielt die Luft an und schaute zu Liam, der seinen Blick von der Tischdecke löste und seine Mutter stirnrunzelnd anschaute.

»Ich denke …«

»Wir haben nicht viel mit Weihnachtstraditionen am Hut«, mischte sich der Bürgermeister ein.

»Ach, nein?«, fragte Jonna mit hochgezogenen Augenbrauen.

Er schüttelte den Kopf und schob sich ein Stück Fisch in den Mund. »Meine Oma hat versucht, mich für Weihnachten zu begeistern. Mama zwang mich sogar dazu, an Heiligabend zur Messe zu gehen, und Lilly dekoriert das Haus, sodass es wie auf einem Weihnachtsmarkt aussieht. Aber ich finde, Frauen haben eher einen Faible für diese Art von Traditionen, nicht wahr?« Sein Blick wanderte zu Papa, der uns alle sichtlich überfordert anschaute.

»Man sieht auf jeden Fall, dass in diesem Haus praktisch nur Frauen leben«, fuhr der Bürgermeister fort und deutete mit der Gabel zu den Girlanden, die mit Christkugeln an den Wänden hingen.

»Dann sind Traditionen für Sie nur Frauensache«, sagte Jonna in einem Ton, der mir eine Gänsehaut bescherte.

Mein Puls schlug schneller, mein Magen vollführte einen Rückwärtssalto und ich schaute Hilfe suchend meine Mutter an. Wenn meine Schwester ihre Zunge bisher mir zuliebe unter Kontrolle gehabt hatte, war es bei dem Thema, das Liams Vater angeschnitten hatte, aus und vorbei.

»Nein, Liebes«, erwiderte er mit einem Lächeln in der Stimme. »Ich rede nicht von Traditionen allgemein, sondern über diese Besessenheit, bei jeder Gelegenheit alles dekorieren zu wollen.«

»Liebes?« Jonna setzte sich kerzengerade auf und purer Hass loderte in ihren grünen Augen.

Der Bürgermeister sah immer noch lachend von seinem Teller auf. »Was?«

»Welche Traditionen schätzen Sie dann, Bürgermeister Pettersen?«

»Ähm … Ich …«

»Was halten Sie von Gleichberechtigung oder von der Aufgabe, dem Volk zu dienen?«

O nein!

Ein Kloß, so groß wie Oslo, steckte in meiner Kehle fest und ich war unfähig, dazwischenzugehen. Jemand musste es jedoch tun. »Das Lucia-Fest auf dem Weihnachtsmarkt war dieses Jahr besonders schön«, sagte Anja, zog aber nur die Aufmerksamkeit von Lilly Pettersen auf sich, die mit einem aufgesetzten Lächeln nickte.

»Ich finde beides wichtig«, erwiderte der Bürgermeister.

»Wirklich?«

Er ließ seine Gabel auf dem Teller liegen. »Worauf wollen Sie hinaus, Mädchen?«

Bei dem Wort Mädchen sah ich förmlich, wie die letzte Sicherung bei Jonna durchbrannte, und sie ballte ihre Hände auf dem Tisch zu Fäusten. »Sie machen sich über die Traditionen meiner Familie lustig, aber wenn sie mit uns auf die Straße gehen und Gebäck verteilen würden, wäre es das erste Mal, dass Sie tatsächlich etwas für ihre Wähler machen würden. Wobei nicht einmal die Kekse haben Sie selbst gebacken. Was sehr typisch für Sie ist.«

»Jonna!«, rief Mama mit hochrotem Gesicht.

»Wollen Sie mir sagen, dass ich nichts selbst für die Stadt mache?«, fragte er.

Meine Schwester lachte freudlos. »Die einzigen Vorhaben, die aus Ihrer Regierung stammen und für Sie persönlich nicht vorteilhaft waren, sind nicht direkt von Ihnen, sondern von Prym.«

»Jonna!«, warnte diesmal Vater.

»Was?« Sie schaute uns alle an. »Ich verstehe nicht, wieso jeder in dieser Stadt immer einen roten Teppich ausrollt, wenn der Bürgermeister kommt. Wir bezahlen ihn, damit er den Bürgern dient, die ihn gewählt haben. Nicht andersherum.«

»Wenn Sie meinen Regierungsplan wirklich kennen würden, würden Sie wissen, dass –«

»Dass Sie vorhaben, nichts für die Umwelt zu tun? Oder dass Sie keine Ahnung von Geschlechtergleichheit haben?«, fiel sie ihm ins Wort.

Mein Blick huschte zu Liam, dessen Schultern sich schnell hoben und senkten. Das hier war zu viel für ihn. Es war von Anfang an zu viel und mit der Diskussion konnte ich mir vorstellen, dass hier zu sein, für ihn so angenehm war, wie in einem Schlangennest zu sitzen. Abrupt stand ich auf, sodass mein Stuhl ein unschönes Geräusch von sich gab. »Jonna, bitte hör auf!«

»Was meinen Sie damit?«, bohrte der Bürgermeister nach und achtete nicht auf meine Worte.

»Fünfundneunzig Prozent der Politiker Rolig Elvs sind Männer und ihr sitzt so lang auf euren Stühlen, dass es keine Gelegenheit gibt, dass Frauen gewählt werden.«

»Dann kennen Sie Prym nicht!« Seine Miene verzog sich zu einer wütenden Grimasse.

Jonna lachte sarkastisch und kreuzte die Arme vor der Brust. »Kommt Prym etwa zu Wort, wenn sie an eurem Tisch voller Männer sitzt? Haben Sie vor, sie zu Ihrer Nachfolgerin zu ernennen?«

»Jonna!«, brüllte diesmal ich. Doch meine Schwester war zu wütend, um mir zuzuhören. Stattdessen zuckte Liam zusammen und starrte mit leerem Blick die Wand an.

»Mein Nachfolger wird selbstverständlich mein Sohn Liam sein. Das steht nicht –«

»Wirst du nicht müde, den Witz zu erzählen?«, mischte sich Liam ein und schien aus seiner Trance zu erwachen.

»Liam, bitte«, sagte Lilly mit flehender Stimme.

»Bitte was, Mutter?« Langsam stand Liam auf. Seine Hände zitterten und sein Brustkorb hob und senkte sich schnell. »Wieso bittest du *ihn* nicht darum, endlich aufzuhören, mein Leben bestimmen zu wollen. Nicht einmal an Weihnachten in einem fremden Haus kann er so tun, als würde er ...«

»Als würde ich was?«, fiel ihm der Bürgermeister ins Wort.

Liams Kiefermuskel zuckte und er atmete stockend ein. »Nichts.«

Ich wusste, welche Worte auf seiner Zunge brannten. Er wollte von seinen Eltern akzeptiert werden und sie konnten nicht einmal an Weihnachten so tun, als wäre es egal, welchen Beruf er sich ausgesucht hatte. Ich öffnete den Mund, um zu sagen, wie unmenschlich sich sein Vater verhielt. Doch bevor ich etwas aussprechen konnte, stürmte Liam aus dem Raum. Wut pochte in meinen Adern, während ich Jonna ansah, die mit aufeinandergepressten Lippen den Blick von mir abwendete. Wir würden über ihr Verhalten reden. Meine Schwester konnte einfach nicht ihre Ängste und Probleme auf andere übertragen. Vor allem nicht auf Liam. Aber jetzt war nicht die Zeit dafür. Stattdessen lief ich Liam hinterher, der dabei war, die Haustür aufzureißen und in die Kälte zu stürmen. So schnell wie noch nie in meinem Leben zog ich meinen Mantel und die Schneestiefel an und stürmte ebenfalls hinaus. Mein heißer Atem stieß gegen meinen Schal, während Eiseskälte um mich herumwirbelte. »Liam, warte!«, schrie ich und stapfte durch den wadenhohen Schnee. »Wo gehst du jetzt hin?«

»Keine Ahnung!« Abrupt blieb er stehen und drehte sich so um, dass ich die aufsteigenden Tränen in seinen hellbraunen Augen sehen konnte. Liam blinzelte heftig, breitete die Arme aus und trat drei Schritte nach hinten. »Irgendwohin, wo ich meine Ruhe habe und keine verdammte Aberration bin, die nirgendwohin gehört.«

Seine Worte schnürten mir die Kehle zu. »Warum sagst du so was? Du gehörst hierher. Du gehörst zu mir.«

»Nein! Das ist das, was du willst, Eira.« Liam ließ seine Hände sinken und Wut legte sich auf seine verzweifelte Miene. »Du willst, dass ich in deine Welt hineinpasse. Du wünschst dir, ich wäre wie du. Aber ich bin es nicht und du sollst aufhören, mich in eine Schublade reinzwängen zu wollen. Meine Eltern können mich nicht leiden und es gibt einen sehr guten Grund dazu. Ich bin nicht normal!«

Mein Herz brach in tausend Teile und ich trat einen Schritt näher, um ihn zu berühren. Liam wich jedoch zurück. »Sag das bitte nicht über dich selbst.«

»Lass mich in Ruhe, okay?« Barsch fuhr er sich durch die Haare. »Versuche nicht wieder, mich mit meinen Eltern zu versöhnen, und tu nicht mehr so, als hätten wir eine Zukunft. Du fliegst in ein paar Tagen in ein anderes Land und ich bleibe hier. Der Freak, der Sonderling, der Einsiedler Rolig Elvs bleibt für immer hier. Allein.«

Tränen traten mir in die Augen, doch ich konnte nicht gehen. Ich konnte ihn nicht mit seinen Zweifeln und den Lügen, die in seinem Kopf kreisten, alleinlassen. Wenn ich das täte, wäre ich nicht besser als seine Eltern. Wenn ich ihn aufgeben würde, würde ich meine Gefühle für ihn verraten. Ich blieb also stehen, während Schneeflocken vom Himmel herabsegelten und mir heiße Tränen über die Wangen liefen.

»Wenn ich es deutlicher machen muss, okay!« Liam kam näher und weiße Wolken bildeten sich vor seinen bläulichen Lippen. »Ich will deine schrägen Weihnachtstraditionen nicht. Ich will deine perfekte Familie, deine perfekten Freunde und dein perfektes Leben nicht. Ich will dich nicht! Und es ist mir verdammt noch mal egal, was mein Großvater gesagt hat. Schließlich ist er tot und das ändert sich nicht.«

Meine Seele lag in Scherben, mein Herz raste und meine Knie

drohten nachzugeben. Doch ich bewegte mich nicht, sagte kein Wort mehr. Liam schaute mich eindringlich an, in seinen Augen lag purer Schmerz. Aber ich sagte nichts. Ich sprach kein Wort, wartete nur, dass er sich umdrehte und ging. Liam wollte mich nicht. Egal, ob er mir das aus der Wut heraus gesagt hatte. Nach Fenris hatte ich mir versprochen, dass ich nie wieder zulassen würde, dass mich jemand schlecht behandelte. Ich würde nie wieder darum bitten, geliebt zu werden. Aber jetzt war ich auch nicht in der Lage, nach Hause zurückzukehren.

Kapitel 29

Dunkelheit umhüllte mich, schenkte mir die Geborgenheit, die ich brauchte, und ich zog meine Bettdecke über den Kopf, kuschelte mich in meinem mollig warmen Bett ein. Der Schmerz in meinen gefrorenen Gliedern hatte nachgelassen, doch in meinem Herzen klaffte noch immer die Wunde, die Liam heute aufgerissen hatte. Ich hatte gedacht, wir wären für immer, und jetzt hasste ich mich dafür, dass ich so dumm gewesen war. Zumindest waren meine Tränen versiegt und der Drang, zu ihm zu gehen und um eine weitere Chance zu bitten, schnürte mir die Kehle nicht mehr zu.

Die Bodendiele knarrte und jemand öffnete die Tür meines Zimmers. Ich bewegte mich nicht, hielt die Luft an und betete zu Gott, dass, wer auch immer nach mir sehen wollte, gleich wieder ging. Stattdessen glitt meine Bettdecke von meinem Kopf und ich öffnete blinzelnd die Augen.

»Hasst du mich?« Jonna kniete sich vor mich hin, knipste die Nachttischlampe an und presste ihre Lippen fest aufeinander.

Seufzend setzte ich mich auf und kreuzte meine Beine zum Schneidersitz. »Nein.«

»Das solltest du aber.«

Ich schüttelte den Kopf. Vielleicht hatte ich meine Schwester ein bisschen gehasst, als sie die Diskussion angefangen hatte. Aber sie war nicht schuld daran, dass alles so außer Kontrolle geraten war. »Liams Vater hat mich schon oft aus dem Konzept gebracht. Ich finde nur, dass es kein Thema war, über das wir an Heiligabend hätten diskutieren müssen.«

Sie rieb sich barsch das Gesicht und gab einen verzweifelten Laut von sich, den meine Schwester oft für sich behielt. »Und ich war ein Arschloch zu Liam.«

»Und du warst ein Arschloch zu Liam«, stimmte ich ihr zu.

»Ich werde mich bei ihm entschuldigen.« Sie setzte sich neben mich auf die Matratze und legte ihre Hand auf mein Knie. »Das Letzte, was ich möchte, ist, es mir mit dem Freund meiner Schwester zu verscherzen.«

Mein Herz zog sich zusammen. »Er ist nicht mein Freund und wird es auch nie sein.«

»Was ist passiert?« Ihr Blick wanderte zu meinem Fenster, gegen das sich Schneeflocken warfen. »Du warst zwei Stunden weg, bei dem schrecklichen Wetter. Ich habe sogar gedacht, dass du bei ihm schlafen würdest.«

Der Schnee war mein Freund gewesen. Aus dem Grund hatte ich in der Zeit keinen gesehen. Keiner hatte mich angehalten, um zu wissen, warum mein Gesicht tränenüberströmt war. Keine einzige Seele hatte gesehen, wie ich um Liam geweint und wie zerstört er mich verlassen hatte. »Ich habe nur gewartet, dass seine Eltern nach Hause gehen, um zurückzukommen.«

»Und wo warst du die ganze Zeit?«

Ich zuckte mit den Schultern. »Draußen.«

»Was ist passiert? Hast du Liam nicht gefunden, als du rausgegangen bist?«

»Ich habe ihn gefunden und er hat mir gesagt, dass er mich nicht will.«

Jonnas Mund öffnete sich und sie wartete eine Sekunde ab, bevor sie explodierte. »Blödsinn! Sogar sein beschränkter Vater weiß, dass ihr zusammengehört. Liam ist verliebt in dich und das kann man vom Mond aus sehen.«

Ich wünschte mir von ganzem Herzen, dass sie recht hatte. Aber sie war nicht da gewesen. Jonna hatte nicht die Worte aus Liams Mund gehört. Sie hatte nicht den Hass in seinen Augen gesehen, weil ich seine Grenze überschritten hatte. Wahrscheinlich hatte er recht. Ich wollte ihn ändern, wünschte mir, dass er bei mir blieb und es zwischen uns funktionierte. »Vielleicht empfindet er etwas für mich. Ich bin jedenfalls in ihn verliebt.«

»Was machst du dann noch hier?«

»Was soll ich tun? Soll ich zu ihm gehen und ihn anflehen, uns eine Chance zu geben? Auch wenn er Gefühle für mich hat, sieht er keine Zukunft für uns.« Mittlerweile sah ich sie auch nicht mehr. Aber dieser dumme Teil meines Herzens beharrte darauf, an uns zu glauben. Ich gab zwar nicht zu, lauschte jedoch jedem Geräusch draußen, in der Hoffnung, Liam würde zu mir kommen und sich entschuldigen.

»Vielleicht war es ihm einfach zu viel an einem Abend?«, sagte Jonna.

Es war ihm zu viel gewesen. Das hatte ich ab dem Moment gewusst, in dem ich das Abendessen mit seinen Eltern vorgeschlagen hatte.

Warum hast du diese dumme Idee gehabt?

»Vielleicht hat er Angst, dich zu verlieren, und sagt bescheuerte Sachen? Wer weiß? Ich kann nicht wissen, was in seinem Kopf vorgeht«, fuhr Jonna fort.

»Er ist kein Kind mehr«, sagte ich mit fester Stimme. »Warum sagt er mir einfach nicht, was er empfindet, anstatt mich von sich wegzustoßen?«

Jonna verzog den Mund. »Als du dich auf ihn eingelassen hast, wusstest du, dass er … besonders ist.«

Ja. Es war meine Schuld. Ich wusste, dass ich Liam nicht ändern konnte, und das hatte ich nicht gewollt. Eine Zeit lang waren seine Limitationen und sein einzigartiges Wesen nur Teile von allem, was ich an ihm liebte. Doch sobald er nicht das tat, was ich von ihm erwartete, verkroch ich mich unter meiner Bettdecke.

Ich schaute zu Jonna, deren Mitleid ihr ins Gesicht geschrieben war, und stand auf. Mit schwerem Herzen ging ich auf meinen Schreibtisch zu und zog mein Handy aus meiner Tasche heraus.

»Was machst du?«, wollte meine Schwester wissen.

»Ich hoffe, er ist noch wach. Es gibt eine Menge, worüber ich mit ihm reden und wofür ich mich entschuldigen muss.«

Doch als ich das Display entsperrte, leuchtete mir eine Nachricht entgegen. Von Saxa.

> Vielleicht interessiert es dich zu wissen, dass Liam mich angerufen hat und ich jetzt zu ihm fahre. Frohe Weihnachten.

Schnee knisterte unter meinen Stiefeln, der Wind heulte um mich herum und abgesehen diesem Klang hüllte sich die Stadt in Schweigen. Trotz der Kälte, die sich durch meine Winterjacke schlich, und der Schneeflocken, die auf meine Wangen segelten, war es in meinem Bauch so heiß wie in einem Vulkan. Meine Knie hatten schon beim Verlassen meines Zuhauses gedroht, nachzugeben. Trotzdem hatte ich Jonna angelogen. Ich hatte ihr gesagt, dass Liam mir geschrieben und mich darum gebeten hatte, zu ihm zu kommen. Ich hatte ihr versichert, sie nicht an meiner Seite zu brauchen, obwohl ich nicht sicher war, genügend Kraft zu haben, um das zu tun, was gemacht werden musste. Als ich vor Liams Wohnhaus stehen blieb, war der Kloß in meinem Hals so dick wie ein Tennisball.

Sie hat gelogen.

Sie ist eine Lügnerin.

Aber wenn ich Saxa nicht glaubte, warum war ich hier? Warum schaute ich nach oben und warum brannten meine Augen, als ich Licht in Liams Wohnzimmer brennen sah?

Mit donnerndem Puls ging ich auf die Wohnhaustür zu und mein Blick streifte über den Stein, der dir Tür aufhielt. Sie war hier. Saxa hatte daran gedacht, mir die Tür aufzulassen, damit ich beide zusammen sah. Die Erinnerungen daran, wie Saxa mich zu sich gelassen hatte, um sie mit Fenris zu sehen, strömten in meinen Kopf. Ich roch noch immer die feuchte Luft ihrer dampfenden Dusche, hörte ihr Gelächter und spürte mein gebrochenes Herz. Liam war aber nicht wie Fenris. Er war nicht mein Ex-Freund. Trotzdem tat ich, was Saxa von mir wollte, schob die Tür des Treppenhauses auf und trat in den windgeschützten Raum. Mein Atem ging gepresst aus meinem Mund, während ich die Treppe hinaufging und auf die Tür seiner Wohnung zusteuerte. Mein Herz ließ einen Schlag aus. Saxas Stiefel standen auf der Fußmatte.

Sie manipuliert dich.

Du lässt dich von ihr manipulieren.

Meine Hand zitterte, während ich sie ausstreckte und klingelte. Egal, wie sehr ich ihn mit meinem Verhalten verletzt hatte. Er wusste, was Saxa mir angetan hatte. Das konnte er mir nicht antun.

»Eira«, sagte Liam und behielt seine Hand auf dem Türknauf. Seine nachtschwarzen Haare standen in alle Richtungen ab und sein T-Shirt war zerknittert. Als hätte ich ihn aus dem Bett geholt. Es war mitten in der Nacht und es wäre nichts dabei, wenn ich nicht wüsste, dass Saxa bei ihm war. Lag sie mit ihm im Bett? Hatte sie seine Haare zerzaust?

»Können wir reden?«, fragte ich und ignorierte den Fakt, dass ich Frauenschuhe auf seiner Fußmatte gesehen hatte.

Unsicherheit machte sich in seiner Miene breit, doch in der nächsten Sekunde biss er die Zähne so fest aufeinander, dass seine Kiefermuskeln zuckten. »Ich habe Besuch.«

Bitte tu mir das nicht an.

Nicht du.

»Ist Saxa da?« Meine Stimme zitterte und mein Herz kämpfte darum, zu schlagen.

Seine Mundwinkel zuckten nach unten, doch er nickte. »Geh nach Hause. Wir haben nichts zu besprechen.«

Ich fühlte mich, als würde ich mich im Dreck wühlen. Wie oft hatte ich gesagt, dass ich nie wieder zulassen würde, dass jemand mein Herz brach? Wie oft hatte ich mir selbst gesagt, dass ich mich zu sehr liebte, um mit meinen Gefühlen spielen zu lassen? Ich wollte ihn fragen, ob er Saxa noch liebte. Ich wollte wissen, ob er je etwas Ernstes für mich empfunden hatte. Aber meine Augen brannten und der Kloß in meiner Kehle drohte, mich zu ersticken. Also drehte ich mich um und ging.

Kapitel 30

Um mich herum brach Freude aus, buntes Feuerwerk zierte den dunklen Himmel und das Geräusch von Lachen vermischte sich mit dem Knallen. Ich umfasste das kühle Metallgeländer meines Balkons, meine Schulter streifte Angelys und das Klirren von Bierflaschen um uns herum klang fast lauter als das Himmelspektakel.

»Frohes neues Jahr!«, brüllten unsere Kommilitonen aus der Psychologie-Fakultät.

Ich schluckte schwer und bemühte mich, den Drang in Tränen auszubrechen, zu ignorieren. Liam verdiente es nicht. Er verdiente nicht meinen Schmerz, meine Enttäuschung.

»Es war keine gute Idee, oder?« Spielerisch stieß Angely mich in die Seite.

Ich sah sie an, rang mir ein Lächeln ab. Meine beste Freundin hatte alles gegeben, damit ich nicht an ihn dachte. Wir waren auf einem Wintermarkt gewesen, der immer noch nach Heiligabend offen war, und hatten uns mit Glühwein volllaufen lassen. Sie hatte mich mit zu ihren Freunden genommen und versucht, mich mit einem Kerl aus Dänemark zu verkuppeln. Mich plagte bereits ein schlechtes Gewissen, weil nichts gewirkt hatte. Vielleicht hätte ich wie geplant bis zum neuen Jahr in Rolig Elv bleiben und mich von meiner Familie trösten lassen sollen. Jedoch wollte ich nicht Gefahr laufen, Saxa und Liam Händchen haltend zu sehen. Allein die Vorstellung brachte mich beinahe um. »Doch.« Nickend legte ich meine

Hand auf ihre. »Allein zu bleiben und in Selbstmitleid zu baden, bringt mich nicht weiter. Wenn du dann nur meinetwegen auf eine Silvesterparty verzichtet hättest, würde ich mich für immer hassen.«

»Ich kann weiterziehen und alle mitnehmen. Die meisten sind so stockbetrunken, dass es ihnen egal sein wird, bei minus vier Grad durch die Gegend zu laufen.«

Ich schüttelte den Kopf. »Wir beide wohnen hier. Das ist nicht nur mein Zuhause und ich habe der Party zugestimmt. Lass sie alle feiern und mach du dir auch keine Gedanken um mich.«

»Das kann ich nicht, wenn ich weiß, was dir diese Bitch angetan hat.«

»Saxa war nicht daran schuld. Wir sind schon längst keine Freundinnen mehr und ich kann es mir nicht vorstellen, dass sie Liam dazu gezwungen hat, sie mitten in der Nacht bei sich zu empfangen.«

Es wäre so einfach, ihr die Schuld zu geben. Aber sie war nicht dabei, als er aus dem Haus meiner Eltern rausgegangen war und mir gesagt hatte, wir hätten keine Zukunft. Ich hatte ihm die Macht gegeben, mich zu verletzen.

»Auch wenn du nicht meine Freundin wärst, würde ich nie etwas mit einem vergebenen Mann anfangen.«

»Das ist das Ding.« Ich verzog die Lippen und in meiner Brust fühlte es sich unheimlich leer an. »Wir waren nie ein Paar.«

Angely öffnete den Mund, doch ich legte eine Hand kurz auf ihre Schulter und schlüpfte durch die Balkontür in das Wohnzimmer. Ich musste ihr nicht sagen, dass ich allein sein wollte und es nichts mehr zu sagen gab. Wir verstanden uns auch ohne Worte.

Mein Blick streifte über ein Pärchen, das heftig knutschend auf der Couch saß. Als sich die junge Frau hochschwang und sich rittlings auf den Schoß des Mannes setzte, eilte ich seufzend in mein Zimmer. Auch wenn ich die Tür geschlossen hatte, drang das Stimmengewirr mit der leisen Musik dumpf durch den Türspalt. Ich ließ mich auf mein Bett fallen, zog meine Knie an die Brust heran und schaute durch die Fensterscheibe zu den Feuerwerkskörpern, die vereinzelt am dunklen Nachthimmel platzten. Als ein Feuerwerk in die Luft schoss, das in tausend grüne Sterne explodierte, war es so, als würde mein Herz mit einem Schraubstock zerquetscht werden. Erinnerungen daran, wie ich neben Liam im Bett lag und die Nordlichter betrachtete, brachen wie eine Welle über mich herein. Ich spürte, wie seine Finger über meine strichen, seinen Atem auf meiner Haut, seinen Blick auf mir. Ich roch seinen herben Duft, schmeckte seinen letzten Kuss und sehnte mich nach ihm wie noch nie in meinem Leben. Meine Augen brannten und mir fiel das Atmen schwer. Wie hatte ich zulassen können, dass Liam so eine Bedeutung für mich gewonnen hatte, wenn ich wusste, dass wir keine Zukunft hatten?

Abrupt stand ich auf, zog mein Handy aus dem Ladegerät und entsperrte das Display. Darauf leuchteten zwanzig verpasste Anrufe. Alle von Jonna. Ich rief meine Schwester an und sie hob schon beim ersten Rufsignal ab.

»Geht es dir gut?«, fragte sie und klang so, als wäre sie gerannt, um rechtzeitig ans Telefon zu gehen.

Ich schüttelte den Kopf. »Es war eine dumme Idee, schon vor Silvester nach Hamburg zurückzufliegen. Ich wäre viel lieber bei euch.«

»Ich bin in London.«

Für einen Moment hielt ich die Luft an und bereute es, nicht mit ihr geredet zu haben, bevor ich zurückgeflogen war. Aber nach unserem Gespräch an Heiligabend war es mir peinlich gewesen, zuzugeben, dass ich mich wieder in den falschen Mann verliebt hatte. Jetzt noch steckten die Worte wie ein Stein in meiner Kehle und mir fehlte der Mut, ihr zu erzählen, was passiert war. »Ich dachte, du bleibst, bis dein Urlaub zu Ende ist.«

»Jap.« Sie lachte, klang aber verzweifelt. »Der hat zu frühzeitig geendet.«

»O nein.« Es kam nicht selten vor, dass Jonna ihre freie Zeit unterbrechen musste, um die Arbeit in der Kanzlei zu erledigen, die keiner bewältigen wollte. Sie war daran gewohnt, ihren Job zu priorisieren, und war sich sicher, dass sich ihr Engagement irgendwann auszahlen würde. Ich hätte an ihrer Stelle schon längst gekündigt. Aber das hatte ich ihr auch gesagt.

»So schlimm ist es nicht. Die Kanzlei ist komplett leer und ich muss nicht so tun, als wäre es okay, mich aus Norwegen zu holen.« Sie seufzte, etwas raschelte im Hintergrund und Stille breitete sich zwischen uns aus.

»Geht es allen gut?«, fragte ich leise.

»Wieso weißt du es nicht?«

Vielleicht weil ich zu feige war, um nebenbei zu erfahren, was nach meiner Abreise passiert war? »Ich will nicht, dass sie mich über Liam ausfragen.«

»Warum nicht?« Jonna holte hörbar Luft auf diese Art, wie sie es immer tat, bevor sie mit den Augen rollte. »Klar. Anja ist eine Nervensäge und hat keine Ahnung von Privatsphäre. Aber das hat dich nie gestört.«

»Du weißt also nicht, was passiert ist.«

»Was meinst du genau?«

Keine Ahnung, ob ich schon bereit war, um darüber zu sprechen. Aber früher oder später würden meine Schwestern miteinander reden und ich würde Jonna gegenüber eingestehen müssen, dass ich am Tag nach Weihnachten nicht ganz ehrlich zu ihr gewesen war. »Ich bin nicht vor Silvester zurück nach Hamburg geflogen, um für meine Klausuren im Januar zu lernen. Ich wollte Liam nicht mit Saxa zusammen sehen.«

Sie schwieg ein paar Sekunden. »Warum solltest du beide zusammen sehen?«

Weil mein Albtraum wahr geworden ist.

Weil er noch Gefühle für sie hat.

»Nachdem wir an Weihnachten miteinander geredet hatten, bin ich zu ihm gegangen und Saxa war in seiner Wohnung«, setzte ich an und holte stockend Luft. »Wahrscheinlich sind sie jetzt ein Paar und zeigen der ganzen Stadt, dass sie füreinander bestimmt sind.«

Sie atmete hörbar ein und stotterte etwas Unverständliches. Jonna stotterte nie!

»Was hast du gesagt?«, fragte ich.

»Ich habe gesagt, dass es nicht stimmen kann.«

»Warum nicht?«

Je mehr ich über die beiden nachdachte, desto sicherer war ich, dass Saxa viel besser zu Liam passte. Sie war wunderschön und hatte sich entschieden, in der Stadt zu bleiben, obwohl sie mit dem Geld ihrer Familie bestimmt die ganze Welt bereisen konnte. Sie verlangte nichts von ihm, was er nicht geben konnte, und würde ihn niemals dazu zwingen, mit seinen Eltern zu reden.

»Nachdem du weg warst, habe ich Liam gesucht, um mich bei ihm zu entschuldigen«, murmelte Jonna so leise, dass ich mich anstrengen musste, sie zu verstehen. »Er war sehr durcheinander und wollte unbedingt mit dir sprechen. Da ich auch seit Tagen erfolglos versucht habe, dich zu erreichen, habe ich gedacht, dass dein Telefon kaputt ist.«

Mein Herz hörte für eine Sekunde auf zu schlagen, obwohl ich wusste, dass es nichts zu bedeuten hatte. »Er schickt mich an Weihnachten nach Hause, weil er lieber mit Saxa zusammen sein will und jetzt will er mit mir reden?«

»Es …« Sie seufzte. »Es tut mir leid, Eira.«

»Was tut dir leid?«

»Ich habe ihm deine Adresse in Hamburg gegeben.«

Kälte breitete sich in meinem Magen aus. Doch ich wusste nicht genau, wovor ich Angst hatte. »Warum wollte er meine Adresse haben?«

»Er war ziemlich fertig und ich konnte nicht wissen, dass er dir so was angetan hat.« Jonnas Stimme klang entschuldigend.

Ich verdrängte all das Flattern in meinem Bauch. Vielleicht war er fertig, weil Saxa nichts mehr von ihm wollte. Wahrscheinlich hatte ich etwas bei ihm vergessen und er wollte es mir per Post schicken. Es spielte jedenfalls keine Rolle. »Wenn du Angst davor hast, dass Liam zu mir kommt, kannst du dich beruhigen. Er würde niemals die Stadt verlassen.«

»Ich glaube nicht, dass er etwas mit Saxa hat«, sagte sie in einem vorsichtigen Ton.

»Warum nicht?«

»Weil ich sie mit Fenris gesehen habe.«

Was war verdammt noch mal passiert, nachdem ich weggeflogen war? Ich seufzte. Ich wusste, was ich gesehen hatte. Liam hatte mich verletzt und auf die schlimmste Weise gezeigt, dass er nichts von mir wollte. Was danach passiert war, sollte mich nicht mehr interessieren. Trotzdem kreiste eine Frage in meinem Kopf. »Sind Saxa und Fenris zusammen?«

»Sie haben sich ziemlich heftig geküsst und es sah so aus, als würde sie der ganzen Welt zeigen, dass sie etwas miteinander haben.«

Ich hatte keine Ahnung, was passiert war. Aber einer Sache war ich mir sicher. »Beide verdienen einander. Zweifellos.«

Kapitel 31

Ich versenkte meine Gummistiefel im halb geschmolzenen Schnee, hüpfte über matschige Pfützen und erreichte die Verkehrsampel am Straßenrand. Autos fegten über die feuchte Straße, der Verkehrslärm erhob sich wie eine trampelnde Horde und der Gestank von Abgasen drang in meine Nase. Ein Fahrradfahrer raste dicht an die Bordsteinkante und traf die Wasserlache voller Wucht, sodass schlammiges Wasser im hohen Bogen auf mich flog und auf meinen weißen Mantel spritzte.

»Das hat heute noch gefehlt!« Ich wischte mir über den Stoff und verschmierte ihn noch mehr, bis die Fußgängerampel grün zeigte und ich von einem Typen angerempelt wurde.

Wut brodelte in meiner Brust und ich umschloss die Riemen meines Rucksacks fester, rannte über die Straße und erreichte mein Wohngebäude. Vor dem Wohnhaus türmten sich Berge von Glasflaschen, Raketenstäbe, Feuerwerksbatterien und Überreste von langen Wunderkerzen. Ich nahm mir vor, nach einem heißen Tee und einem langen warmen Bad, wieder herunterzukommen und den Silvestermüll aufzusammeln. Aber das Vorhaben hatte ich bereits seit zwei Tagen, weshalb ich gedanklich auf das Bad und den Tee verzichtete. Ich wollte nur meinen Rucksack auf die Couch werfen, den Mantel gegen ein gemütliches Oberteil wechseln und … Mein Herz sackte tiefer und ich blieb im Treppenhaus stehen. Vor meiner Wohnungstür auf dem Boden saß Liam. Er hatte die Knie an die Brust gezogen und lehnte seine Stirn darauf.

»Was machst du hier?«, fragte ich so leise, dass ich befürchtete, er hätte mich nicht gehört.

Liam riss aber den Kopf hoch und erhob sich unbeholfen. »Ich ... Jonna hat mir deine Adresse gegeben.«

Eine tiefe Falte hatte sich in seine Wange gegraben und ich fragte mich, wer ihm die Treppenhaustür geöffnet hatte und wie lange er bereits dasaß.

»Das war nicht meine Frage.« Ich verschränkte die Arme vor der Brust und hob das Kinn. »Was machst du hier?«

Sein Blick schweifte um sich herum, als würde Liam nach etwas suchen, woran er sich festhalten konnte. »Ich wollte mich für mein Benehmen entschuldigen.«

Ein Teil meines Herzens schmerzte es, ihn so zu sehen. Dunkle Schatten hatten sich um seine Augen gegraben und die Verzweiflung in seiner Miene konnte von Norwegen aus gesehen werden. Ich konnte mir nicht vorstellen, wie viel Mut und Kraft es ihn gekostet haben musste, nach Hamburg zu fliegen. Die Stadt war laut, ich wohnte im Herzen Hamburgs und nicht einmal richtiger Schnee lag herum, um die Geräuschkulissen zu dämpfen. Ich stellte mir vor, wie sein Puls in die Höhe geschossen sein musste, als er im überfüllten Flughafen angekommen war. Vielleicht hatte er einen Bus nehmen müssen, in dem er nicht sitzen konnte, so voll war er gewesen. Keine Seltenheit und so anders als Rolig Elv. Aber Liam hatte auf meinen Gefühlen herumgetrampelt und Mitleid war das Letzte, was ich für ihn empfinden wollte. »Was meinst du genau? Willst du dich entschuldigen, weil du mir die Schuld für all deine Probleme gegeben hast?«

Er rieb sich den Hinterkopf, wobei ihm seine verwuschelten Haare über die Augen fielen. »Ich habe mich wie ein Arschloch benommen.«

»Zweimal an einem Abend«, ergänzte ich mit fester Stimme.

»Das mit Saxa ...«

Allein ihren Namen aus seinem Mund zu hören, ließ Übelkeit in mir aufsteigen und ich schüttelte den Kopf. »Es interessiert mich nicht, wie oft ihr miteinander geschlafen habt.«

Er setzte einen Fuß vor den anderen, als würde er näher kommen wollen. Doch er blieb stehen. »Wir haben nur geredet.«

»Klar.«

Auch wenn das die Wahrheit war, hatte er mich verletzt. Saxa wusste ganz genau, wie sie mich treffen konnte, und er hatte ihr die Mittel dazu geliefert.

»Ich habe gedacht, dass du mich für immer hassen würdest, sobald du wüsstest, dass sie bei mir war. Aber ich habe nicht damit gerechnet, dass du bei mir auftauchen würdest. Ich wollte dich nicht verletzen.«

»Du wolltest, dass ich dich hasse. Aber du wolltest mich nicht verletzen.« Ich lachte sarkastisch. »Hörst du selbst, wie dumm das klingt?«

Liam schloss die Augen, rieb sich den Punkt zwischen seinen Augenbrauen und sah mich wieder an. »Mein Vater hat mich so wütend gemacht. Ich –«

»Es ist so einfach, anderen Menschen die Schuld für unsere eigenen Fehler zu geben!« Meine Stimme klang so wütend, dass ich mich selbst nicht wiedererkannte.

Genau das hatten Fenris und Saxa jahrelang mit mir gemacht. Sie hatten mich erniedrigt, angelogen und seelisch zerstört. Trotzdem waren immer die anderen, die Gegebenheit oder ihre Eltern schuld an allem gewesen. Ich hatte mich beschuldigen lassen, hatte ernsthaft geglaubt, dass ich es verdient hätte, von ihnen so betrogen zu werden. Aber damit war schon längst Schluss. Liam hatte Schwierigkeiten und ganz viele Baustellen, an denen er arbeiten musste. Doch ich war nicht für seine Entscheidungen verantwortlich. Er hätte erwachsen handeln und mit mir reden sollen, anstatt Saxa zu sich zu holen.

»Du hast recht. Ich war dumm. Einfach dumm«, stimmte er mir zu.

»Wenn du das weißt, warum verschwendest du dein Geld, um nach Hamburg zu fliegen?«

»Ich musste dich sehen.« Zögerlich trat er doch näher.

Sein Duft nach Sandelholz und Schnee strich mir um die Nase und Sehnsucht pochte tief in meiner Seele. Ich gestand mir selbst ein, dass ich von ihm gehalten und von seiner Wärme umhüllt werden wollte. Mein Körper forderte seine Nähe, meine Lippen kribbelten vor Verlangen, seine zu küssen. Aber nur, weil ich ihn vermisste, durfte ich nicht vergessen, was er mir angetan hatte. »Du bist gekommen, um dich zu entschuldigen?«

»Auch.« Er ging einen weiteren Schritt auf mich zu, sodass nur wenige Zentimeter uns trennten.

»Dein Job ist erledigt.« Meine Unterlippe zitterte und meine Knie fühlten sich bereits butterweich an. »Du darfst wieder ins Flugzeug steigen und zurück zu Saxa fliegen.«

»Sie bedeutet mir nichts.« Seine Hand zuckte, als würde er mich berühren wollen. Doch er steckte sie in seine Jackentasche. »An dem Abend haben wir nur miteinander geredet. Ich schwöre es dir.«

»Es ist mir egal«, murmelte ich. Meine Wut war verraucht, meine Kräfte hatten mich verlassen. Ich wollte nicht mehr kämpfen.

»Eira …« Er legte den Kopf schief und seine Züge wurden so weich, dass ich sein Gesicht nur in die Hände nehmen wollte.

Ich trat einen Schritt zurück. »Du hast gesagt, dass ich dich verändern möchte. Du hast mir vorgeworfen, dass ich aus egoistischen Gründen deine Eltern mit dir versöhnen wollte, und daran habe ich selbst geglaubt. Aber ich wollte dich nie verändern. Ich habe dich immer so gemocht, wie du bist, und nur das Beste für dich gewollt. Und was tust du? Du lädst Saxa zu dir ein und tust mir weh.«

Ich hatte ihn nicht nur gemocht.

Ich liebte ihn.

Immer noch.

»Es tut mir leid«, sagte er und sein Adamsapfel hüpfte auf und ab.

Ich schüttelte den Kopf, verdrängte die Tränen, die in meinen Augen brannten. »Fliege zurück und lass mich in Ruhe.«

»Das kann ich nicht.«

»Warum nicht?«

Er befeuchtete die Lippen, zog seine Hände aus den Jackentaschen und ballte sie zu Fäusten. »Weil ich dich liebe.«

Mein Herz setzte einen Schlag aus. »Was?«

Liam trat näher, hob seine Hand und strich mit dem Daumen federleicht über meine Wange. »Ich liebe es, deine Sommersprossen zu zählen, während du in meinen Armen einschläfst. Ich liebe es, deine Stimme zu hören, wenn du gerade aufgewacht bist. Ich liebe dein Lachen, deine hilfsbereite Art, die Farben, die aus deinem Herzen strömen und diese graue Welt bunter machen.«

Seine Berührung hinterließ eine wohltuende Wärme auf meiner Haut und ich gierte nach mehr. Trotzdem zog ich seine Hand herunter. »Das ist nicht fair.«

»Was?« Schmerz schwang in seiner Stimme mit.

»Du kannst mich nicht zutiefst verletzen und sagen, dass du mich liebst.«

»Es tut mir leid.« Er senkte den Blick, trat aber nicht zurück.

»Es tut dir leid, dass du mich liebst?«

»Nein.« Er sah mich erneut an. »Es tut mir leid, dass ich die Zeit nicht zurückdrehen und alles richtig machen kann.«

Die Angst, mich in seinen bernsteinfarbenen Augen zu verlieren, schnürte mir die Kehle zu.

»Ich kann dir nicht vertrauen.« Ich ging um ihn herum, zog den Wohnungsschlüssel aus meiner Tasche und steckte ihn in das Schloss. »Ich habe mir selbst versprochen, dass ich nie wieder zulassen würde, dass mich jemand so verletzt, wie du es getan hast.

Wenn du denkst, dass ich von heute auf morgen alles vergesse, nur weil ich dich so sehr vermisse, dass es wehtut, hast du deine Zeit vergeudet.«

»Vermisst du mich?« Seine Stimme klang dunkler und eine Gänsehaut überzog mich.

»Geh wieder.« Langsam schloss ich die Tür auf, blieb aber mit der Hand auf der Türklinke stehen.

»Ich warte, bis du bereit bist, mir zu vergeben.« Seine Gegenwart baute sich hinter meinem Rücken auf. »Und wenn es so weit ist, hoffe ich, dass du mir eine neue Chance geben kannst.«

Meine Hände zitterten und ich fühlte mich so verdammt schwach. Ich war eine Kriegerin, eine Walküre und kein Opfer. Doch meine Gefühle für ihn zerrissen mich innerlich. Liam liebte mich. Wie oft hatte ich mir vorgestellt, er würde mir das sagen? Ich brauchte Abstand. Dafür musste ich nur in Hamburg bleiben. »Ich weiß nicht, wann ich wieder nach Rolig Elv fliege.«

»Ich auch nicht.«

»Was?« Langsam ließ ich die Tür los und drehte mich um.

Liams Mundwinkel bog sich leicht nach oben, doch seine Miene war nach wie vor schmerzerfüllt. »Ich will dich nicht zu einer Entscheidung drängen. Aber wenn du mir eine Chance geben willst, bin ich hier.«

»Ich gebe dir keine zweite Chance.«

Sein Blick glitt kurz über meine Lippen. »Du hast gesagt, dass du mich vermisst. Das ist viel mehr, als ich mir je erträumt habe.«

Gib nicht nach.

»Mach was du willst.« Rasch öffnete ich die Tür und schloss sie hinter mir. Meine Beine gaben in derselben Sekunde nach und ich lehnte meinen Rücken gegen das Holz.

Liam hatte mein Vertrauen verloren und auch wenn er es bereute, musste er mir beweisen, dass er mich wieder verdiente. Aber ich kannte ihn. Hier in Hamburg würde er nicht lange zurechtkommen und schon bald zurückfliegen. Ein Teil von mir wünschte sich, dass ich falschlag. Ein anderer Teil war sich sicher, dass ich ihn nie wiedersehen würde.

Kapitel 32

Ich lag falsch und je länger ich Liam ansah, desto heftiger kribbelte es in meinem Bauch.

»Seit wann sitzt er schon da?«, fragte Angely und lehnte ihr Kinn auf meine rechte Schulter.

Ich schob die Gardine zwischen meine Finger, rückte sie ein Stück zur Seite und schaute zu der Parkbank auf der anderen Straßenseite. Liam saß darauf, sah auf sein iPad und zeichnete etwas darauf. Es war schon der dritte Tag, seitdem wir uns wieder begegnet waren, den er hierherkam und sich auf die Bank setzte. Meine Nachbarin hatte mich darauf angesprochen und die Polizei rufen wollen, weil es schon verdächtig war, dass Liam immer wieder hoch zu meinem Fenster sah. Ich hatte gemeint, dass er ein Ex-Freund wäre, der harmlos war und den ich ignorieren wollte. Sie hatte vorgeschlagen, ihn beim Vorbeigehen mit Brotkrümeln zu bewerfen. Die Tauben würden den Rest erledigen. Ich lehnte dankend ab, obwohl mir der schräge Vorschlag ein Lächeln auf das Gesicht zauberte.

»Keine Ahnung«, erwiderte ich und schob mir ein Stück dunkle Schokolade in den Mund. Liam an jeden Tag zu sehen, fühlte sich an, als wäre ich ständig kurz davor, meine Tage zu bekommen. Ich war bedürftig, weinte oft und sollte von ihm Abstand halten, um meine Vorhaben nicht zu vergessen.

Er hat dich verletzt.

Er wird es wieder tun, wenn du es zulässt.

»Es ist kalt«, sagte Angely und zog mir das letzte Schokostück aus den Fingern.

»Erzähl mir etwas Neues.« Kurz vor Silvester hatte es ungewöhnlich viel geschneit, worauf ich mich gefreut hatte. Aber jetzt war ich für den milden Hamburger Winter dankbar. Heute war nicht einmal Schneematsch zu sehen. Trotzdem sanken die Temperatur manchmal bis zu neun Grad minus und ich konnte mir vorstellen, dass sich die Parkbank so früh am Morgen verdammt kalt anfühlte. Liam sollte irgendwohin gehen, wo es warm war, bevor er sich erkältete oder noch schlimmer.

»Wann bist du so herzlos geworden?«, fragte sie kauend.

»Vielleicht habe ich kein Herz mehr, weil es zu oft gebrochen wurde.«

»So bist du nicht, Eira.« Jetzt klang Angely so ernst, dass ich die Gardine losließ und sie ansah.

»Es spielt keine Rolle. Ich wette mit dir, dass er schon morgen zurückfliegt.«

Sie zuckte mit den Schultern. »Schade, dass du dich hier in der Wohnung nicht verstecken kannst, bis er weg ist.«

In den letzten drei Tagen war es sehr einfach gewesen, ihm aus dem Weg zu gehen. Angely hatte für uns eingekauft, Liam hatte sie jedes Mal nur mit einer kurzen Handbewegung begrüßt und war nicht von der Bank aufgestanden. Seine klobigen Kopfhörer bedeckten seine Ohren von morgens bis abends und er hob nur gelegentlich den Kopf, um zu meinem Zimmerfenster zu schauen. Ich hatte den ganzen Tag Serien geschaut oder Bücher gelesen. Mein Stapel ungelesener Bücher wurde auf zwei Bänder reduziert, ich hatte in meiner Enzyklopädie über die nordischen Götter dreimal geblättert und es gab keine weitere Serie auf meiner Watchlist. Aber heute fingen die Vorlesungen wieder an und nicht einmal Odin konnte mich davor retten, Liam weiterhin aus dem Weg zu gehen.

»Du hast vor der Tür geparkt, oder? Ich kann schnell in dein Auto steigen und du fährst mit quietschenden Reifen davon.«

Angely lachte, schnappte sich meine Bettdecke und wickelte sie sich um ihren Körper. »Die einzige Vorlesung, die ich heute hätte, fällt aus.«

»Nein!« Stöhnend ließ ich mich auf mein Bett fallen. »Du kannst mich doch nicht im Stich lassen.«

»Heute bin ich eine Königin und das Wohnzimmer ist mein Königreich. Ich habe mir Popcorn, Schoki und ganz viel Marshmallows besorgt. Pünktlich dazu ist die zweite Staffel meiner Regency-Serie verfügbar.«

Ich dagegen hatte eine Reihe langweiliger Vorlesungen und Seminare, von denen ich heute erst beim Einbruch der Dunkelheit befreit werden würde. »Dein Plan klingt so verlockend, dass ich überlege zu schwänzen.«

Angely zog die Augenbrauen hoch und ließ die Bettdecke fallen. Bevor ich ein weiteres Wort sagen konnte, stapfte sie zu meinem Rucksack und stopfte meine Federtasche, mein Handy und meine Brieftasche hinein, um mir meinen Rucksack gewaltsam in die Hände zu drücken.

»Aua«, protestierte ich.

»Du hast keine Ahnung, wie lange Liam in der Stadt bleibt. Dein Studium in den Sand zu setzen, um ihm aus dem Weg zu gehen, ist doch keine Lösung!« Sie wedelte theatralisch mit den Händen, was mich an die Heldinnen ihrer Seifenoper erinnerte.

»Du willst nur deine Ruhe vor mir haben«, erwiderte ich mürrisch, ging auf den Flur zu und zog meine Schuhe an.

»Nichts für ungut, Schatz.« Angely schnappte sich ihren Fresskorb aus der Küche und brachte ihn ins Wohnzimmer. »Ich kann dich nicht mehr über Liam sprechen hören.«

Das konnte ich verstehen. Auch ich selbst war es leid, an ihn zu denken, ihn zu wollen und nicht haben zu dürfen. Angely schaltete den Fernseher an und während der Vorspann ihrer Serie lief, ging ich aus der Wohnung und zog die Tür hinter mir zu. Nervosität brodelte in meinem Magen, kämpfte sich ihren Weg in meiner Speiseröhre hoch. Ich würde Liam ignorieren, meinen Weg gehen und alles würde wieder gut werden. Aber wenn er mir folgte? Was würde ich tun, wenn er noch monatelang vor meinem Wohngebäude kampieren würde? Die Fragen kreisten in meinem Kopf, verstummten jedoch, als ich auf den Bürgersteig trat. Die Bank war leer. Liam saß nicht mehr darauf und in der Nähe war er auch nicht. Vielleicht hatte er es satt, auf mich zu warten. Wahrscheinlich hatte er gemerkt, dass ich es nicht wert war, so lang in der Kälte zu sitzen. Es sollte mich beruhigen, dass er so dachte. Stattdessen wollte ich mehr als je zuvor wieder in mein Bett krabbeln und weinen.

***

Nach der letzten Vorlesung fühlte sich mein Kopf an, als würde Nebel mein Gehirn umweben. Mit knurrendem Magen, da ich keinen einzigen Bissen runterbekommen hatte, schleppte ich mich nach Hause. Erst vor der Parkbank gegenüber meines Wohngebäudes blieb ich stehen. Liam war nicht da. Am folgenden Tag tauchte er ebenfalls nicht auf. Mein Magen fühlte sich mit jeder vergangenen Minute schwerer an und am dritten Tag, an dem ich ihn nicht gesehen hatte, begann ich mir Sorgen zu machen. Wenn er krank geworden war? So oft, wie er auf dieser verfluchten Bank gesessen hatte, war es nicht unwahrscheinlich, dass er sich erkältet hatte. Er war allein in einer Stadt, die er nicht kannte, und keiner aus seiner Familie war hier. Nicht, dass seine Eltern eine große Hilfe wären. Aber was würde Erik tun? Was würde er über mich denken, wenn er wüsste, dass ich seinen Enkel allein ließ? War es nicht genau das, wovor er Angst gehabt hatte?

Ich warf meinen Rucksack auf den Boden, zog mein Handy aus meiner Jeans und setzte mich auf mein Bett. Ein paar Minuten lang starrte ich nur das Display an, bis mich das gewaltige Knurren meines Magens aus meiner Trance herauszog. Ich zog meine Knie an meine Brust an und wählte Liams Nummer.

»Hey«, sagte er ruhig.

Ich kaute ein paar Sekunden auf meiner Unterlippe herum. Er klang nicht krank, doch es wäre unhöflich, einfach aufzulegen.

»Hallo? Eira, bist du das?«, fragte er.

»Ja, ich bin es.« Ich klemmte mir eine Locke hinters Ohr. »Störe ich?«

»Niemals.« Etwas raschelte im Hintergrund. »Ich freue mich, dass du angerufen hast.«

»Bist du zurück nach Hause geflogen?«

»Nein.« Er sprach nicht weiter, als würde dieses eine Wort alles erklären.

Ein Potpourri von Gefühlen ballte sich in meiner Brust. Ich hasste mich, weil ich ihn angerufen hatte. Ich hasste ihn, weil er verschwunden war. Ich vermisste ihn so sehr, dass ich kaum noch atmen konnte. »Okay. Dann dir ein schönes Leben noch.«

»Warte!«

»Was?!« Ich klang wie das letzte Biest. »Was willst du von mir?«

»Warum hast du angerufen?«

Ich schwieg, nahm das Bändchen meines Hoodies und kaute darauf herum. »Du hast dich an jedem Tag auf die Parkbank gesetzt. Auf einmal warst du nicht mehr da. Ich wollte nur nicht schuld daran sein, wenn du krank bist und allein stirbst.«

»Das wäre echt keine schöne Weise zu sterben.« In seiner Stimme schwang Belustigung mit.

Wut und Sehnsucht vermischten sich zu einem gewaltigen Sturm in meiner Brust. »Wenn es dir gut genug geht, um Witze darüber zu machen, müssen wir nicht weiter miteinander reden.«

»Bitte, leg nicht auf«, beeilte er sich zu sagen.

»Warum nicht?«

»Weil ich deine Stimme so unglaublich vermisst habe.«

Ich deine auch.

»Warum warst du auf einmal weg?«, fragte ich und kaute erneut auf meinem Bändchen herum.

Er lachte und das Geräusch kitzelte um mein Herz. Ich wollte verdammt sein, ihn so zu wollen, obwohl er mich verletzt hatte.

»Deine Nachbarin ist zu mir gekommen, hat mich mit Brotkrümeln beworfen und gedroht, die Polizei zu rufen, wenn ich nicht verschwinde.«

»Sie hat was?«

»Ich bin froh, dass sie zumindest auf Englisch gesprochen hat, sonst würde ich im Gefängnis voller Brotkrümel im Schritt sitzen.«

»O mein Gott!« Ich legte die Hand auf den Mund. Paula war eine Irre, aber ich hatte nicht wirklich damit gerechnet, dass sie es tun würde. »Es tut mir leid.«

»Kein Ding«, sagte er mit einem Lächeln in der Stimme. »Wenn ich dadurch von dir angerufen werde, hat sich das alles gelohnt.«

In meinem Bauch flatterte es heftig und ich war hin- und hergerissen, ob ich auflegen oder weiterreden sollte. »Flieg nach Hause, Liam.«

»Warum?«

Weil ich Angst habe, schwach zu werden.

Weil ich keine weitere Sekunde von dir getrennt werden will.

Weil ich dir nicht vergeben darf.

»Ich muss auflegen«, sagte ich stattdessen.

»Geh mit mir aus.«

Ich schluckte schwer. Es gab nichts auf der Welt, was ich von ihm mehr wollte als das. Doch kein weiteres Wort ging mir über die Lippen.

»Wir können morgen früh zusammen frühstücken. Als Freunde.«

Wir waren keine Freunde und würden auch keine werden. Aber

allein die Vorstellung, mit ihm an der Alster zu sitzen und Franzbrötchen zu essen, erwärmte mein Herz.

»Heute Abend bin ich auf einer Studentenparty. Morgen früh werde ich zu müde sein, um aus der Wohnung zu gehen.«

Liam ließ einen Moment verstreichen. »Gehst du allein auf die Party?«

Hörte ich da Eifersucht heraus? Ich hätte nie gedacht, dass Liam eifersüchtig war. »Nein.«

»Okay.«

»Angely kommt mit.«

»Ach so.« Jetzt klang er erleichtert und der Klang versetzte die Schmetterlinge in meinem Bauch in Aufruhr.

»Jetzt muss ich wirklich auflegen. Mein Magen knurrt.« Es war keine Lüge, obwohl mein Hunger jetzt keine Rolle spielte. Ich wollte mich nur nicht von der Sehnsucht beherrschen lassen und ihm etwas sagen, was ich bereute.

»Warte.«

»Ja?«

»Wo ist die Party?«

Ich dachte einen Herzschlag lang nach. »An der Uni. Im Wi-Wi-Bunker.«

»Im was?«

Ich grinste. »In der Fakultät Wirtschaftswissenschaften.«

»Okay.«

»Bis dann, Liam.«

»Bis dann.«

Ich legte auf. Auch wenn mein Herz glauben wollte, dass Liam dort auftauchen würde, wusste ich, dass es unmöglich war. Ich wusste, was Partys und Orte voller Leute für ihn bedeuteten. Vielleicht wollte er nur wissen, wo ich hingehen wollte, und ich hoffte, dass er am nächsten Tag wieder auf der Bank sitzen würde. Egal, wie verrückt es klang.

Kapitel 33

Jennifer Lopez klang aus den Boxen und Angely strahlte übers ganze Gesicht. Sie bewegte sich wie eine Latina-Göttin, warf die Hände in die Luft und brüllte *On the Floor,* als würde ihr Leben davon abhängen. Ich grinste, blieb aber auf der durchgesessenen Couch sitzen und schüttelte den Kopf, damit sie endlich aufhörte, mich zu sich zu winken. Auch wenn ich in dem Kunstnebel und in der Dunkelheit kaum auffallen würde, war Tanzen nicht gerade eine meiner Stärken. Eigentlich wollte ich nicht einmal hier sein und warmes Bier aus Plastikbechern trinken. Aber das war die Ausrede, die ich Liam auf die Schnelle hatte sagen können, um seine Einladung zum Frühstücken abzulehnen. Jetzt dachte ich nur daran, wie albern sie war und wie sehr ich hoffte, dass er hier auftauchen würde.

»Bier?«, schrie ein Typ mit einer Brille aus Leuchtstäbchen und ließ sich mit zwei Bechern in den Händen neben mich fallen.

Die Flüssigkeit schwappte über, tropfte auf mein Oberteil und der Geruch von Alkohol stieg mir in die Nase. Die schwüle Hitze brannte mir auf der Haut und ich stand abrupt auf.

»Ist alles in Ordnung?« Angely tauchte wie aus dem Nichts neben mir auf und rieb mit einem Dutzend Servietten an meiner Bluse.

»Schon okay«, sagte ich und nahm ihr die Servietten ab.

Ihr Blick wanderte zu dem Kerl, der auf der Couch saß und noch immer beide Plastikbecher in den Händen hielt. »Pass doch auf, verdammter Idiot!«

Er grinste dümmlich, als hätte meine beste Freundin einen Witz erzählt. Ich massierte mir die Stirn, ließ den Blick ein letztes Mal über die Tanzfläche schweifen und sah nichts außer Umrisse, auf die sich Laserstrahlen legten. Wenn Liam hier auftauchen würde, was ich nicht mehr glaubte, würden wir uns wahrscheinlich nicht einmal sehen.

»Ich fahre nach Hause«, sagte ich an Angelys Ohr.

Sie schüttelte den Kopf. »Nur wegen des Blödmannes? Lass uns etwas Kaltes trinken und ein bisschen tanzen.«

»Ich bin müde und habe keine Lust zu trinken.« Vielleicht hatte ich zu schnell angefangen, mir schon in der Wohnung Tequila-Shots reinzuwürgen, in der Hoffnung, nicht an Liam zu denken. Irgendwann war mir nur schlecht gewesen, weshalb ich eine fette Pizza gegessen hatte und wie durch Zauberei nüchtern geworden war. Als wir endlich losgefahren waren, hatte ich nur zu Hause bleiben, meine Füße in dicke Wollsocken stecken und ein gutes Buch lesen wollen. Doch ich sah viel zu gut in meiner roten Bluse aus und eine penetrante Stimme in meinem Kopf versuchte, mir weiszumachen, dass Liam auf der Party auftauchen würde. Nun, die Stimme hatte unrecht und meine tolle Bluse war ruiniert.

»Okay. Gib mir eine Minute, damit ich mich von der Truppe verabschieden kann.« Angely nickte zu ein paar Latinas, von denen die eine besser aussah als die andere. Sie waren wie Instagram-Fitness-Models, deren Bilder man ausdruckte und an den Kühlschrank klebte, um bei einer Diät motiviert zu bleiben.

»Das kommt nicht infrage. Du bleibst hier. Ich kann allein nach Hause fahren.«

Abermals schüttelte sie den Kopf. »Ich lasse dich nicht allein nachts durch die Gegend laufen.«

»Ich nehme ein Taxi. Außerdem bin ich oft allein nach Hause, bevor wir uns kennengelernt haben.«

Sie verzog die roten Lippen, ihr Blick huschte ein paarmal zwischen ihren Freundinnen und mir hin und her. »Okay. Aber du schreibst mir, sobald du angekommen bist.«

»Ja, Mama.« Ich presste ihr einen Kuss auf die Wange und schob mich durch die Menge bis zum Ausgang.

An der Garderobe war keine Schlange, weshalb ich rasch meine Jacke holte und aus dem Gebäude ging. Die frische Luft strich über meine Wangen und ich fuhr mit den Fingern durch meine Locken. Die Musik klang nur dumpf, die Nacht roch nach Zigaretten und Glühwein und eine kleine Menschentraube unterhielt sich am Eingang.

»Hey.«

Liams Stimme durchlief meinen Körper wie ein warmer Schauer und ich drehte mich um. In seinem schwarzen Mantel, mit dem Dreitagebart und seinem verwuschelten Haar sah er einfach anbetungswürdig aus.

»Was machst du hier?«, fragte ich und kreuzte die Arme vor der Brust, um dem Drang zu widerstehen, ihn an mich heranzuziehen.

»Du hast ...«

Ein Mann raste zwischen uns, rempelte Liam an und entschuldigte sich in Anschluss. Er lachte, lallte und wedelte mit den Händen. Liam schluckte schwer und schob die Hände in die Jackentaschen. Unbehagen war in sein Gesicht geschrieben und ich fragte mich, wie viel Kraft es ihn gekostet hatte, hierherzukommen.

»Ich wollte dich sehen«, sagte Liam und senkte für ein paar Sekunden den Kopf.

»Du weißt, wo ich wohne. Wenn du mich sehen willst, musst du nur bis morgen warten und dich auf die Parkbank setzen.«

»Ich wollte nicht bis morgen warten.«

»Warum nicht?«

Er befeuchtete die Lippen und kam näher, sodass ich die Hand nur heben musste, um über seine Wange zu streichen.

»Du hast mir gesagt, dass du mich vermisst. Ich wollte nicht die

Möglichkeit verpassen, dich zu sehen, solange du noch so empfindest.« Sein Blick schweifte um ihn herum, als würde Feuer sich um ihn herum ausbreiten und als könnte er sich nicht bewegen. »Ich habe versucht, hineinzugehen, um dich zu suchen. Aber nach ein paar Sekunden hatte ich das Gefühl, mein Kopf würde in Flammen aufgehen.«

»Trotzdem hast du hier auf mich gewartet?«

»Du bist es wert.«

Es brach mir das Herz zu sehen, wie viel Kraft es ihn kostete, hier zu sein. »Möchtest du mit zu mir nach Hause fahren?«

Seine bernsteinfarbenen Augen glühten wie flüssiges Gold. »Nichts lieber als das.«

***

An meinem ganzen Körper kribbelte es und ich war mir überhaupt nicht sicher, ob ich die richtige Entscheidung getroffen hatte. Trotzdem zog ich Jacke, Schal und Schuhe aus und ging ins Wohnzimmer. Ich schaute nicht über die Schulter, wusste, dass Liam mir leise wie eine Katze folgte. Wir hatten uns den ganzen Weg zu mir nach Hause angeschwiegen. Es war aber nicht auf diese unbehagliche Weise, bei der ich den Drang verspürte, etwas sagen zu müssen, um die Stille zu brechen. Bei ihm konnte ich schweigen, die Welt um mich herum beobachten und kein schlechtes Gewissen haben. Anstatt zu sprechen, hatte ich zugesehen, wie er zehn Minuten lang in der U-Bahn an einem losen Faden seines Pullovers zog. Im Waggon streifte sein Blick rasch über die Jugendlichen, die zu viel getrunken hatten und lauthals Schlagersongs brüllten. Es war fast so, als würde Liam auf einer Feuerstelle sitzen, und erst als wir ausgestiegen und durch die leeren Straßen gegangen waren, war er in der Lage, ruhig aufzuatmen. Ich wollte ihn die ganze Zeit umarmen und sagen, dass ich für ihn da war. Es hätte aber kein Unterschied gemacht, denn seine Herausforderungen hatten nichts mit mir zu tun. Gleichzeitig war er nur meinetwegen hier.

»Tee?«, fragte ich und sah ihn endlich an.

Liam wickelte seinen Schal ab, stopfte ihn in den Ärmel seines Mantels und hängte beides an meiner Garderobe auf. »Gerne.«

Ich schaltete den Wasserkocher an, trommelte mit den Fingern auf der Arbeitsplatte und versuchte, mir vorzustellen, es wäre irgendein Freund allein mit mir in meiner Wohnung und nicht Liam. Liam, der mein Herz gebrochen hatte. Liam, der mir gesagt hatte, er liebte mich. Liam, der meinetwegen in einer fremden, vollen, lauten Stadt geblieben war, obwohl das alles für ihn die Hölle bedeutete. »Wo bist du untergekommen?«, fragte ich, ohne ihn anzusehen, und holte zwei Tassen aus dem Hochschrank.

»Ich habe ein Zimmer im Studentenwohnheim auf dem Unigelände gemietet. Der Typ, der dort wohnt, ist für zwei Monate ins Ausland geflogen.«

Liam wohnte zurzeit im Studentenwohnheim. Ein Ort voller fremder Leute, wo er ein Badezimmer und eine kleine Küche pro Etage mit mehreren Studenten teilen musste. Das war sogar für mich ein Albtraum.

»Warum dort?« Mit einem Piep schaltete sich der Wasserkocher aus. Ich goss heißes Wasser in die Becher und tauchte die Rooibos-Beutel in die dampfende Flüssigkeit.

Liam wartete, dass ich die Tassen auf den Tisch stellte, um mir gegenüber Platz zu nehmen. »Ich wollte nicht wie ein Stalker rüberkommen. Aber ich wollte dich so oft wie möglich sehen. Das Einzige, was mir blieb, war, in deiner Nähe zu wohnen.«

»Oder vor meinem Wohngebäude Tag für Tag auszuharren.« Belustigung klang schwach in meiner Stimme.

Liam blieb ernst. »Wenn es dich stört, gehe ich dir aus dem Weg. Aber ich fliege nicht zurück nach Rolig Elv.«

Ich schluckte schwer und umfasste die heiße Tasse mit beiden

Händen, bis ich kurz davor war, mich zu verbrennen. Dann ließ ich sie los und pustete in den Tee. »Was ist an Weihnachten passiert? Warum hast du Saxa zu dir gerufen?«

Er ließ seine Fingerspitzen an seiner Tasse tanzen und betrachtete den Tee für einen kurzen Moment, bevor er mich ansah. »Ich habe mir Mühe gegeben, mich bei deiner Familie wohlzufühlen.«

Schlechtes Gewissen machte sich in meiner Brust bemerkbar. Aber ich durfte dieses Gefühl nicht zulassen. Es war nicht meine Schuld gewesen, dass sich sein Vater mit meiner Schwester gestritten hatte. Alles, was mir Liam an dem Abend vorgeworfen hatte, war ungerecht gewesen und ich würde nicht zulassen, dass er oder jemand anderes mich vom Gegenteil überzeugte. »Ich wollte dich nicht dazu zwingen. Das Einzige –«

»Das hast du nicht getan«, fiel er mir sanft ins Wort und sah mich wieder an. Eine Mischung aus Reue und Angst breitete sich in seinen whiskeybraunen Augen aus. »Ich wollte ein Teil deines Lebens sein. Zum ersten Mal, seit ich denken kann, wollte ich dazugehören und nicht mehr so tun, als wäre mir alles egal.«

»Ich habe mir nur gewünscht, dass du glücklich bist.«

»Das weiß ich.« Er atmete tief ein. »Ich weiß auch, dass ich meine Eltern nicht als Ausrede nutzen darf, um mich wie ein Arschloch zu verhalten.«

Liam war nicht wie Fenris. Jetzt sah ich es deutlicher denn je. Zweifellos hatte er Fehler gemacht. Aber ich würde ebenfalls einen gewaltigen Fehler machen, wenn ich meine Gefühle für ihn aus Angst, er würde sich wie mein Ex-Freund benehmen, unterdrückte. »Du hast dich aber bescheuert benommen.«

»Und es tut mir unendlich leid.« Er betonte jedes Wort, als würde es ihn noch immer schmerzen.

»Warum hast du Saxa zu dir gerufen?«, wiederholte ich meine Frage und sah ihm diesmal tief in die Augen.

»Ich habe nicht viele Freunde«, setzte er vorsichtig an und sein

Adamsapfel hüpfte auf und ab. »Mein Mitbewohner ist nicht zurückgekommen und ich war so aufgebracht wegen des Streits mit meinem Vater und dir, dass ich kaum Luft bekam. Ich habe schon oft solche Episoden gehabt, aber es war das erste Mal, dass ich kaum atmen konnte und ganz allein war. Ich habe einfach Angst bekommen und Saxa hat solche Phasen mit dir durchgestanden.«

Ein scharfer Schmerz durchzog mich bei dem Gedanken daran, dass er ihr noch so vertraute. Ich stellte mir vor, wie sie in seine Wohnung reingekommen war und sofort wusste, wie sie ihn beruhigen konnte. Ich beneidete Saxa, weil sie ihn besser, länger kannte als ich. »Warum hast du mich nicht angerufen?«

»Ich war gemein zu dir und hatte nicht das Recht, dich um Hilfe zu bitten.« Er senkte den Blick, sodass ihm die Haare über die Augen fielen.

Ich kämpfte gegen die unbeantworteten Fragen in meinem Kopf, gierte danach, mehr für ihn zu sein als nur eine Freundin. Zögerlich streckte ich meine Hand über den Tisch aus und strich federleicht über seinen Handrücken. »Du weißt, dass ich mich selbst wegen Fenris aufgegeben habe.«

Er zuckte kaum merklich, schob aber seine Finger zwischen meine. »Ich bin nicht wie er.«

»Du hast dich genauso verhalten.«

»Ich …« Sein Blick strich über unsere ineinander verschränkten Hände und er presste die Lippen fest aufeinander. »Es tut mir leid.«

»Du kennst mich gut genug, um zu wissen, dass ich über unseren Streit gestanden hätte, wenn es dir so schlecht ging. Ich wollte für dich da sein.«

»Ich hatte Angst«, murmelte er und senkte wieder den Blick auf seinen Tee.

»Wovor?«

»Ich wollte nicht, dass du mich so schwach siehst.«

Vielleicht war ich ein bisschen egoistisch. Wir hatten so lange nicht wirklich etwas miteinander zu tun gehabt. Egal, woran das gelegen hatte, wir waren nie Freunde gewesen. Mit einem Mal waren wir viel mehr als das und unsere Beziehung verdammt intensiv. Ich konnte nicht verlangen, dass sein erster Impuls war, mich zu suchen, wenn es ihm schlecht ging. Vor allem nicht, wenn wir uns gerade gestritten hatten. Sein Entschluss hatte mich verletzt und das würde ich nicht verheimlichen. Aber ich verstand ihn jetzt. »Saxa kennt eine Seite von dir, die ich nicht kenne, und das macht mich ... eifersüchtig.«

Sein Mundwinkel zuckte kaum merklich. Doch als er mir in die Augen sah, war er ernst. »Das, was ich für dich empfinde, habe ich noch nie für jemand anderen empfunden. Auch nicht für sie.«

Wärme umfasste mein Herz und ich stand auf, ging um den Tisch herum und setzte mich seitlings auf seinen Schoß. Liams Augen weiteten sich. In der nächsten Sekunde legte er jedoch die Arme um mich, seine Stirn lehnte er gegen meine Brust und atmete tief durch. »Habt ihr wirklich nichts gehabt?«

»Nichts.« Er zog mich fester an sich heran.

»Bist du dir sicher?«

Liam legte den Kopf in den Nacken, um mich anzusehen. »Nachdem ich mich beruhigt hatte und du dort aufgetaucht warst, hat sie versucht, mich zu küssen. Aber ich habe klargestellt, dass ich ihre Freundschaft schätze. Mehr nicht.«

Das erklärte den hollywoodfilmreifen Kuss zwischen ihr und Fenris. Wie ich Saxa kannte, wollte sie bei der Geschichte nicht als Verliererin ausgehen und zeigte allen, dass sie ebenfalls nicht an Liam interessiert war. Ob ihr Liebesleben alle Einwohner der Stadt interessierte, war eine andere Frage.

»Und du liebst mich?«, fragte ich sanft und umfasste sein Gesicht mit beiden Händen.

Er schenkte mir dieses schiefe Lächeln, das ich so sehr vermisst hatte. »Ich liebe dich.«

»Gut.« Trotz des heftigen Flatterns in meinem Bauch und der Wärme, die sich um mein Herz schürte, sprach ich das Wort aus, als hätten wir gerade eine Abmachung getroffen. Irgendwie gab es diesen unsicheren Teil in mir, der Angst davor hatte, das alles wäre nur ein Traum. Aber ich wurde mit jedem Tag besser. Jedes Mal, wenn ich befürchtete, Liam wieder zu vertrauen, musste ich mich daran erinnern, dass er seine Ängste bekämpft hatte, um bei mir zu sein. Ab heute würde ich genau das Gleiche tun.

»Wirklich?«

Ich nickte, vergrub meine Finger in seinen Haaren. »Dann sind wir wieder zusammen. Diesmal ernsthaft.«

»Was heißt das?«

»Es bedeutet, dass ich dich auch liebe und du mich suchst, wenn du jemanden zum Reden brauchst. Egal, ob wir uns gestritten haben oder nicht. Ich möchte dein sicherer Hafen sein und dass keine Lüge mehr zwischen uns steht.«

Seine Augen glänzten. »Sag es noch einmal.«

»Dass du mich suchen sollst?«

»Den Teil davor.«

Ich biss mir kurz auf die Unterlippe. »Ich liebe dich, Liam.«

»Genau das.« Er schob seine Hand an meinen Hinterkopf und küsste mich.

Seine Lippen fühlten sich an, wie nach Hause zu kommen und nach einem viel zu langen Kampf endlich Frieden zu haben. Daran könnte ich mich gewöhnen.

Kapitel 34

»Ihr seid also wieder zusammen.« Angely schob sich eine Weintraube in den Mund und winkelte ihr Bein auf der Couch an.

»Das haben wir entschieden.«

»Warum hat er nicht hier geschlafen?«

Eigentlich hatte keiner von uns geschlafen. Die Erinnerungen daran, wie Liam und ich uns bis zum Sonnenaufgang geküsst hatten, kribbelten noch auf meiner Haut. Ich hätte den ganzen Tag in seinen Armen verbracht, würde zu gerne alles wissen, was er mir noch nicht erzählt hatte. Aber Angely war gegen drei Uhr nachts in die Wohnung gekommen und Liam hatte die Gelegenheit genutzt, um zu gehen. »Wir wollen es langsam angehen.«

»Okay.« Angely stopfte sich eine weitere Weintraube in den Mund und seufzte.

Ich verdrehte die Augen »Sag schon.«

»Was?«

»Ich kenne diesen Blick.«

»Bleibt er in Hamburg?«, fragte sie in einem beiläufigen Ton. »Ich meine, Liam ist überstürzt hierhergekommen. Denkst du, dass er seine Wohnung schon aufgegeben und all seine Sachen hier hat?«

Die Fragen waren mir schon durch den Kopf gegangen. Aber ich hatte ehrlich gesagt alle Gedanken verdrängt, die mein Glück mit ihm jetzt zerstören könnten. Dumm nur, dass Angely plötzlich Stimme der Wahrheit spielen wollte und ich ab jetzt an nichts anderes denken würde. Ich hatte keine Ahnung, wie viel Geld er dabeihatte, ob seine Aufträge reichten, um sich hier in Hamburg eine richtige Wohnung zu leisten. Was, wenn er vorschlagen würde, dass wir zusammenwohnten? Aus finanzieller Sicht würde es Sinn machen. Aber ich wollte weder unter Druck so eine wichtige Entscheidung treffen noch wollte ich Angely zumuten, mit einem Pärchen zusammenzuwohnen. Ich an ihrer Stelle würde mich wie das fünfte Rad am Wagen fühlen und das konnte ich nicht zulassen. »Wir haben noch nicht darüber gesprochen.«

Sie presste die Lippen fest aufeinander. »Habt ihr euch entschieden, wie es weitergeht?«

Nein. Wir hatten rumgemacht und ich hatte nur in seinem Duft ertrinken wollen. Für entscheidende Fragen und ernste Themen hatten wir gestern Abend keine Zeit gehabt. »Wie meinst du das?«

»Hast du ihn gefragt, ob er überhaupt hierbleiben will?«

Das war eine Frage, die wie ein Messer tief in meine Brust bohrte. Liam war zu mir gekommen und meinte, dass er meinetwegen bleiben würde, aber wollte er das wirklich? »Nein. Aber ich denke –«

»Ne«, schnitt sie mir das Wort ab und schüttelte den Kopf. »Denke nicht für ihn, sondern redet miteinander. Das Gefühl, frisch verliebt zu sein, ist wunderbar, aber ihr seid erwachsen und müsst besprechen, wie es weitergehen soll.«

Wann war meine beste Freundin so vernünftig geworden? Natürlich musste das ausgerechnet passieren, wenn ich die Welt um mich herum vergessen und meine Zeit mit Liam genießen wollte. Als ich den Mund öffnete, um ihr zuzustimmen, klingelte es an der Tür. Angelys Augenbrauen zuckten nach oben und sie hievte sich von der Couch. Ich schaute nicht hin, weil ich vermutete, dass nur eine Person uns um neun Uhr morgens besuchen würde.

»Na, wir haben gerade über dich gesprochen«, sagte sie auf Englisch.

»Hey, Angely.«

Allein seine raue Stimme zu hören, verursachte mir eine wohlige Gänsehaut. Ich biss mir auf die Unterlippe, um mein albernes Lächeln zu verbergen, und schaute über die Schulter zum Flur.

»Frohes neues Jahr!«, sagte Liam, der seine leichte Wintermontur auszog und in der Garderobe ablegte.

»Dir auch«, erwiderte Angely und zog ihre Jacke an.

»Wo gehst du hin?«, fragte ich, ohne von der Couch aufzustehen.

Sie zog ihre Mütze über die Locken und warf Liam einen kurzen Seitenblick zu. »Geh rein. Ihr habt eine Menge zu bereden und ich will Schlittschuh laufen.«

Ich glaubte nicht, dass sie um die Zeit wirklich Lust auf Bewegung hatte. Vor allem nicht, wenn wir beide weniger als fünf Stunden geschlafen hatten. Doch ich war dankbar dafür, dass Angely uns allein ließ. Sie hatte recht. Es brachte mir nichts, meine Ängste in der Besenkammer meines Bewusstseins zu verstecken.

Erst nachdem sie die Wohnung verlassen und die Tür hinter sich zugezogen hatte, kam Liam auf mich zu. »Was meint sie?«

»Sie hat mich gefragt ...« Ich wartete darauf, dass er sich neben mich setzte. Sein Duft, vermischt mit dem des feinen Regens, strich mir um die Nase und mein Blick glitt über seine geröteten Lippen. Hitze schlängelte sich durch meinen Körper und ich wollte nichts anderes, als da weiterzumachen, wo wir letztes Mal aufgehört hatten. Ich seufzte. »Sie hat mich gefragt, ob ich weiß, wie es zwischen uns weitergeht.«

Liams Mundwinkel bogen sich nach oben und er legte seinen Arm auf die Rücklehne der Couch. »Hast du dir darüber Gedanken gemacht? Nicht, dass wir viel Zeit dafür hatten, seitdem ich nach Hause gegangen bin.«

Ich wollte nicht fragen, warum er so schnell zurückgekommen war. Stattdessen hoffte ich nur, dass er mich genauso vermisst hatte wie ich ihn. »Du bist derjenige, der mir das sagen muss.«

»Ich bin hier.« Seine Stimme klang samtweich und er strich mir eine Locke hinters Ohr. »Und mache das, was du willst.«

Kopfschüttelnd rutschte ich näher, sodass mein Knie seins berührte. »Ich habe gesehen, wie du dich auf der Uni und auf dem Weg zu mir nach Hause benommen hast. Auch wenn ich will, dass du bleibst, ist Hamburg nicht der richtige Ort für dich.«

Es tat so verdammt weh auszusprechen, dass es Liam weit weg von mir besser gehen würde. Aber das bedeutete es zu lieben. Ihn zu lieben, bedeutete, für ihn dazu sein und auch loszulassen, wenn es so sein musste.

Er runzelte die Stirn und ließ seine Hand von der Couchlehne heruntergleiten. »Willst du, dass ich wieder gehe?«

»Nein.« Ich kletterte auf seinen Schoß, nahm sein Gesicht in die Hände und küsste ihn. Liams Lippen fühlten sich so weich an und er schmeckte nach Zahnpasta. »Ich will dich jeden Tag küssen.«

Er lächelte und zog mich fester in seine Arme.

Ich verbarg mein Gesicht an seinem Hals, atmete tief seinen Duft ein und wollte nur in seiner Wärme ertrinken. Bei ihm zu sein, fühlte sich so perfekt an, dass ich meine eigene Vernunft hasste. Ich wollte nicht das Richtige tun, erwachsen sein. Das Einzige, was ich mir wünschte, war, Liam bei mir zu haben. »Aber hast du deine Wohnung aufgegeben? Hast du vor, dir hier in Hamburg einen Job zu suchen?«

»Ich bin Grafikdesigner und kann von überall in der Welt arbeiten. Die Wohnung …« Er strich über meine Locken und schenkte mir ein herzzerreißendes, verträumtes Lächeln. »Gib mir ein paar Wochen und ich finde einen Untermieter.«

Lieber Odin!

Ich hasste mich, weil ich genau wusste, was Liam gerade tat. Er verleugnete die Wahrheit, versuchte, nicht an morgen zu denken. Aber das konnte ich nicht zulassen. »Du wirst hier nicht glücklich«, erwiderte ich in einem sanften Ton und ein Kloß steckte bereits in meiner Kehle fest.

Liam ließ seine Fingerspitze über meine Wange gleiten und sah mir tief in die Augen. »Ich werde ohne *dich* nicht glücklich.«

Wieso musste er so wunderbar sein? Wieso mussten wir uns trennen?

»Ich liebe dich«, hauchte ich.

Er küsste mich so hart, dass meine Lippen schmerzten. Ich schmeckte das Verlangen, das leise in mir pochte.

»Ich werde nicht müde, es zu hören. Aber warum sagst du das jetzt?«, wisperte er an meinem Mund.

Weil ich dumm bin.

Weil mir dein Glück wichtig ist.

»Eigentlich kann ich mir keine Fernbeziehung vorstellen und der Gedanken, dass Saxa in deiner Nähe sein würde und ich nicht, hat mich fast umgebracht.« Meine Worte überraschten mich selbst. Trotz allem, was passiert war, spürte ich, wie sich diese Eifersucht in meiner Seele wand.

»Aber?«

»Ich vertraue dir und will, dass es funktioniert.« Mein Herz zitterte bei diesen Worten. Nach allem, was ich mit Fenris und Saxa durchgemacht hatte, war jemandem zu vertrauen beinahe unmöglich. Ich wusste jetzt schon, dass es schlaflose Nächte geben würde, in denen ich mich fragte, ob Liam nicht schwach geworden war und seine Ex zu sich eingeladen hatte. Doch ich wollte, dass es zwischen uns funktionierte, und Liam hatte mir bewiesen, dass er den Kampf gegen meine eigenen Ängste wert war.

»Du willst eine Fernbeziehung?«, fragte er, als würde er die Idee zum ersten Mal in Erwägung ziehen.

Ich atmete tief durch und ignorierte, wie eng es sich in meiner Brust anfühlte. »Wir skypen an jedem Tag und immer wenn ich kann, fliege ich nach Hause. Aber damit es zwischen uns funktioniert, soll keiner von uns das aufgeben, was uns unabhängig voneinander glücklich macht. Ich soll mein Studium nicht abbrechen und du sollst nicht nur meinetwegen hierherziehen.«

Er öffnete den Mund, schloss ihn wieder und hauchte einen Kuss auf meine Stirn. »Sagst du immer das Richtige?«

»Das ist nicht leicht für mich.«

»Auch nicht für mich.« Er küsste meine Schläfe, meine Nasenspitze, meine Wange, mein Kinn. »Aber du hast recht.«

Diese Worte aus seinem Mund zu hören, brachen mir das Herz und trieben mir Tränen in meine Augen. Tränen, die ich jetzt nicht zulassen wollte. »Wann fliegst du zurück?«

»Können wir später darüber reden?«

Ja. Ich wollte nicht darüber reden oder daran denken. »Worüber willst du jetzt reden?«

»Über gar nichts.« Liam schob seine Hand an meinen Hinterkopf und zog meine Lippen auf seine. Seine Zunge strich zart über meine und die Leidenschaft, mit der er mich küsste, brachte mich zum Zittern. Als er den Kuss unterbrach, stand ich auf.

»Komm mit mir in mein Zimmer.« Ich streckte ihm die Hand entgegen.

»Willst du schlafen?«

Ich grinste. »Später. Vorher möchte ich etwas anderes mit dir anstellen.«

»Ich dachte, wir wollten es langsam angehen.«

»Wer hat gesagt, dass es schnell vorbei sein wird?«

Liam stand auf, griff nach meiner Hand und ich hoffte, dass er sie nie wieder loslassen würde.

Epilog

Zwei Jahre später.

Liam hielt meine Hand so fest, dass er beinahe meine Finger zerquetschte. Doch ich lächelte und brachte es nicht übers Herz, ihm zu sagen, dass er mich loslassen musste. Stattdessen konzentrierte ich mich auf den Duft nach frisch gekochtem Essen und auf meine Mutter, die zwei Teller voller Süßkartoffelpommes und Würstchen auf den Tisch stellte. Papa schaltete das Radio an, aus dem sich Ariana Grandes *Santa Tell Me* schlich, und knöpfte seine Strickjacke zu. Sein Bauch hatte seit letztem Weihnachten ein paar Zentimeter Umfang dazugewonnen und seine Wangen passten sich dem Rot seines Outfits an.

»Atme, Liam«, sagte Jonna grantig und setzte sich zu uns auf die Couch. In ihren Händen hielt sie eine grüne Blechdose, in der sich die Weihnachtsplätzchen auftürmten, die wir heute Nachmittag gebacken hatten.

Liam holte stockend Luft, schaute zu unseren ineinander verschränkten Händen und ließ mich los. »Habe ich sie zu fest gehalten?«

Ich schüttelte den Kopf. »Schon okay. Du bist halt nervös.«

»Ich bin nicht ... Ich ...« Er schluckte schwer.

Mittlerweile konnte ich mir ganz genau vorstellen, was in ihm brodelte, wenn etwas Wichtiges bevorstand. Es war fast so, als spürte ich das, was er empfand. Trotzdem war es nicht leicht für mich, damit umzugehen. In meinem Psychologiestudium wurde das Thema Hochsensibilität viel zu wenig thematisiert. Dabei war es so wichtig. Ich hatte also viel selbst recherchiert, über die Schwierigkeiten gelesen, mit denen Liam jeden Tag zu kämpfen hatte, und versuchte, Rücksicht auf ihn zu nehmen, ohne meine eigenen Gefühle außer Acht zu lassen. Das alles in einer Fernbeziehung verpackt, raubte mir manchmal die Kräfte. Wir hatten Streite erlebt, in denen Liam einfach geschwiegen und ich ein schlechtes Gewissen gehabt hatte. Es gab Wochen, die wir nicht miteinander telefoniert hatten, denn die Sehnsucht nacheinander war so überwältigend, dass Liam das Gefühl nicht verarbeiten konnte. Doch es gab wundervolle Momente, wie am Valentinstag, als er unangemeldet zu mir gekommen war, nur um den Tag mit mir zu verbringen. Ich wusste, wie sehr Hamburg ihn verrückt machte. Vor allem, wenn wir mit der U-Bahn voll mit lauten Erwachsenen und schreienden Kinder fuhren, sah er danach aus, als wäre er einen Marathon gelaufen, und musste vierundzwanzig Stunden wegen der Erschöpfung schlafen. Darum hatte ich ihm gesagt, dass er mich nicht besuchen sollte. Trotzdem war er bei jedem wichtigen Datum zu mir gekommen. Ich war öfter nach Rolig Elv geflogen. Immer wenn mein Stundenplan es mir erlaubt hatte.

»Es wird alles gut gehen«, wisperte ich und presste meine Stirn gegen seine Schulter.

Liam küsste mein Haar und legte seine Arme um mich.

»Ist die verliebte Phase nach zwei Jahren nicht vorbei?«, fragte Anja und warf sich auf den Sessel. Sie trug einen Pullover, auf den unzählige Schimpansen mit Weihnachtsmützen gestempelt waren. »Ihr beide seid ekelhaft zusammen.«

»Wirst du jetzt grün vor Neid?«, fragte Jonna.

»Wenn jemand grün werden muss, dann du. Immerhin bist du der Grinch.«

Ich presste die Lippen aufeinander, um mein Grinsen zu verbergen. Das Gefühl, die richtige Entscheidung getroffen zu haben, verstärkte sich mit jeder Sekunde in meiner Brust. Ich war nach Hause gekommen. Diesmal ohne Datum, um wieder auszureisen. Nachdem ich im Sommer ein Praktikum in Oslo absolviert hatte, hatte ich mich entschieden, meinen Master durch ein Fernstudium zu absolvieren. Parallel dazu würde ich in Dr. Olssons Praxis arbeiten und ein bisschen über Familientherapien lernen. Ich hatte Zeit, um zu entscheiden, ob ich den Karriereweg einschlagen wollte.

»Könnt ihr bitte aufhören, so zu quatschen? Ihr macht Liam nervös«, sagte meine Mama auf dem Weg zur Küche.

»Ich bin nicht …« Er schwieg.

Ich konnte mir vorstellen, dass er entweder sagen wollte, dass Anja und Jonna ihn schon längst nicht mehr aus der Ruhe brächten, oder seine Nervosität verneinen wollte. Beides waren Lügen, denn Liam hatte sich zwar an meine Schwestern gewöhnt, doch in ihrer Gegenwart zu bleiben, kostete ihn noch immer eine Menge Kraft. Wegen seiner Anspannung kaufte ihm keiner ab, dass er … Es klingelte.

»Sie sind da«, trällerte Papa und steuerte auf die Tür zu.

Ich schaute zu Liam, auf dessen Schultern ein ganzer Elch zu lasten schien. Behutsam strich ich über seinen Handrücken und er dehnte den Nacken, als wäre er für den Kampf seines Lebens bereit.

Stimmen klangen dumpf aus dem Eingang und nach ein paar Minuten standen der Bürgermeister und seine Frau im Wohnzimmer. Ich warf Liam einen kurzen Seitenblick zu, stand aber schnell auf und ging auf seine Mutter zu.

»Schön, dass Sie hier sind«, sagte ich und bot ihr meine Hand.

»Frohe Weihnachten.« Lilly Pettersen wedelte lächelnd mit der Hand und zog mich in eine Umarmung. »Danke für die Einladung, Eira.«

Die Sekunden in ihren Armen fühlten sich komisch an. Doch sie roch zumindest nach teurem Parfüm und schien das Beste von diesem Abend zu erwarten. Ich ließ sie los und zuckte mit der Hand in Richtung des Bürgermeisters. »Frohe Weihnachten.«

Er schüttelte kurz meine Hand und rang sich ein Lächeln ab, was total gruselig aussah. Immerhin hatte er es versucht.

»Frohe Weihnachten, Mama.« Liam kam auf uns zu und sah seinen Vater an. »Dir auch, Papa.«

Die Musik verstummte, Stille breitete sich zwischen uns aus und die Spannung konnte man beinahe mit Händen greifen.

»Du siehst gut aus«, sagte Bürgermeister Pettersen.

Liam nickte, woraufhin seine Mutter ihn in eine Umarmung zog. Ihn hielt sie jedoch länger fest und presste ihm im Anschluss einen Kuss auf die Stirn. Abgesehen davon gab es keine weiteren Zärtlichkeiten zwischen den Pettersens und es war okay so. Liam hatte zwei Jahre lang nicht wirklich mit seinen Eltern geredet und ich hatte mich nicht eingemischt. Es hatte mir die Welt bedeutet, als er mich von sich aus gebeten hatte, seine Eltern an Heiligabend einzuladen.

»Das Essen ist serviert!«, sagte Mama in einem feierlichen Ton und breitete ihre Arme am Kopfende des Tisches aus.

Liam verschränkte seine Finger wieder mit meinen und gemeinsam gingen wir zu unseren Plätzen. Während des ganzen Dinners spürte ich seine Anspannung durch seine Berührungen, hielt selbst die Luft an, als meine Schwester irgendwelche Themen anschnitt, und beobachtete, wie sein Mundwinkel zuckte, jedes Mal, wenn seine Mutter das Cover des Bestsellerbuchs lobte, das Liam designt hatte. Sein Vater blieb wortkarg, was mich überhaupt nicht störte. Eigentlich war ich verdammt dankbar, dass er keinen Streit begann oder gemeine Bemerkungen über Liams Beruf machte. Vielleicht hatte er endlich verstanden, dass nicht alle Menschen auf der Welt nach seiner Nase tanzten. Geschlagen gab er sich jedoch nicht. Als würde er mit einem Stein in seinem Schuh leben und trotzdem lächeln müssen. Mir war nur wichtig, wie sich Liam fühlte, und da er sogar lächelte, als sich seine Eltern wieder von uns verabschiedet hatten, verbuchte ich den Abend als erfolgreich.

»Habt ihr Lust auf ein Brettspiel oder musst du es ihr jetzt schon zeigen?«, fragte Anja an Liam gerichtet und ließ sich auf die Couch fallen.

Ich runzelte die Stirn. »Schon zeigen? Was?«

Jonna warf meiner jüngeren Schwester ein Kissen ins Gesicht, zog ihre Kapuze über den Kopf und verdrehte so heftig die Augen, dass ich dachte, sie würden ihr aus den Höhlen fallen. »Kannst du nicht deine Fresse halten?«

Seufzend rieb sich Liam die Stirn. »Ich denke, jetzt muss ich es auch tun.«

»Kann mir bitte jemand sagen, was hier los ist?«, fragte ich in einem viel zu hohen Ton.

Papa kam auf mich zu, nahm meine Hand und zog mich hoch. »Geh schon. Es wird dir gefallen.«

Neugierde brodelte in meinem Bauch und ich ließ den Blick über meine ganze Familie gleiten, die alle eingeweiht zu sein schienen. »Liam!«, protestierte ich.

Er ignorierte mich, zog mich einfach in den Flur und half mir beim Anziehen meiner Winterjacke, als wäre ich eine Fünfjährige. Mama drückte mir eine Keksdose in die Hand und einen Kuss auf die Wange, bevor sie kichernd ins Wohnzimmer zurückging und sich in Papas Arm kuschelte.

»Kannst du mir bitte sagen, was alle schon wissen und ich nicht?«

Liam hörte nicht auf mich, zog sich selbst an und öffnete die Tür. Feine Schneeflocken wirbelten in den Eingang und Eiseskälte strich über meine Haut. Ich schmeckte die Kälte und die frische Luft strömte in meine Lunge. Mit einem schiefen Lächeln auf den Lippen führte mich Liam durch die schneebepuderten Straßen von Rolig Elv, bis ich meine Zehen nicht mehr spürte und meine Atemwege brannten. Erst am Stadtrand blieben wir vor einem Wohngebäude stehen.

»Liam«, flehte ich ihn mit bebenden Lippen an.

»Gleich.« Unbeholfen zog er einen Schlüsselbund aus seiner Manteltasche, ließ diesen beinahe in den Schnee fallen und öffnete doch die Treppenhaustür.

Wärme umgab meine steif gefrorenen Glieder und der Geruch von Putzmittel und nasser Erde stieg mir in die Nase. Ich gab auf zu fragen, was gerade passierte, folgte Liam bis zum dritten Stockwerk und wartete ab, dass er die Tür einer Wohnung öffnete.

»Du zuerst«, sagte er und machte eine Handbewegung, um mir zu bedeuten, dass ich reingehen sollte. Sein Lächeln zitterte.

Nachdem ich ihm einen kurzen Seitenblick geschickt hatte, ging ich hinein. Ein blumiger Duft machte sich in der Dunkelheit bemerkbar und ich tastete nach dem Lichtschalter. Als ich ihn fand, ergoss sich weiches Licht in den Raum und erhellte jede Ecke. Der Wohnraum war klein, hatte die gleiche Größe wie der meiner Eltern, war aber nicht so voll beladen. An der beigen Wand lehnte eine weiße Couch, die Platz für vier bot. Darüber hinaus zierten braune Kissen und eine flauschige Decke die Polster. Ein hellbrauner Teppich bedeckte die Mitte des Raums und in der Essecke stand ein weiß lackierter Holztisch, der leicht abgenutzt aussah. Doch es waren die Bilder, die auf der Bilderleiste hinter der Couch standen, die mir den Atem verschlugen. Es waren Bilder von mir und Liam. Mein Blick streifte über das Foto, das wir an unserem ersten Jahrestag gemacht hatten. Ich hatte den Arm ausgestreckt, denn ich hielt mein Handy und hielt den Moment fest, an dem wir an der Alster saßen und Sonnenstrahlen das schimmernde Wasser hinter uns berührten. Daneben stand ein Familienfoto vom letzten Weihnachten, auf dem wir alle einen hässlichen Weihnachtspullover trugen. Nur Liam saß auf dem samtgrünen Sofa meiner Eltern, komplett in Schwarz gekleidet. Abgesehen von seinen Socken, auf denen Zuckerstangen prangten. Es gab Bilder von uns am Wunschstand, auf dem Weihnachtsmarkt und in Finnland, wo wir vor ein paar Wochen wieder hingefahren waren. In der Ecke waren daumengroße Bilder von Liams Eltern und Erik lächelte uns von seinem handgroßen Porträt aus an. In meiner Brust vermischte sich Sehnsucht mit einem ganz anderen Gefühl, das ich noch nicht identifizieren konnte. Egal, was es war, es fühlte sich warm und gut an und trieb mir Tränen in die Augen. Ich drehte mich zu Liam um.

»Wer wohnt hier?«

Er senkte den Kopf und rieb sich den Hinterkopf, wobei sich sanfte Röte auf seine Wangen legte. »Wir. Hoffentlich.«

Ich blinzelte und mir war gleichermaßen heiß und kalt. »Was meinst du, Liam?«

Er kam näher, umfasste mein Gesicht und hob mein Kinn an. »Ich weiß, dass es nicht einfach ist, mit mir zu leben. Meine Macken und die Krisen, die ich manchmal habe, bringen mich selbst um den Verstand. Aber wenn es jemanden gibt, mit dem ich zusammenwohnen will, dann bist du es.«

»Liam ...«, wisperte ich und eine Träne löste sich aus meinem Augenwinkel.

»Du musst mir jetzt nicht antworten, ob du auch mit mir zusammenziehen möchtest.« Er zuckte mit den Schultern. »Wie gesagt, ich bin anstrengend. Aber ich will mit dir aufwachen und schlafen gehen. Ich will mit dir frühstücken und dich auf dem Frühstückstisch nehmen.«

Ich lachte und in meinem Bauch flatterte es so heftig wie noch nie. »Wann hast du die Wohnung gemietet?«

Er ließ mein Gesicht los. »Als du dich entschieden hast, wieder hier zu wohnen, habe ich angefangen zu suchen und bin schnell fündig geworden.«

»Was ist mit deinem Mitbewohner?«

»Er sucht sich jemand anderen.«

Ich ließ meinen Blick erneut durch das Wohnzimmer streifen, nahm jedes Detail anders wahr. Jetzt war das hier nicht nur eine schön eingerichtete Wohnung. Das hier war mein neues Zuhause.

»Wenn du noch nicht bereit bist, gebe ich die Wohnung auf und suche mir etwas Kleineres. Ich konnte nur nicht mehr bei Jayden wohnen bleiben. Jedes Mal, wenn du dort geschlafen hast, habe ich mich geschämt, weil –«

Rasch stellte ich mich auf die Zehenspitzen und küsste ihn. Liam blieb einen Moment wie erstarrt, schlang aber in der nächsten Sekunde die Arme um meine Taille und zog mich eng an sich heran. Seine Zunge schmeckte nach Zimteis, dem besten Weihnachten meines Lebens und nach der Hoffnung, wir würden für immer so glücklich sein wie jetzt.

»Natürlich will ich mit dir zusammenziehen«, hauchte ich an seinen Lippen.

Er lächelte und Erleichterung legte sich auf seine Miene. »Möchtest du etwas ändern? Hast du vielleicht einen Wunsch?«

Ich schüttelte den Kopf. Alles, was ich mir je gewünscht hatte, wurde an diesem Weihnachten wahr.

Lies dich rein!

Leseprobe aus »Keep Me Warm« von Nina Brenke

268 Seiten
ISBN 978-3-551-30554-1

Ein Fake-Boyfriend zum Verlieben

Als Rosies Freund sie kurz vor den Feiertagen sitzen lässt, hat sie endgültig die Nase voll von Männern und Beziehungen. Nach einer durchfeierten Nacht findet sie sich auf einmal in den tröstenden Armen von Nick Horan wieder. Und obwohl der tätowierte Womanizer eigentlich so gar nicht ihr Typ ist, bittet Rosie ihn, sie zur Weihnachtsfeier ihrer Familie zu begleiten. Prompt wird Nick für ihren Freund gehalten und die beiden kommen sich auf dem verschneiten Landsitz von Rosies Familie unweigerlich näher. Aber auch wenn das irische Wicklow seinen ganz eigenen Winterzauber versprüht, so ist doch Rosies Vergangenheit hier präsenter denn je und droht die aufkeimenden Gefühle für Nick unter ihrem Gewicht zu begraben …

Rosie

23. Dezember

»Ich hätte wissen müssen, dass er ein Idiot ist.«

Mit einem Tritt gegen den zerbeulten Stahl fliegt die Tür auf. Ich entkomme in die Nacht und schüttle den Schleier aus Dunst und Lärm mit einem lautlosen Schrei ab.

Wir drängen uns an den im Weg stehenden Menschen vorbei und finden auf der anderen Seite des Innenhofs eine freie Ecke an einem Infrarotstrahler, der noch nicht von Rauchern oder rumknutschendem Partyvolk annektiert worden ist.

Schweigen und blassrote Wärme hüllen uns ein. Ich krame den schmalen Kunststoffstängel aus meiner Tasche und ziehe daran, als hinge mein Leben davon ab ... als könnte mich der Geschmack beruhigen. Er tut es nicht, im Gegenteil.

Ich blinzle die Tränen weg, ignoriere den Knoten in meinem Bauch – und Cheryl, die neben mir steht und mich mit großen Augen ansieht. Weil sie mich lange und gut genug kennt und weiß, dass sie gegen meine unterirdische Laune nicht ankommt. Carla hingegen will noch nicht aufgeben und fährt mir – ähnlich ratlos, aber bemüht – über den Rücken, wiederholt dabei gebetsmühlenartig die Worte: »Die Gutaussehenden sind meistens Idioten.«

Ich möchte ihre Hand wegschlagen, tue es aber nicht.

»Die Gutaussehenden sind *immer* Idioten«, korrigiere ich sie stattdessen. »Immer. Immer. *Immer.*«

Meine Lippen umschließen den Kunststoff der E-Zigarette, als mich ein tiefes »So schlimm?« hinter mir innehalten lässt.

Die Art, wie Carlas Wangen zu glühen anfangen, als sie an mir vorbeispäht, kann nur bedeuten, dass Nick Horan uns gefunden hat.

Langsam drehe ich mich um, muss den Kopf heben, so dicht steht er bei mir. Sein Lächeln ist breit und einnehmend.

Als er sein halb volles Pint hebt und es uns prostend entgegenstreckt, weht mir ein Hauch von Zitrus – und Lavendel? – um die Nase.

»Hey, ihr Hübschen.«

Ich habe aufgehört zu zählen, wie oft ich diesen Spruch in den letzten Jahren von ihm gehört habe. Nicht bloß in unsere Richtung.

Ich ziehe betont lässig an meiner E-Zigarette, mache mit verschränkten Armen einen Schritt zurück und mustere mein Gegenüber, während ich den nach Kaktusfeige und Ananas schmeckenden Dampf in den Nachthimmel blase.

Sein Bart ist ein Stück länger und ich glaube, auf seinem Unterarm prangt ein neues Tattoo, das sich bis hinunter zu seinem linken Handrücken zieht. Was ist das? Ein Stormtrooper-Helm? Ein Kühlergrill? Genau kann ich es in dem diffusen Licht nicht erkennen, beides scheint in meinen Augen jedoch keine glückliche Wahl für eine Stelle zu sein, die immer und für jeden sichtbar ist. Aber da sein Arm mittlerweile einem Wimmelbild gleicht, kommt es darauf wohl nicht mehr an.

Ich bemerke die weißen Wölkchen, die von seinem Mund aufsteigen, doch erst als Carla mich mit dem Ellenbogen in die Seite stößt, realisiere ich, dass er mit mir spricht.

»Ob *ich* auch ein Idiot bin, wollte ich wissen«, kommt es auf meinen fragenden Gesichtsausdruck hin prompt von ihm.

»Ausnahmen bestätigen die Regel.« Ich inhaliere ein weiteres Mal, puste den Dampf geräuschlos nach oben und sehe der Dunstwolke hinterher, bis sie sich im nachtschwarzen Nichts über uns so weit aufgelöst hat, dass man die Sterne wieder sieht.

»Und ich will wahrscheinlich nicht wissen, in *welcher* Hinsicht ich die Ausnahme bin, richtig?«

Ich kann nicht anders, als sein breites Lächeln zu erwidern – auch wenn ich ihn viel lieber treten möchte. Vorzugsweise irgendwohin, wo es wehtut. Dabei kann er nicht mal was für meinen desolaten Gemütszustand. Niemand hier kann das. Daran ist nur Damian schuld. Damian, der Idiot.

Mit dem nächsten Lungenzug sehe ich zu Boden, weil die Tränen, die hinter meinen brennenden Augen darauf warten, geweint zu werden, niemanden etwas angehen – schon gar nicht einen wie Nick Horan, der auch bloß ein Idiot ist.

Ich seufze lautlos. Genau genommen bin *ich* hier die Idiotin. Weil ich nach dem Mist der letzten Jahre offensichtlich kein Quäntchen klüger geworden bin, was Männer angeht.

Ich komme mir so … idiotisch vor.

Als ich aufblicke, sind es Nicks braune Augen, die mich neugierig und irgendwie besorgt ansehen. »Was?«, pampe ich ihn an.

»Bin ich die Ausnahme, weil ich kein Idiot bin, oder weil ich nicht gut aussehe und trotzdem einer bin?«

Spätestens jetzt möchte ich wirklich gern meine Faust in seinem Grinsen vergraben.

»Dass du gut aussiehst, weißt du selbst«, attestiere ich ihm unter dem zustimmenden Nicken meiner Freundinnen und schicke schulterzuckend eine weitere Ladung Dampf in den Nachthimmel.

Natürlich weiß er das. Das bekommt er oft genug gesagt, da wette ich drauf. Von Frauen wie Carla, die auf diesen messy Man Bun stehen, der nur kaschieren soll, dass er seine viel zu langen Haare seit Wochen nicht gewaschen, geschweige denn gekämmt hat. Oder auf seinen unappetitlichen Vollbart, in dem er morgens wahrscheinlich regelmäßig die Reste seines Abendessens vorfindet. Und auf seine dunklen Augen, die immer ein bisschen aussehen, als würde er sie schminken.

Okay. Ja. Er sieht gut aus. Irgendwie.

Und er ist angeblich gut im Bett. Das weiß ich allerdings nicht von ihm oder, Gott bewahre, aus eigener Erfahrung. Die brauche ich nicht. Nick hat einen Ruf, der ihm hier im Icon – und in ganz Limerick – meilenweit vorauseilt. Carla ist eine der *Glücklichen,* die er schon mit nach Hause genommen hat. Und sie hängt auch heute an seinen Lippen, als wären sie das Zentrum ihres Universums. Es ist erschreckend lächerlich, wie die Frauen in seiner Gegenwart zu willenlosen Püppchen werden. Noch furchtbarer ist, dass eine meiner engsten Freundinnen eine davon ist.

Aber seit ich im vergangenen Jahr mit einem von Nicks besten Kumpels geschlafen habe – unwissend, um wen es sich handelt –, bin ich wohl nicht mehr in der Position, über ihn zu urteilen …

»Also, bin ich nun ein Idiot oder nicht?«

Ich sehe ihn wieder an. Langsam glaube ich, das Grinsen ist aufgemalt. Oder hat er mit Mitte zwanzig Botox ausprobiert und die Kontrolle über seine Mimik verloren?

»Das zu beurteilen, überlasse ich gern anderen.« Mit einem Zwinkern ziehe ich erneut an meiner E-Zigarette und wende mich Cheryl und Carla zu, die mit einem stupiden Lächeln im Gesicht zu dem Eins-neunzig-Hünen hinter mir aufschauen.

»Mädels«, versuche ich ihre Aufmerksamkeit auf mich zu lenken und schnipse mit den Fingern, um sie aus ihrer Starre zu holen. »Gehen wir rein? Mir wird kalt.«

»Ich komme gleich nach«, säuselt Carla, ohne ihren Blick auch nur eine Sekunde lang von Nick zu nehmen, woraufhin ich mich genervt bei Cheryl einhake und sie zurück nach drinnen zerre. Zeit für mehr Alkohol.

Die Tanzfläche ist an diesem Freitagabend brechend voll mit Menschen aller Art. Alte und junge. Männer, die nach Business Chic aussehen, und solche, die angezogen sind, als hätten sie bis eben auf dem Sofa *GTA V* gezockt. Ein Stück weiter tanzen Frauen in Miniröcken – so kurz, dass sie kaum Raum für Fantasie lassen – neben solchen mit tiefen Ausschnitten und Gesichtsbemalung, bei denen selbst die Kardashians blass werden würden. Mittendrin in all dem Trubel steht ein älterer Herr im Smoking, der aussieht, als wäre er aus der Zeit gefallen, wie er so beseelt zu SIAs *Cheap Thrills* tanzt.

Jeder von diesen Menschen hat einen Grund, heute Abend hier zu sein. Ein Ausgleich zum stressigen Büroalltag, wo gerade Hochsaison herrscht, oder vielleicht die bitter nötige Erholung nach dem Einkaufsmarathon. Eine Art vorweihnachtliche Flucht vor der eigenen Familie, um Kraft zu tanken für die bevorstehenden Feiertage mit Kind und Kegel. Oder um sich den ganzen Frust der vergangenen Tage – der vergangenen Monate, Jahre – von der Seele zu tanzen, so wie bei mir. Und ihn in Gin Tonic zu ertränken, den Cheryl mir im nächsten Moment reicht.

»Auf uns. Und scheiß auf die Männer.«

»Du hast leicht reden«, brummele ich und nehme einen Schluck.

Sie und Dan sind eines dieser perfekten Paare, die sich in der Schule gefunden haben und nie trennen werden. Die auch nach einem halben Jahrzehnt zusammen aussehen wie frisch verliebt.

Und ich? Ich bin wieder allein. Nicht kompatibel. Zumindest nicht, wenn es um mehr geht als unverbindlichen Sex und lose Bekanntschaften. »Vielleicht bin ich nicht zu *mehr* imstande. Weil *ich* das eigentliche Problem bin.«

»Du bist nicht das Problem, Rosie.«

Ich schaue von dem weißlich schimmernden Longdrink in meiner Hand auf. Habe ich das eben laut gesagt? Oder sind die trüben Gedanken mittlerweile so offensichtlich, dass sie mir auf die Stirn geschrieben stehen?

»Damian ist einfach ein Idiot«, ruft Cheryl über die wummernden Bässe hinweg.

»Ich weiß …«, murmele ich wenig überzeugt und nehme einen weiteren Schluck. »Soll er in der Hölle schmoren, der … Idiot.«

»Richtig.« Cheryl grinst und tätschelt mir ein paar Mal aufmunternd die Schulter. »Genau so.«

»Idiot. Idiot. *Idiot*«, wiederhole ich, bis es erneut diese unverkennbar dunkle Stimme ist, die mich ermahnt.

Nick

Carla lässt keinen Zweifel daran, was sie will. Ihre Augen haben mir das schon gesagt, da stand Rosie noch zwischen uns.

Und tatsächlich, kaum hat sich die Tür hinter ihren Freundinnen geschlossen, gibt es für sie nur uns beide. Ihre Lippen glänzen, ihre blonden Haare ebenfalls. Ihre Augen ziehen mich aus. Ich genieße ihre eindeutigen Blicke auf meiner Haut, bevor sie mir in die Arme fällt und ihre Hände plötzlich überall sind. Sie fahren meine Brust auf und ab, durch die Haare, reißen einzelne Strähnen aus dem Zopf, krallen sich in meinem Nacken fest und ziehen mich zu ihr.

Sie schmeckt nach Tonic und Erdbeer-Lipgloss und danach, dass ich morgen früh nicht allein aufwachen werde. Ein kleines, verfrühtes Weihnachtsgeschenk an mich selbst. Wobei ich nicht sicher bin, ob ich nicht eher *Carlas* Geschenk bin.

Mit ihr ist das so eine Sache. Sie ist lieb und nett und sieht verdammt gut aus, keine Frage. Küssen kann sie auch. Aber sie hat vergessen, worum es bei uns geht. Sex. Und Punkt. Keine Gefühle, keine Eifersüchteleien, keine Überfälle wie den hier. Das lief die ersten Wochen nach unserer Bettbegegnung problemlos – bis zu dem Abend im Spätherbst, als sie anfing, mir Nachrichten zu schreiben. Ob ich heute im Icon unterwegs sei. Ob ich Zeit hätte, mit ihr was trinken zu gehen. Ob ich den neuesten Marvel-Film gesehen hätte. Wann wir uns treffen wollten.

Und wann immer wir uns seither sehen, gibt sie mir das Gefühl, alles für mich sein zu wollen. Mit dem Resultat, dass ich mich schlecht fühle, wenn ich ihr nicht die Aufmerksamkeit schenke, um die sie so vehement bettelt. Also stecke ich in der Zwickmühle, denn vor ihren Augen mit einer anderen Frau rumzumachen ist nicht mein Stil. Sie ein zweites Mal mit nach Hause zu nehmen allerdings auch nicht. Schon gar nicht, wenn ich befürchten muss, dass sie danach weitere Besitzansprüche geltend macht.

Ich hätte meinen Kumpel Keir überreden müssen mitzukommen. Er hätte mich davon abgehalten, meine Zunge in eine Frau zu stecken. Aber er ist nicht hier – und meine Zunge steckt sehr wohl in Carla. *Verdammt.*

Ich bringe mich dazu, vernünftig zu sein. Auch wenn andere Teile meines Körpers an dieser Stelle gern weitermachen möchten, lege ich meine Hände auf ihre Schultern und drücke sie sanft von mir weg. Nur nicht zu bestimmt, um sie nicht in Verlegenheit zu bringen.

Sie ist außer Atem, ihr Blick fragend, der Lipgloss überall, nur nicht mehr auf ihren Lippen.

»Carla, wir … Das wollten wir sein lassen, oder?«, sage ich und komme mir dabei vor wie ein Arsch. Zu Recht, wird Carla jetzt vermutlich sagen.

Aber sie sagt gar nichts. Sie senkt den Kopf und sieht zu Boden und ich könnte es dabei belassen. Mich umdrehen und gehen, aber das bringe ich nicht übers Herz, stattdessen seufze ich, hebe meine Hand und fahre unter ihr Kinn. Als sie zu mir aufsieht, glitzert es in ihren Augen.

»Hey …« Meine Zähne graben sich in die Innenseite meiner Wange, bis es schmerzt. Ich zwinge mich zu einem Lächeln, streiche ihr eine Strähne aus dem Gesicht. »Hast du über Weihnachten was Schönes vor?«

Sie nickt schwach gegen meine Hand. »Ich bin bei meinen Eltern in Ennis. Meine Geschwister kommen … mit ihren Kindern. Und meine Großeltern und Tante mit ihrer Familie.«

»O wow, volles Haus also?«

Wieder nickt sie und dann: »Bist du Silvester auch hier?« Ihre Augen fangen erneut zu leuchten an. »Rosie hat Karten für uns besorgt.«

Jetzt bin ich an der Reihe zu nicken. Wo soll ich auch sonst sein?

»Dann können wir ja vielleicht …«

»Anstoßen«, biete ich ihr an und sie stimmt mir wortlos zu, obwohl ich mir ziemlich sicher bin, dass das nicht das Wort ist, nach dem sie gesucht hat.

Wir schweigen. Aber es ist kein angenehmes Schweigen. Es ist krampfig. Für mich, weil ich die Situation gern hinter mir lassen möchte, aber nicht weiß, wie, und für sie, weil ich ihr ansehe, dass sie nicht fertig ist. Mit mir.

Ich nutze die Chance, als sie sich mit den Händen über die Oberarme fährt, und lege meinen Arm um ihre Schulter. »Wir sollten reingehen, bevor du dir noch eine Erkältung einfängst und die Feiertage im Bett verbringen musst.«

In ihren funkelnden Augen lese ich, dass sie sich Schlimmeres vorstellen kann, als die Feiertage im Bett verbringen zu müssen – solange ich auch anwesend bin. Ich gehe nicht weiter auf ihre stumme Bitte ein, schiebe sie aus der trügerischen Wärme des Heizpilzes in Richtung Tür und wische mir mit dem Handrücken den Erdbeergeschmack von den Lippen, als sie nicht hinsieht.

Wir finden Rosie und Cheryl und ich bin zugegebenermaßen erleichtert, die Kleine gleich los zu sein, da höre ich, wie Rosie wütend vor sich hin schnaubt.

»Idiot. Idiot. *Idiot.*«

»Fällt dir nichts Kreativeres ein?«, fragt mein Mund ziemlich laut, ehe mein Kopf das Denken angefangen hat.

Sie wirbelt herum, und ihr Gin Tonic schwappt aus dem Glas und bildet sternförmige Spritzer auf dem Boden. Ihr hellblonder Bob fällt zur Seite, als sie den Kopf schief legt, die Arme vor der Brust verschränkt – ohne dass weitere Tropfen auf dem Boden landen – und zwischen Carla und mir hin und her sieht. Ihr Gesichtsausdruck sagt mir, dass sie genau weiß, was wir draußen gemacht haben. Jeder weiß das, der Carla kennt – oder mich.

»Aber natürlich«, faucht sie und setzt mir den Finger wie ein Gewehr auf die Brust. »Wenn dir das zu eindimensional ist, dann hätte ich auch noch Lügner«, ihr Finger bohrt sich zwischen meine Rippen, »Penner«, wieder ein Stich, diesmal fester, »Scheißkerl«, ihre Augen werden zu Schlitzen, »Heuchler«, ich hebe die Arme und mache mit jedem Ton einen winzigen Schritt zurück, »Armleuchter«, ihre Worte werden wütender und eindrücklicher, als wollte sie sie in mich hineinschreien, »Drecksack«, der Gin schwappt gefährlich nah am Glasrand hin und her, »Hochstapler« – glitzert es etwa in ihren Augen? – »oder Arschgesicht im Angebot!«

Als sie fertig ist, stehe ich mit erhobenen Armen und hochgezogenen Augenbrauen da und weiß nicht, wie mir geschieht. Auch Cheryl und Carla starren, als hätte ihre Freundin den Verstand verloren – und wer weiß, vielleicht hat sie das auch.

Es ist nicht zu übersehen, dass sie mit den Tränen kämpft, und kurz bevor sie gegen ihren eigenen Körper verliert, macht sie auf dem Absatz kehrt und verschwindet in der tanzenden Menge.

Rosie

24. Dezember

Es ist ruhiger geworden, seit Trevor die Turntables abgestellt hat. Im Hintergrund läuft gerade leise *Fairytale of New York* von den Pogues, während ich am Tresen sitze, das halb leere Glas gedankenverloren um seine eigene Achse drehe und an der Girlande aus künstlichem Tannengrün und noch künstlicherem Glitzer herumfummle. Nicht mal hier im Klub ist man sicher vor den drohenden Feiertagen.

»Letzte Runde«, schalmeit Georges eindringliche Stimme durch den Raum, als im selben Moment die Lichter angehen und die Discokugel über der Tanzfläche zum Stehen kommt. Endstation. Gleich müssen alle – auch ich – den Klub verlassen und sich der Realität außerhalb dieser schützenden Mauern stellen.

Ich lasse den Kopf sinken und schließe die Augen. Fühle mich allein in einem Raum voller Menschen. Cheryl und Carla sind schon eine ganze Weile weg. Cheryl, weil sie mit Dan früh am Morgen nach Dublin aufbrechen will. Und die wundervolle, aber naive Carla hat den Abend erwartungsgemäß nur zwanzig Minuten später aus fadenscheinigen Gründen beendet und ist verschwunden. Wahrscheinlich mit Nick.

Meinen Segen hat sie.

Das Angebot, bei mir zu übernachten, haben beide mit der Begründung ausgeschlagen, dass ich heute Abend unbedingt jemanden finden sollte, mit dem ich mich über Damian hinwegtrösten kann. Dabei habe ich daran absolut kein Interesse. Männer sind … Idioten.

Womit wir beim Thema sind. Denn als hätte ich nicht schon genug Probleme, die ich in reichlich Gin zu ertränken versuche, gesellt sich ein weiteres in Form einer bärtigen Gestalt hinzu, die sich auf den freien Barhocker neben mir fallen lässt. Sein Lächeln ist weniger breit als noch vor ein paar Stunden, aber weiterhin freundlich. Er schiebt seinen Oberkörper und das Pint in seinen Händen weit nach vorn über den Tresen in mein Blickfeld.

»Ich dachte, du bist längst mit Carla abgezogen«, murmele ich in mein Glas hinein.

»Wer sagt das?«

Einen Moment lang sehe ich ihn an, dann schüttele ich den Kopf. »Ich dachte bloß.« Ich schlucke den letzten Rest Gin Tonic hinunter, drehe mich auf dem Barhocker zu ihm und überkreuze die Beine, die ich für den heutigen Abend in meinen Lieblingsrock gepackt habe – schwarz, knielang und aus Leder. »Findest du keine Willige, die du flachlegen kannst, oder warum kommst du ständig angekrochen?«

Erst ist sein Gesichtsausdruck arrogant. Nach dem Motto: *Als ob ich das nötig hätte.* Dann legt er seine Hand auf meine und sieht mich anders an. Herzlich. Fast hätte ich – schon wieder! – *besorgt* gesagt.

Sein Lächeln kommt näher. »Du bist ein bisschen schräg drauf im Moment, kann das sein?«

»Wie kommst du darauf?«

»Ich dachte nur … *Scheißkerl, Heuchler* und – was war es noch? – *Arschloch* sind ziemlich hart für diesen besinnlichen Vierundzwanzigsten …«

Ich sehe kurz auf die Uhr, dann wieder in seine dunklen Augen, die mich aufmerksam mustern. »Es war noch der Dreiundzwanzigste, als ich das gesagt habe.« Meine Stimme bricht. *Scheiße, scheiße, scheiße, jetzt nicht wieder vor ihm anfangen zu heulen!* Ich räuspere mich und schicke ein lapidares »Und es war Arschgesicht, nicht Arschloch!« hinterher.

»Ist das nicht das Gleiche?«

»Das eine ist vorn, das andere hinten.«

»Touché«, gesteht er mir lachend zu und leert sein Pint. »Wie viele von denen hattest du?« Sein Nicken deutet in Richtung des leeren Glases vor mir.

Ich folge seinem Blick und überlege kurz. »Zwei, drei vielleicht«, behaupte ich. »Warum?«

»Sicher?«

Der Ton in seiner Stimme lässt vermuten, dass er mir die Schätzung nicht abkauft, aber das könnte mir nicht gleichgültiger sein. »Ziemlich.«

»Komm, ich bring dich nach Hause.«

Ich rolle mit den Augen. Es nervt mich, dass Carla ihm erzählt hat, wo ich wohne, und dass er seither so tut, als wären wir Nachbarn. Dass er fragt, ob ich den neuen Inder an der Ecke ausprobiert habe oder was ich von den überbackenen Fritten in dem kleinen Café im Hinterhof der Buchhandlung halte.

»Dank dir, aber ... ich komme klar«, raune ich ihm zu und schiebe mich vom Barhocker herunter. »Schöne Weihnachten, Horan.«

Die Musik ist längst aus, die Tanzfläche leer, bis auf den älteren Herrn im Smoking, der, ein glückseliges Lächeln im Gesicht, beharrlich über die transluzenten Bodenplatten springt, weil Avicii oder Robin Schulz oder wer auch immer in seinem Kopf für ihn spielt.

Während ich mich in die kurze Schlange an der Garderobe einreihe, hole ich das Handy aus meiner Tasche und scanne die eingegangenen Nachrichten.

»Warum habe ich deine Handynummer eigentlich nicht?«

Nicks Gesicht ist meinem Nacken so nah, dass ich seinen bierschwangeren Atem riechen kann. Ich mache mir nicht die Mühe, mich zu ihm herumzudrehen. »Weil ich dir nichts zu sagen habe.«

»Autsch.« Grinsend umrundet er mich und steht nun direkt vor mir. Quasi in Reichweite. Und Riechweite. Ich rümpfe die Nase. Längst übertönen Schweiß und Zigarettenqualm den Zitrus-Lavendel-Duft von vorhin – dabei raucht er meines Wissens nicht mal.

Ich beiße mir auf die Lippen und fokussiere sein schwarzes Shirt, denn trotz High Heels bin ich nicht annähernd groß genug, um ihm in die Augen sehen zu können, ohne den Blick heben zu müssen.

»Du musst dringend in die Dusche, Horan.«

»Ich weiß.« Er beugt sich nach unten, um mich dazu zu bringen, ihm in die Augen zu sehen, aber den Gefallen tue ich ihm nicht. Aber als er »Du auch!« haucht, platzt mir endgültig der Kragen.

»Nick«, presse ich hervor und funkele ihn an, »geh bitte jemand anderem auf die Nerven, okay? Ich habe kein Interesse daran, mit dir zu duschen, dir zu schreiben, mit dir zu schlafen, was auch immer. Lass mich einfach in Frieden.«

»Sorry!« Er macht einen Schritt zurück, sieht bedröppelt zu Boden. »Ich wollte dir nicht auf die Nerven gehen oder so. Ich dachte nur du … du bräuchtest vielleicht jemanden zum Reden.«

»Ja, genau. Weil man mit dir auch so gut reden kann«, antworte ich und verziehe das Gesicht, weil es boshaft klingt und ich das eigentlich gar nicht beabsichtigt habe.

»Nichts für ungut.« Seinem Lächeln fehlt die Ehrlichkeit. Mit einem leisen »Frohe Weihnachten, Rosie!« zieht er von dannen und augenblicklich fühle ich mich noch beschissener als ohnehin schon.

Genervt von diesem Tag – und denen, die vor mir liegen – nehme ich von Dervla den Mantel entgegen und verabschiede mich knapp, aber höflich von ihr, ohne auf ihren fragenden Blick einzugehen. Toms übliche Aufforderung, bei ihm stehen zu bleiben und ein paar Takte zu reden, überhöre ich genauso absichtlich und rette mich durch die schwere Stahltür hinaus ins Freie. Der eiskalte Wind, der den Dunst meiner E-Zigarette die Straße hinaufträgt, lässt mich zusammenzucken. Eilig stiefele ich der Wolke hinterher, bis ich oben an der O'Connell Street ankomme, wo ich zu meiner Erleichterung ein Taxi in der Haltebucht auf der anderen Straßenseite stehen sehe.

Der Fahrer nickt mir zu und ich steige hinter ihm ein. »Castletroy, bitte.«

Mit einem gelangweilten »Alles klar« startet er den Wagen und fährt an, um das *Arthurs Quay Shopping Centre* in Richtung Heimat zu umrunden, als eine Gestalt aus dem schummrigen Licht der Denmark Street auftaucht – den Kopf eingezogen, die Hände tief in die Taschen seiner Jacke vergraben. Ein schneller Rundumblick bestätigt meine Befürchtung. Kein Taxi weit und breit. Sicherlich wird gleich eines um die Ecke gebogen kommen und ihn einsammeln. Vielleicht aber auch nicht.

»Warten Sie«, höre ich mich sagen.

»Wie bitte?« Bevor ich die Aussage wiederholt habe, tritt er auf die Bremse und schaut mich durch seinen Rückspiegel hindurch an.

»Warten Sie, wir nehmen noch jemanden mit.«

Nick

Erst als von Rosie keine Spur mehr ist, traue ich mich zurück an die Garderobe. Dervla hinter der Theke lächelt mich an und händigt mir die Jacke aus, ohne dass ich einen Ton sagen muss.

»Schöne Feiertage, Nick«, schickt sie mir hinterher und ich hebe die Hand zum Abschied.

»Na, doch ohne Begleitung?«, will Tom wissen, und schlägt in meine Hand ein, ehe er mir die Tür öffnet.

Ich stelle den Kragen meiner Jacke auf, als mir der Wind entgegenbläst. »Tom.« *Du bist Türsteher, kein Aufpasser,* will ich sagen, tue es aber nicht.

»Was ist mit der Kleinen?«

»Carla?«

»Nein, die Austauschstudentin. Wo war die doch gleich her? Schweden? Dänemark?«

»Die Isländerin«, erinnere ich mich an die Blondine von vorhin, lange bevor ich Rosie und ihren Freundinnen über den Weg gelaufen bin. »Die ist schon vor Stunden mit ihren Mädels gegangen.«

»Schade.«

Ich zucke mit den Schultern, ziehe ein Stück bekritzeltes Papier aus meiner Hosentasche und halte es ihm entgegen, sodass er die letzten Ziffern und das Herzchen auf dem *i* lesen kann. »Passt schon«, sage ich und zwinkere ihm zu.

Tom lacht und fordert mich auf, erneut einzuschlagen.

»Also, schöne Feiertage.«

Er nickt. »Sehen wir uns an Silvester?«

»Sicher.« Ich winke ihm im Weggehen zu. »Dann bis nächstes Wochenende.«

Es ist ungewöhnlich kalt für den irischen Dezember. Ich hole die Stöpsel aus meinen Ohren und lasse sie in die Jackentasche fallen, ehe ich die Hände hinterherschiebe und nach oben zur O'Connell Street stapfe. Ich versuche das Rauschen in meinem Gehörgang zu ignorieren und an den zurückliegenden Abend und die bevorstehenden Weihnachtstage zu denken. An Sina? Rina? Lina? Die Isländerin eben. Vielleicht rufe ich sie im neuen Jahr an. Und mit Carla werde ich auch mal reden müssen, ob ich will oder nicht. Dabei habe ich ihr von Anfang an gesagt, dass das zwischen uns eine einmalige Sache ist, und sie hat mir mehrfach versichert, dass sie das genauso sieht. Warum jetzt das Theater? Wieso packen Frauen immer gleich die Handschellen aus?

Ich lege den Kopf in den Nacken und sehe für einen Moment die Häuserschlucht hinauf. Folge den Wölkchen, die über mir aufsteigen und sich weit außerhalb meiner Reichweite auflösen. Und ständig sind es Rosies grüne Augen, die mir dabei im Kopf herumspuken. Ihre Tränen und die fehlende Prise Überheblichkeit passen so gar nicht zu dem Bild, das ich von ihr habe. Von der toughen Rosie, bei der die Männer *vor* dem ersten Kaffee verschwunden sein müssen.

Das letzte Taxi fährt aus der Haltebucht, just als ich die O'Connell Street erreiche. *Verdammt.*

Ich bin schon dabei, das Handy aus meiner Tasche zu fischen, um mir ein Uber zu bestellen, da höre ich, wie der Wagen abbremst.

Das hintere Fenster fährt herunter und Rosies hellblonder Longbob erscheint im Licht der Straßenlaterne. Sie nickt mir mit einem Augenrollen zu, das mir wohl bedeuten soll zu ihr in den Wagen zu steigen.

»Ich sage dir gleich, dass ...«

Ich verkneife mir das Grinsen und halte meine Hände ausgestreckt in die eiskalte Luft. »Ich bleibe brav. Ehrenwort.«

Sie versucht es zu unterdrücken, schmunzelt dann aber auch. »Steig einfach ein, Horan!«

Rosie

Die Fahrt nach Castletroy dauert um diese Uhrzeit nicht länger als zehn Minuten, die sich mit einem wie Nick neben mir aber bestimmt schnell wie eine Ewigkeit anfühlen können. Doch zu meinem Erstaunen ist er handzahm.

»Darf ich reden?«

Sein Blick gleicht dem eines treuen Hundes und sein Gesicht ziert dieses schelmische Grinsen, das die Frauenherzen reihenweise lahmlegt. *Andere* Frauenherzen, nicht meins.

»Natürlich darfst du reden«, entgegne ich sanft und hasse mich im gleichen Moment dafür, dass ich mich von seinen braunen Augen einlullen lasse.

Jahrelang haben wir uns über die Frauen lustig gemacht, die ihm vor die Füße fallen. Dabei sieht er *so* gut gar nicht aus. Seine Nase ist ein bisschen krumm – vermutlich weil er sich in seiner Jugend einmal zu oft geprügelt hat. Und wenn er lacht, sieht man seinen schiefen Schneidezahn unten links. Ganz zu schweigen von diesen furchtbaren Tattoos überall. Und den langen Haaren. Und dem Bart.

Aber er hat Charme, und das scheint das Totschlagargument zu sein – zumindest bei den Damen im Icon. Und seit Carla diesem Charme ebenfalls erlegen ist, haben wir ohnehin aufgehört, uns lustig zu machen. Sie behauptet zwar, nicht eifersüchtig zu sein, aber so wirklich kaufe ich ihr das nicht ab. Sie würde gern ein zweites und drittes und viertes Mal mit ihm nach Hause gehen. Umso irritierter bin ich, dass *ich* diejenige bin, die sich mit ihm heute das Taxi teilt.

Ich schiele zu Nick hinüber und verdrehe die Augen, weil es in seiner Hosentasche raschelt, als seine Hand darüberstreift. Sie ist bestimmt voll mit XXL-Kondomen, die er an einem solchen Abend bei einem gemeinsamen Drink *aus Versehen* aus der Tasche herausschauen lässt. Um den Appetit anzuregen. Ich kenne seine Masche.

»Rosie?«

Ich sehe auf. »Hm?«

»Ob bei dir alles in Ordnung ist, habe ich gefragt.«

»Ja. Ja, sicher.« Meine Antwort klingt matt und ich kann ein Seufzen nicht verhindern. »Mir graut es nur ein bisschen vor den Feiertagen«, füge ich hinzu und schaue gedankenverloren nach draußen, wo die vorweihnachtlich-bunten Lichter der Stadt an uns vorbeiziehen.

»Wieso?«

»Ach.« Ich winke ab und sehe ihn erneut an. »Familie und so. Nicht immer einfach.«

Er schweigt einen Moment, dann sieht er zum Fenster hinaus und fängt an zu nicken. »Na, wenigstens hast du eine Familie, zu der du an den Feiertagen gehen kannst.«

Ich zucke zusammen. Meine Augen weiten sich und mein Herz schlägt ein paar Takte schneller. *Fuck!* »Das tut mir leid, Nick. Ich wusste nicht, dass … also … dass …«

»Hey!« Er hebt die Hände und ein Lächeln erscheint auf seinem Gesicht. Ein ehrliches diesmal. »Sie sind nicht tot oder so.«

Der Kloß in meinem Hals löst sich auf und ich atme erleichtert aus, schlage ihm aber gleich darauf mit dem Handrücken gegen den Oberschenkel. »Erschreck mich nicht so!«

Lachend reibt er über die Stelle, an der ich ihn getroffen habe. »Mein Dad ist letztes Jahr sechzig geworden und meine Mum hat ihm eine Südseekreuzfahrt geschenkt.«

Ich hebe die Augenbraue. »Und dich haben sie einfach zu Hause gelassen?«

»Ich bin vierundzwanzig, Rosie. Was soll ich mit meinen Eltern auf einer totsterbenslangweiligen Kreuzfahrt?«

»Stimmt, was gibt es Langweiligeres, als auf einem Luxusdampfer in der Südsee festzusitzen?« Es ist mehr ein Vorwurf als eine Frage. »Exotisches Essen, leckere Drinks, traumhafte Strände und ...«, ich zwinkere ihm zu, »... du könntest jeden Abend eine andere gelangweilte Tochter flachlegen.«

Sein Lachen füllt das Taxi. »Stimmt, jetzt, wo du es sagst. Vielleicht hätte ich mir das überlegen sollen. Blöd nur, dass sie mich nie gefragt haben, ob ich mitkommen möchte.«

»Die wissen schon, warum sie dich zu Hause gelassen haben«, versichere ich ihm.

Wir schweigen einen Moment, bis die unausgesprochene Frage den Weg zurück auf seine Lippen findet. »Und was hast du an den Feiertagen geplant, vor denen es dir so graut?«

»Traditionelle Familienzusammenkunft auf dem Anwesen meiner Großtante.« Ich rolle mit den Augen. »Dieses Jahr komme ich nicht drum herum.«

»Hört, hört.« Er nickt anerkennend. »Klingt, als wärst *du* diejenige, die sich auf exotisches Essen und leckere Drinks freuen darf.«

»Und auf die bohrenden Fragen meiner Tanten oder die peinlichen Begegnungen mit alten Schulfreundinnen, die mir erzählen, dass sie geheiratet haben oder das mittlerweile vierte Kind erwarten.« Ich seufze.

»Das klingt eher so, als würdest du eine Zeitreise in die Achtziger machen.«

»Nein, nur nach Wicklow.« Ich muss schmunzeln, denn Nick hat recht. Auf dem Land herrschen andere Sitten als hier in der Stadt. Da ist es auch heute noch normal, mit Anfang zwanzig verheiratet zu sein und die ersten Kinder in die Welt zu setzen. Und wer weiß, vielleicht hätte ich die heute auch, wenn John damals nicht …

»Wicklow.« Er mustert mich. »Kommst du da her?«

Ich nicke wortlos.

»Und warum verschlägt es einen ausgerechnet nach Limerick, wenn man mit den Wicklow Mountains vor der Tür aufgewachsen ist?«

Meine Schultern zucken. Auch diese Frage wird mir in den kommenden Tagen wohl mehr als einmal gestellt werden. *Kind, wieso kommst du nicht endlich zurück?*

»Wir sind damals hergezogen als ich zwölf war, weil Mum ihren kranken Vater pflegen musste. Nachdem er gestorben war, sind wir geblieben. Gab irgendwie nichts, was uns zurück an die Ostküste gezogen hat. Und mittlerweile hält mich der Job hier.«

»Der da wäre?«

»Was mit Social Media.«

»Influencerin?«

»Nein, schon etwas, was die Bezeichnung Job verdient.«

Er lacht. »Du machst es aber spannend.«

»Ich bin bei Dee-Sign in der Social-Media-Abteilung.«

Da ist wieder sein Grinsen. »Dann bist du so eine Twitter-Tante?«

Ich sehe ihn herausfordernd an und verschränke abermals die Arme vor der Brust. »Was genau ist denn eine Twitter-Tante?«

»Na eine, die den ganzen Tag im Internet surft und darauf lauert, dass irgendwas passiert, das sie dann kommentieren kann?«

»Social-Media-Management gehört für Mittelständler mittlerweile zum Standardrepertoire«, fange ich an mich zu verteidigen. »Die Zielgruppen tummeln sich immer mehr in der virtuellen Welt, da muss man hinterher sein. Präsent sein. Sowohl als Dienstleister als auch als Arbeitgeber.« Ich deute mit beiden Händen auf mich, als wollte ich sagen: *Das alles mache ich*. Dann nicke ich ihm auffordernd zu. »Was treibst du, wenn du nicht gerade im Icon rumhängst?«

»Du meinst bei Tag?« Er verzieht das Gesicht. »Da schlafe ich meistens. Das Sonnenlicht bekommt mir nicht so. Da fange ich immer gleich an zu glitzern.«

»Idiot.« Das Lachen kann ich mir trotzdem nicht verkneifen.

»Immerhin besser als Arschgesicht.«

»Wohin bitte?«, fragt der Fahrer, als wir an den Rand des vorgelagerten Stadtteils kommen, in dem wir beide nur zwei Straßen voneinander entfernt wohnen. Meine Horrorvorstellung, seit ich das weiß, ist, dass er mir Sonntagsmittags kurz vor Ladenschluss im Centra an der Ecke dabei über den Weg läuft, wie ich mir im Jogginganzug eine Packung Käsemakkaroni kaufe.

»Zu mir oder zu dir?«

Ich hätte meinen Hintern darauf verwettet, dass er sich den Spruch nicht verkneift. Ich bin ihm nicht mal böse, versuche aber, seinen koketten Blick so gleichgültig wie möglich zu erwidern.

»Sie können mich an der Tankstelle rauswerfen«, sage ich an den Fahrer gewandt und hole, davon ausgehend, dass Nick die paar Hundert Meter bis zu sich weiterfährt, einen zerknitterten Schein aus meiner Manteltasche, den ich ihm hinhalte. »Hast du denn jemanden, zu dem du an den Feiertagen gehen kannst?« Natürlich, denke ich. Er wird Weihnachten ohne Mum und Dad verkraften. Und spätestens an St. Stephen's Day wird er sich eine der willigen Frauen aus dem Icon mit nach Hause nehmen.

Er nickt, greift aber nicht nach dem Schein. »Ein Kumpel erbarmt sich meiner und lässt mich bei sich und seiner Familie mitfeiern.« Ein süffisantes Grinsen erscheint auf seinem Gesicht. »Du kennst ihn, glaube ich, sogar.«

Ich verdrehe die Augen. War klar. Den Ausrutscher mit Keir wird Nick mich in hundert Jahren nicht vergessen lassen.

»Soll ich ihm liebe Grüße ausrichten?«

»Lass mal«, sage ich, als das Taxi hält, schnalle mich mit der einen Hand ab, während die andere ihm noch immer den Schein unter die Nase hält. *Jetzt nimm schon,* will ich sagen, und hole Luft, um mich im gleichen Atemzug von ihm zu verabschieden, da sehe ich, wie er dem Taxifahrer zwanzig Euro in die Hand drückt und aussteigt.

Das kann nicht sein Ernst sein.

»Vielen Dank«, nuschele ich dem Fahrer zu, steige ebenfalls aus und laufe um die Rückseite des Wagens herum. »Was soll das?«, blaffe ich ihn an, während das Taxi davonfährt. »Ich dachte, wir hatten gesagt, wir lassen den Mist.«

Nick ist unbeeindruckt von meiner Schimpftirade und schiebt die Hände in die Taschen seiner Jeans, zieht die Schultern hoch und sieht hinauf zum Nachthimmel. »Ich dachte, ich laufe die paar Meter und genieße die sternenklare Nacht.«

Ich beäuge ihn misstrauisch, er hingegen sieht nur nach oben. »Ich hätte dich gar nicht für einen Romantiker gehalten«, entgegne ich und hebe ihm noch einmal den Schein entgegen, aber Nick reagiert nicht.

Ich sehe ihm dabei zu, wie sich seine Gedanken zwischen den Sternen über uns verlieren, und erinnere mich daran, wie ich mit Damian am vorigen Wochenende durch den Park spaziert bin. Wie viele liebe Worte er mir ins Ohr geflüstert hat, als wir uns gemeinsam Orion angesehen haben. Und wie ich ihn gefragt habe, ob er mit mir und meiner Familie Weihnachten verbringen möchte. Was war ich nur für eine verdammte Idiotin …

Ich schnaufe und Nick löst sich von dem majestätischen Anblick über uns. »Alles okay bei dir?«

»Ja«, sage ich und wische mir eine Träne aus dem Augenwinkel.

»Das sieht aber nicht so aus.«

»Was weißt du schon.«

»Nichts«, gibt er zu und verzieht das Gesicht. »Ist es wegen der Arschgeige?«

»Dem Arschgesicht.«

»Tschuldigung.«

Und plötzlich, ohne Vorwarnung, finde ich mich in seinen Armen wieder. Es hat nichts Anzügliches, keine versteckten Zeichen, die mir andeuten, dass er Hintergedanken hat. Es ist einfach eine Umarmung. Freundschaftlich. Warm. Herzlich.

»Also«, nuschelt er in meine Haare hinein, während meine Hände vorsichtig ihren Weg seinen Rücken hinauf finden und knapp unterhalb seiner Schulterblätter liegen bleiben, »was hat dir dieses Arschgesicht denn angetan, dass du der Männerwelt abschwörst?«

»Ich schwöre ihr nicht ab.« Ich seufze. »Obwohl ich durchaus schon in Erwägung gezogen habe, es mal mit Carla zu probieren. Vielleicht passe ich besser zu Frauen.«

Er drückt mich von sich weg und ich sehe zu ihm auf. Da ist es wieder, dieses schelmische Grinsen. »Wenn du willst, dass das hier ein anständiges Gespräch bleibt, solltest du aufhören, über dich und deine Freundin zu reden.«

»Nick.« Ich versuche ihm mit einem genervten Gesichtsausdruck zu vermitteln, dass jetzt nicht die Zeit für Scherze dieser Art ist.

»Sorry, also wo waren wir?« Erneut wickelt er seine Arme um meine Schultern und ich lasse es geschehen. »Ach ja, das Arschgesicht.«

»Ich war dumm.«

»Du?« Er klingt verdutzt. »Das hätte ich gar nicht von dir erwartet.«

»Wie meinst du das?«

»Sind wir nicht deshalb, wie wir sind? Wie hast du es genannt? Umtriebig?« Ich kann das Schmunzeln in seiner Stimme hören. »Weil wir die Schnauze voll haben, enttäuscht zu werden?«

Jetzt bin ich diejenige, die sich von ihm wegdrückt, um ihm in die Augen zu sehen. Und vielleicht sehe ich ihn in diesem Moment zum ersten Mal von einer anderen Seite. Von der, die er unter dem langen

Bart und den vielen Tattoos zu verstecken versucht so wie ich unter schicken Klamotten und Make-up.

Natürlich wird es in seinem Leben ein traumatisches oder zumindest formendes Erlebnis gegeben haben, das ihn zu dem gemacht hat, der er ist. Die wenigsten Menschen sind ohne Grund so *vielseitig interessiert* wie er – und ich. Ein reizender Ausdruck, den meine Tante Brid einst geprägt hat. *Umtriebig* hingegen stammt von mir. So hatten Carla, Cheryl und ich Nick genannt, bevor Carla mit ihm im Bett war. Ein weiteres Detail, das ihm meine liebestolle Freundin ganz offensichtlich verraten hat.

»Das heißt, ich bin selbst schuld, weil ich geglaubt habe, diesmal wäre es anders? Wäre *er* anders.«

»Ich habe nicht behauptet, dass du selbst schuld bist. Ich bin nur überrascht, dass du überhaupt einen so nahe an dich rangelassen hast, dass er dir wehtun konnte … *Miss Geh-bitte-freiwillig-vor-dem-ersten-Kaffee-oder-ich-schmeiße-dich-eigenhändig-raus*.«

Ich werde ein ernstes Wörtchen mit Carla reden, sobald ich aus Wicklow zurück bin. Weiß der Himmel, was sie ihm noch alles über mich erzählt hat.

»Die Vorurteile kannst du dir sparen, Horan«, murre ich, schüttele seine Arme von meinen Schultern und setze mich in Bewegung, aus Angst, dass er die neuerlich aufsteigenden Tränen im Schein der Straßenlampe glitzern sehen kann.

»Schöne Weihnachten.«

DIE MACHT DER GEFÜHLE
TAUCH EIN IN ROMANTISCH-FANTASTISCHE GESCHICHTEN.
IM
PRE
SS
#IMPRESSBOOKS
ALLES VON IMPRESS HIER:
IMPRESSBOOKS.DE

Impress

Die Macht der Gefühle

Wir produzieren nachhaltig

- Klimaneutrales Produkt
- Papiere aus nachhaltigen und kontrollierten Quellen
- Hergestellt in Europa

MIX
Papier | Fördert gute Waldnutzung
FSC® C083411
FSC www.fsc.org

Impress
Ein Imprint der Carlsen Verlag GmbH,
Völckersstraße 14–20, 22765 Hamburg
Oktober 2023

Lektorat: Rebecca Steltner
Umschlagbild: Adodbe Stock / © zaie / © Victor /
© Philip Steury / © SMPTY
Umschlaggestaltung: 100covers4you, Formlabor
ISBN 978-3-551-30539-8
www.impressbooks.de